Agatha Christie®

É FÁCIL MATAR

Tradução de RODRIGO BREUNIG

www.lpm.com.br
L&PM POCKET

Coleção **L&PM** POCKET, vol. 540

Texto de acordo com a nova ortografia.
Título original: *Murder is Easy*

Primeira edição na Coleção **L&PM** POCKET: fevereiro de 2015
Esta reimpressão: agosto de 2019

Tradução: Rodrigo Breunig
Capa: designedbydavid.co.uk © HarperCollins/Agatha Christie Ltd. 2008
Preparação: L&PM Editores
Revisão: Elisângela Rosa dos Santos

CIP-Brasil. Catalogação na publicação
Sindicato Nacional dos Editores de Livros, RJ.

C479f

Christie, Agatha, 1890-1976
É fácil matar / Agatha Christie; tradução Rodrigo Breunig. – Porto Alegre, RS: L&PM, 2019.
272 p. ; 18 cm. (Coleção L&PM POCKET, v. 540)

Tradução de: *Murder is Easy*
ISBN 978-85-254-3197-4

1. Ficção policial inglesa. I. Breunig, Rodrigo. II. Título. III. Série.

14-17878 CDD: 823
CDU: 821.111-3

Rua Comendador Coruja, 314, loja 9 – Floresta – 90220-180
Porto Alegre – RS – Brasil / Fone: 51.3225.5777

Pedidos & Depto. Comercial: vendas@lpm.com.br
Fale conosco: info@lpm.com.br
www.lpm.com.br

Impresso no Brasil
Inverno de 2019

Agatha Christie
(1890-1976)

Agatha Christie é a autora mais publicada de todos os tempos, superada apenas por Shakespeare e pela Bíblia. Em uma carreira que durou mais de cinquenta anos, escreveu 66 romances de mistério, 163 contos, dezenove peças, uma série de poemas, dois livros autobiográficos, além de seis romances sob o pseudônimo de Mary Westmacott. Dois dos personagens que criou, o engenhoso detetive belga Hercule Poirot e a irrepreensível e implacável Miss Jane Marple, tornaram-se mundialmente famosos. Os livros da autora venderam mais de dois bilhões de exemplares em inglês, e sua obra foi traduzida para mais de cinquenta línguas. Grande parte da sua produção literária foi adaptada com sucesso para o teatro, o cinema e a tevê. *A ratoeira*, de sua autoria, é a peça que mais tempo ficou em cartaz, desde sua estreia, em Londres, em 1952. A autora colecionou diversos prêmios ainda em vida, e sua obra conquistou uma imensa legião de fãs. Ela é a única escritora de mistério a alcançar também fama internacional como dramaturga e foi a primeira pessoa a ser homenageada com o Grandmaster Award, em 1954, concedido pela prestigiosa associação Mystery Writers of America. Em 1971, recebeu o título de Dama da Ordem do Império Britânico.

Agatha Mary Clarissa Miller nasceu em 15 de setembro de 1890 em Torquay, Inglaterra. Seu pai, Frederick, era um americano extrovertido que trabalhava como corretor da Bolsa, e sua mãe, Clara, era uma inglesa tímida. Agatha, a caçula de três irmãos, estudou basicamente em casa, com tutores. Também teve aulas de canto e piano, mas devido ao temperamento introvertido não seguiu carreira artística. O pai de Agatha morreu quando ela tinha onze anos, o que a aproximou da mãe, com quem fez várias viagens. A paixão por conhecer o mundo acompanharia a escritora até o final da vida.

Em 1912, Agatha conheceu Archibald Christie, seu primeiro marido, um aviador. Eles se casaram na véspera do Natal de 1914 e tiveram uma única filha, Rosalind, em 1919. A carreira literária de Agatha – uma fã dos livros de suspense do escritor inglês Graham Greene – começou depois que sua irmã a desafiou a escrever um romance. Passaram-se alguns anos até que o primeiro livro da escritora fosse publicado. *O misterioso caso de Styles* (1920), escrito próximo ao fim da Primeira Guerra Mundial, teve uma boa acolhida da crítica. Nesse romance aconteceu a primeira aparição de Hercule Poirot, o detetive que estava destinado a se tornar o personagem mais popular da ficção policial desde Sherlock Holmes. Protagonista de 33 romances e mais de cinquenta contos da autora, o detetive belga foi o único personagem a ter o obituário publicado pelo *The New York Times*.

Em 1926, dois acontecimentos marcaram a vida de Agatha Christie: a sua mãe morreu, e Archie a deixou por outra mulher. É dessa época também um dos fatos mais nebulosos da biografia da autora: logo depois da separação, ela ficou desaparecida durante onze dias. Entre as hipóteses figuram um surto de amnésia, um choque nervoso e até uma grande jogada publicitária. Também em 1926, a autora escreveu sua obra-prima, *O assassinato de Roger Ackroyd*. Este foi seu primeiro livro a ser adaptado para o teatro – sob o nome *Álibi* – e a fazer um estrondoso sucesso nos teatros ingleses. Em 1927, Miss Marple estreou como personagem no conto "O Clube das Terças-Feiras".

Em uma de suas viagens ao Oriente Médio, Agatha conheceu o arqueólogo Max Mallowan, com quem se casou em 1930. A escritora passou a acompanhar o marido em expedições arqueológicas e nessas viagens colheu material para seus livros, muitas vezes ambientados em cenários exóticos. Após uma carreira de sucesso, Agatha Christie morreu em 12 de janeiro de 1976.

Dedicado a Rosalind e Susan,
as duas primeiras críticas deste livro

Sumário

Capítulo 1

Uma companheira de viagem

A Inglaterra!

A Inglaterra depois de tantos anos!

Como ela lhe pareceria?

Luke Fitzwilliam fez a si mesmo essa pergunta enquanto ia descendo a passarela de desembarque rumo ao cais. A pergunta manteve-se viva no fundo de sua mente durante toda a espera no balcão alfandegário; voltou subitamente à tona quando ele se viu, afinal, sentado no trem de saída.

Uma coisa era estar na Inglaterra de licença. Dinheiro de sobra para esbanjar (pelo menos no começo!), velhos amigos para rever, encontros com outros camaradas na mesma situação – uma atmosfera despreocupada de "Bem, não vai ser por muito tempo. Posso muito bem me divertir! Logo viajo de volta".

Agora, porém, voltar estava fora de questão. Nunca mais aquelas noites quentes e sufocantes, nunca mais o ofuscar do sol e a beleza tropical de rica vegetação, nunca mais aquelas noites solitárias lendo e relendo velhos exemplares do *Times*.

Ali estava ele, aposentado com honra e uma pensão, dispondo de uma pequena soma em recursos próprios, um cavalheiro de vida ociosa, retornando em definitivo à Inglaterra. O que faria para passar o tempo?

A Inglaterra! A Inglaterra num dia de junho, com um céu cinzento e um vento intenso e cortante. A paisagem não era nem um pouco acolhedora num dia como aquele! Por Deus, as pessoas! Multidões de pessoas, todas elas com semblantes cinzentos como aquele céu – semblantes ansiosos e preocupados. As casas também, brotando em todos os cantos como cogumelos. Casinhas asquerosas! Casinhas revoltantes! Galinheiros de arquitetura grandiosa por todos os lados na paisagem rural!

Com esforço, Luke Fitzwilliam desviou os olhos do panorama que se descortinava pela janela do vagão e se concentrou num exame atento dos jornais que acabara de comprar: *Times*, *Daily Clarion* e *Punch*.

Começou com o *Daily Clarion*. O *Clarion* se dedicava por inteiro às corridas de Epsom.

Luke pensou: "Uma pena que não tenhamos chegado ontem. Não vejo um derby desde os meus dezenove anos".

Ele apostara num cavalo no sweepstake do clube e agora queria saber o que o colunista de turfe do *Clarion* pensava de suas chances. Constatou que o cavalo era desdenhosamente desacreditado numa frase:

> *"Entre os outros, Jujube II, Mark's Mile, Santony e Jerry Boy dificilmente têm condições de classificação. Um provável azarão é..."*

Mas Luke não deu a menor atenção ao provável azarão. Seu olhar havia se deslocado para o quadro de apostas. Jujube II estava relacionado num modesto quarenta contra um.

Ele conferiu seu relógio. Quinze para as quatro. "Bem", pensou. "Agora já foi". E lamentou que não tivesse apostado em Clarigold, o segundo favorito.

Então abriu o *Times* e se deixou envolver por assuntos mais sérios.

Não ficou absorto por muito tempo, no entanto, pois um coronel de aspecto ferino, no canto oposto, mostrava-se tão raivoso com o que acabara de ler que precisava transmitir sua indignação ao companheiro de viagem. Uma boa meia hora se passou até que o coronel cansasse de dizer o que pensava sobre "esses malditos agitadores comunistas, senhor".

O coronel se aquietou, por fim, e pegou no sono de boca aberta. Pouco depois, o trem desacelerou e finalmente parou. Luke olhou pela janela. Eles haviam chegado a uma estação deserta com diversas plataformas. Ele avistou uma banca de livros um pouco adiante com um letreiro: RESULTADO DO DERBY. Luke abriu a porta, saltou do trem e correu em direção à banca. Um momento depois, contemplava fixamente, com um amplo sorriso, algumas linhas borradas na seção das notícias de última hora.

Resultado do Derby
JUJUBE II
MAZEPPA
CLARIGOLD

Luke sorria satisfeito. Cem libras para esbanjar! O bom e velho Jujube II, tão desdenhosamente desacreditado por todos os palpiteiros...

Ele dobrou o jornal, ainda sorrindo, e voltou-se para... encarar o vazio. Na empolgação da vitória de Jujube II, seu trem havia partido sem que ele percebesse.

– Quando foi que aquele maldito trem saiu? – perguntou para um carregador de aspecto sombrio.

Este último retrucou:

– Que trem? Não passou nenhum trem aqui desde o das 15h14.

– Havia um trem aqui agora mesmo. Eu saltei dele. O expresso do navio.

O carregador retrucou com austeridade:

– O expresso do navio não para em nenhum lugar até Londres.

– Mas parou – Luke garantiu-lhe. – Eu saltei dele.

– Nenhuma parada até Londres – repetiu o carregador, inabalável.

– O trem parou nesta exata plataforma e eu saltei dele, estou lhe dizendo.

Diante dos fatos, o carregador mudou de estratégia.

– O senhor não devia ter feito isso – afirmou em tom de censura. – Ele não para aqui.

– Mas parou.

– Isso foi por causa do sinal. Um sinal de espera. O trem não fez o que o senhor chama de "parar".

– Não sou tão bom como o senhor nessas distinções minuciosas – disse Luke. – A questão é: o que faço agora?

O carregador, um homem de raciocínio lento, repetiu em tom de censura:

– O senhor não devia ter descido.

– Vamos admitir que sim – falou Luke. – O mal está feito, não dá para voltar atrás... por mais que choremos amargamente, jamais traremos de volta o passado morto... Disse o corvo: "Nunca mais". Os dedos escrevem e, tendo escrito, avançam etc. etc. e assim por diante. Estou tentando chegar no seguinte: o que o senhor, um homem experiente a serviço da companhia ferroviária, aconselha que devo fazer agora?

– O senhor quer saber o que seria melhor fazer?

– Essa é a ideia – disse Luke. – Existem, eu presumo, trens que param, realmente fazem paradas oficiais aqui...

– Sim, senhor – o carregador retrucou. – É melhor o senhor seguir com o das 16h25.

– Se o das 16h25 vai para Londres, é este o meu trem – disse Luke.

Solucionada essa questão, Luke ficou perambulando pela plataforma. Uma enorme placa informava-lhe que se encontrava no entroncamento de Fenny Clayton rumo a Wychwood-under-Ashe. Nesse momento, um trem composto de um vagão, empurrado para trás por uma pequena e antiquada locomotiva, aproximou-se devagar, resfolegando, e se acomodou no seu modesto vão. Seis ou sete pessoas desceram e, atravessando uma passagem, vieram juntar-se a Luke em sua plataforma. O carregador sombrio voltou de súbito à vida e começou a empurrar para lá e para cá um enorme carrinho com engradados e cestos; outro carregador juntou-se a ele e começou a chacoalhar latas de leite. Fenny Clayton voltou a si.

Por fim, com ar de imensa importância, chegou o trem de Londres. Os vagões de terceira classe estavam abarrotados; os de primeira eram apenas três e cada um transportava um viajante ou mais viajantes. Luke examinou cada um dos compartimentos. No primeiro, destinado a fumantes, havia um cavalheiro de aparência militar fumando um charuto. Luke sentia que já tivera uma dose suficiente de coronéis anglo-indianos naquele dia. Passou para o seguinte, onde havia uma jovem distinta de aspecto cansado, provavelmente uma babá, e um garotinho de aspecto vivaz com cerca de três anos. Luke seguiu em frente às pressas. A porta seguinte estava aberta, e no vagão havia uma passageira, uma senhora. A velhinha o fazia lembrar ligeiramente de uma de suas tias, tia Mildred, que com grande coragem lhe permitira cuidar de uma cobra d'água quando tinha dez anos. No âmbito das tias, Mildred tinha sido decididamente uma boa tia. Luke entrou na carruagem e sentou-se.

Depois de uns cinco minutos de intensa atividade por parte das latas de leite, dos carrinhos de bagagem e outros alvoroços, o trem afastou-se lentamente da estação. Luke desdobrou seu jornal e dedicou-se às notícias que poderiam interessar um homem que já tivesse lido seu jornal matinal.

Não esperava conseguir ler por muito tempo. Sendo um homem de muitas tias, tinha certeza de que a simpática velhinha no canto não pretendia viajar em silêncio até Londres.

Estava certo; uma janela precisava de ajuste, um guarda-chuva caíra no chão; e a velhinha começou a lhe contar como era bom aquele trem.

– Só uma hora e dez minutos. Isso é ótimo, sabe, é excelente. Bem melhor do que o da manhã, que leva uma hora e quarenta minutos.

Ela prosseguiu:

– É claro, quase todos pegam o da manhã. Quero dizer, nos dias em que o bilhete é mais barato é uma tolice pegar o da tarde. Eu queria ter viajado nesta manhã, mas Wonky Pooh desapareceu... é o meu gato, um gato persa, uma belezinha, só que ele anda com problema nos ouvidos... e, claro, eu não podia sair de casa enquanto ele não fosse encontrado!

Luke murmurou:

– Claro que não...

E deixou seus olhos voltarem ostensivamente ao jornal. Mas não adiantou. A enxurrada prosseguiu:

– Então eu simplesmente tirei o melhor da situação e optei por pegar o trem da tarde, de certo modo foi uma bênção, porque não é tão abarrotado... não que isso importe quando a gente está viajando de primeira classe. É claro, não costumo fazer isso. Quero dizer, eu consideraria isso uma *extravagância*, com todos os impostos e com os baixos salários... mas na verdade eu fiquei muito aborrecida porque, veja bem, estou indo à cidade com uma missão importantíssima, e queria elaborar exatamente o que iria dizer... bem silenciosamente, sabe...

Luke reprimiu um sorriso.

– E quando há pessoas viajando junto... bem, você não pode deixar de ser amigável... então achei que, só dessa vez, a despesa era *perfeitamente admissível*... embora eu considere de fato que hoje em dia o desperdício é tão grande, pois ninguém economiza ou pensa no futuro. É lamentável que tenham abolido as segundas classes... isso fazia justamente aquela pequena diferença...

– Claro – ela prosseguiu rapidamente, lançando um ágil olhar ao rosto bronzeado de Luke –, eu sei que soldados de licença precisam viajar em primeira classe. Quero dizer, por serem oficiais, é o que se espera...

Luke enfrentou o ataque curioso de um par de olhos brilhantes. Capitulou sem demora. No fim, ele sabia, não haveria como evitar.

– Eu não sou soldado – ele disse.

– Ah, sinto muito. Não era minha intenção... eu só pensei... o senhor está tão bronzeado... talvez estivesse vindo do Oriente de licença.

– Estou vindo do Oriente – Luke falou. – Mas não de licença.

Ele livrou-se de maiores investigações com uma declaração nua e crua:

– Sou policial.

– Da polícia? Ora, realmente, isso é muito interessante. O filho de uma querida amiga minha acabou de ingressar na polícia palestina.

– Mayang Straits – disse Luke, atalhando mais uma vez.

– Ah, minha nossa... muito interessante. Realmente, é uma coincidência e tanto... quero dizer, que o senhor esteja viajando neste vagão. Porque, veja bem, essa missão que está me levando à cidade... bem, na verdade estou indo à Scotland Yard.

– Não diga! – retrucou Luke.

Ele pensou consigo: "Será que a pilha dela vai acabar logo? Ou isso vai continuar o caminho todo até Londres?". Mas, na verdade, ele não se importava muito, porque sempre tivera muito apego por sua tia Mildred e se lembrava de como, certa vez, ela conseguira algum dinheiro em cima da hora. Além disso, havia uma qualidade bastante inglesa e acolhedora em velhinhas como aquela e sua tia Mildred. Não havia nada de remotamente parecido com elas em Mayang Straits. Podiam ser equiparadas ao pudim de ameixa no dia de Natal e ao jogo de críquete no campo e às amplas lareiras com lenha queimando. Típicas coisas que você apreciava um bocado quando não as tinha e vivia no outro lado do mundo. (Eram também as típicas coisas com as quais você ficava muito entediado quando tinha, mas, como já foi dito, Luke desembarcara na Inglaterra há três ou quatro horas.)

A velhinha continuava com alegria:

– Sim, eu queria ter ido à cidade nesta manhã, mas, como lhe contei, fiquei tão preocupada com Wonky Pooh... O senhor não acha que será tarde demais, acha? Quero dizer, não existem horários especiais de funcionamento na Scotland Yard...

– Não creio que eles fechem às quatro da tarde ou algo desse tipo – disse Luke.

– Não, é claro, eles nem poderiam fazer isso, certo? Isto é, alguém poderia querer denunciar um crime grave a qualquer momento, não é mesmo?

– Exato – Luke concordou.

A velhinha manteve-se em silêncio por alguns instantes. Parecia preocupada.

– Sempre considero que é melhor ir direto à nascente – falou afinal. – John Reed é um ótimo sujeito... ele é o nosso policial em Wychwood... um homem muito cortês e afável... mas não sinto, sabe, que ele seja a pessoa certa para lidar com qualquer coisa séria. Ele está muito acostumado a lidar com pessoas que beberam demais, ou que ultrapassam o limite de velocidade, ou que não ligam os faróis no escuro... ou com pessoas que não registraram seus cachorros... e talvez até mesmo com arrombamentos. Mas não acredito... tenho plena certeza de que ele não é a pessoa certa para lidar com *assassinato*!

As sobrancelhas de Luke se levantaram.

– Assassinato?

A velhinha confirmou com um gesto vigoroso da cabeça.

– Sim, assassinato. Posso ver que o senhor está surpreso. Eu mesma também fiquei, a princípio. Não conseguia realmente acreditar. Achei que devia estar imaginando coisas.

– Tem certeza de que não estava? – Luke perguntou com delicadeza.

– Não, não! – ela sacudiu a cabeça com segurança. – Eu poderia ter imaginado da primeira vez, mas não da segunda, ou da terceira, ou da quarta. Depois desse ponto, a gente *sabe*.

Luke falou:

– A senhorita quer dizer que ocorreram... hã... vários assassinatos?

A voz calma e suave respondeu:

– Receio que uma boa quantidade.

Ela continuou:

– Foi por isso que achei melhor ir direto à Scotland Yard e lhes contar a respeito. O *senhor* não acha que é o melhor a fazer?

Luke olhou para ela com certa dúvida e então afirmou:

– Ora, sim... acho que a senhora está mais do que certa.

E pensou consigo: "Eles saberão lidar com ela. Provavelmente, toda semana recebem meia dúzia de velhinhas que aparecem gaguejando sobre uma porção de assassinatos cometidos em seus pacatos vilarejos rurais! Pode ser até que exista um departamento especial para lidar com as queridinhas."

Luke enxergou em sua imaginação um superintendente paternal, ou um jovem inspetor bem-apessoado, murmurando com bastante tato: "Obrigado, minha senhora, eu lhe fico muito grato, posso garantir. Agora queira voltar e deixe tudo nas nossas mãos, não precisa mais se preocupar com isso."

Ele sorriu consigo, de leve, diante da imagem. Pensou: "De onde será que elas tiram essas ideias? Vidas mortalmente monótonas, suponho... uma ânsia não reconhecida por drama. Certas senhoras, pelo que já me contaram, imaginam que todo mundo está envenenando sua comida".

Luke foi despertado de tais meditações pela voz fina e suave que continuava:

– Sabe, eu me lembro de ter lido uma vez... acho que foi o caso Abercrombie... é claro que *ele* já tinha envenenado várias pessoas quando alguma suspeita foi levantada... O que eu estava dizendo? Ah, sim, alguém disse que havia um olhar... um olhar especial que ele lançava para uma pessoa qualquer... e então, bem pouco tempo depois, essa pessoa caía doente. Eu não acreditei quando li a respeito... mas é verdade!

– O que é verdade?

– O olhar especial que lançava...

Luke encarou-a fixamente. Ela tremia um pouco, e suas adoráveis bochechas rosadas haviam perdido um pouco da cor.

– Percebi primeiro com Amy Gibbs... e *ela* morreu. E depois foi Carter. E Tommy Pierce. Mas agora, ontem, foi o dr. Humbleby... e ele é um homem tão *bom*... um homem *realmente* bom. Carter, é claro, bebia, e Tommy Pierce era um garotinho terrivelmente atrevido e impertinente que intimidava os meninos pequenos, torcendo-lhes os braços e beliscando-os. Não me senti tão mal assim em função deles, mas o dr. Humbleby é diferente. Ele *precisa* ser salvo. E a coisa mais terrível é que, se eu o procurasse para lhe contar a respeito, ele não acreditaria em mim! Só daria risada! Tampouco John Reed acreditaria em mim. Mas na Scotland Yard vai ser diferente. Porque, naturalmente, lá eles estão *acostumados* com crimes!

Ela olhou pela janela.

– Ah, minha nossa, num minuto nós chegaremos.

A velhinha se alvoroçou um pouco, abrindo e fechando sua bolsa, recolhendo seu guarda-chuva.

– Obrigada... muito obrigada – dirigiu-se a Luke enquanto este pegava o seu guarda-chuva pela segunda vez. – Foi um tremendo *alívio* conversar com o senhor... muita gentileza da sua parte, posso lhe garantir... fico tão contente que o senhor pense que estou fazendo a coisa certa...

Luke retrucou gentilmente:

– Tenho certeza de que lhe darão um bom aconselhamento na Scotland Yard.

– Fico realmente muitíssimo grata – ela remexeu em sua bolsa. – Meu cartão... ah, minha nossa, só tenho um... preciso guardar este... para a Scotland Yard...

– É claro, é claro...

– Mas o meu nome é Pinkerton.

– Um nome muito adequado, srta. Pinkerton – disse Luke, sorrindo.

Vendo que a dama se mostrava um pouco desnorteada, ele acrescentou às pressas:

– Meu nome é Luke Fitzwilliam.

Com o trem se aproximando da plataforma, ele acrescentou:

– Posso lhe chamar um táxi?

– Ah, não, muito obrigada – a srta. Pinkerton pareceu ficar um tanto chocada com a ideia. – Vou pegar o metrô. Desse modo vou até Trafalgar Square e depois sigo a pé por Whitehall.

– Bem, boa sorte – disse Luke.

A srta. Pinkerton lhe deu um caloroso aperto de mão.

– Tão gentil da sua parte... – ela murmurou de novo. – Sabe, num primeiro momento cheguei a pensar que o senhor não acreditava em mim.

Luke teve a delicadeza de corar.

– Bem... – ele falou. – Tantos assassinatos! Meio difícil cometer assassinatos e se safar, não?

A srta. Pinkerton balançou a cabeça. Afirmou com ardor:

– Não, não, meu caro rapaz, é *aí* que você se engana. É muito fácil matar... contanto que ninguém suspeite de você. E, veja bem, a pessoa em questão é justamente a última pessoa de quem *qualquer um* suspeitaria!

– Bem, de qualquer forma, boa sorte – desejou Luke.

A srta. Pinkerton foi engolida pela multidão. Ele, por sua vez, partiu em busca de sua bagagem, pensando: "Um tantinho maluca? Não, acredito que não. Uma imaginação vívida, só isso. Espero que peguem leve, que não a desapontem demais. Velhinha bastante simpática".

Capítulo 2

Obituário

I

Jimmy Lorrimer era um dos amigos mais antigos de Luke. Era obrigatório que Luke se hospedasse em sua casa tão logo pisasse em Londres. Foi com Jimmy que ele saiu pelas ruas, na noite de sua chegada, em busca de diversão. Foi o café de Jimmy que ele bebeu, com dor de cabeça, na manhã seguinte, e foi a voz de Jimmy que ficou sem resposta enquanto ele relia um parágrafo pequeno e insignificante no jornal matinal.

– Desculpe, Jimmy – ele disse, voltando a si com um sobressalto.

– No que você estava tão absorto? Na situação política?

Luke sorriu.

– Negativo. Não, é bem esquisito... uma velhinha com quem vim no trem para cá, ontem, foi atropelada.

– Provavelmente confiou demais num semáforo – disse Jimmy. – Como você sabe que é ela?

– É claro, pode não ser. Mas é o mesmo nome... Pinkerton... ela foi atropelada e morta por um carro enquanto atravessava Whitehall. O carro não parou.

– Negócio desagradável... – retrucou Jimmy.

– Sim, coitadinha... Lamento muito. Ela me fazia lembrar da minha tia Mildred.

– Quem quer que estivesse dirigindo aquele carro vai arcar com as consequências. É praticamente certo que vai responder por homicídio culposo. Vou lhe dizer uma coisa, fico morrendo de medo quando dirijo um carro hoje em dia.

– O que você tem em matéria de carro no momento?

– Um Ford V 8. Fique sabendo, meu garoto...

A conversa tornou-se excessivamente técnica.

Jimmy interrompeu-a para perguntar:

– Que diabos você está cantarolando?

Luke cantarolava consigo:

– *Larari, larari, a Mosca se casou com Bumble Bee.**

Ele se desculpou.

– É uma canção de ninar que ainda lembro da minha infância. Não entendo como foi parar na minha cabeça.

II

Foi mais de uma semana depois que Luke, passando despreocupadamente os olhos pela primeira página do *Times*, soltou uma exclamação sobressaltada.

– Não posso acreditar!

Jimmy Lorrimer levantou o rosto.

– Qual é o problema?

Luke não respondeu. Ele olhava fixamente para um nome na seção de anúncios.

Jimmy repetiu sua pergunta.

Luke ergueu a cabeça e encarou seu amigo. Sua expressão era tão singular que Jimmy ficou bastante desconcertado.

– O que há, Luke? Parece que você viu um fantasma.

O outro não respondeu por alguns instantes. Ele largou o jornal, andou até a janela e voltou. Jimmy o observava com crescente surpresa.

* Abelhão, vespa. (N.T.)

Luke desabou numa cadeira e se inclinou para frente.

– Jimmy, meu velho, você se lembra de quando mencionei uma velhinha com quem viajei para cá? No dia em que cheguei à Inglaterra?

– Aquela que você disse que o lembrava da sua tia Mildred? E depois foi atropelada por um carro?

– Essa mesma. Ouça, Jimmy. A senhorinha me veio com uma longa ladainha de que estava indo à Scotland Yard para denunciar vários assassinatos. Havia um assassino à solta em seu vilarejo, e o sujeito andava fazendo várias execuções, uma atrás da outra.

– Você não me contou que ela era maluca – disse Jimmy.

– Eu não achava que fosse.

– Ah, ora essa, meu velho, assassinatos em série...

Luke retrucou com impaciência:

– Não me pareceu que ela não batesse bem da cabeça. Achei que ela só estivesse se deixando levar pela imaginação, como acontece às vezes com as senhoras idosas.

– Bem, sim, creio que possa ter sido isso. Mas provavelmente ela também era um pouco desequilibrada, eu diria.

– Não importa o que *você* acha, Jimmy. Neste momento, *eu* estou contando para *você*, entende?

– Ah, perfeitamente... prossiga.

– Ela foi bastante minuciosa, mencionou o nome de uma ou duas vítimas e então explicou que o que realmente a deixava irrequieta era o fato de saber quem seria a próxima vítima.

– Sim? – Jimmy incentivou-o.

– Às vezes recordamos um nome por uma razão tola qualquer. O nome grudou na minha cabeça porque o liguei a uma canção de ninar que costumavam cantar para mim quando era pequeno. *Larari, larari, a Mosca se casou com Bumble Bee.*

– Muito intelectual, tenho certeza, mas aonde você quer chegar?

– Quero chegar, meu amigo, ao fato de que o nome do homem era Humbleby... dr. Humbleby. A velhinha disse que o dr. Humbleby seria o próximo a morrer e estava transtornada porque ele era "um homem tão bom". O nome grudou na minha cabeça por causa da canção.

– Pois bem? – disse Jimmy.

– Pois bem, dê uma olhada nisto.

Luke repassou-lhe o jornal, apontando com o dedo um registro na coluna das mortes.

> *HUMBLEBY. – No dia 13 de junho, faleceu de modo repentino, em sua residência em Sandgate, Wychwood-under-Ashe, JOHN EDWARD HUMBLEBY, Doutor em Medicina, amado esposo de JESSIE ROSE HUMBLEBY. Enterro na sexta-feira. Sem flores, por solicitação.*

– Você percebe, Jimmy? O mesmo nome, o mesmo lugar, e ele é médico. O que você deduz disso?

Jimmy demorou alguns instantes para responder. Sua voz se mostrava séria quando falou afinal, um tanto em dúvida:

– Acho que é só uma coincidência absurdamente esquisita.

– Será que é, Jimmy? É? Será só isso?

Luke começou a andar para lá e para cá de novo.

– O que mais poderia ser? – Jimmy perguntou.

Luke voltou-se repentinamente.

– Digamos que cada palavra dita por aquela velhinha tagarela fosse *verdade*! Digamos que aquela história fantástica fosse simplesmente a verdade!

– Ah, ora essa, meu velho! Isso já seria um pouco forçado! Coisas assim não acontecem.

– E o que dizer do caso Abercrombie? Não supunham que ele já havia eliminado um bocado de gente?

– Mais do que chegou a vir à tona – disse Jimmy. – Um camarada meu tinha um primo que era o inspetor local. Fiquei sabendo algumas coisas por dele. Pegaram Abercrombie por fazer o veterinário local ingerir arsênico, aí exumaram sua esposa e ela estava cheia do troço, e é quase certo que o cunhado dele foi despachado da mesma maneira... e isso não era tudo, nem de longe. Esse camarada meu disse que a versão extraoficial dava conta de que Abercrombie tinha eliminado pelos menos quinze pessoas em sua carreira. *Quinze!*

– Exato. Então essas coisas acontecem *sim*!

– É, mas não acontecem com frequência.

– Como é que você sabe? Pode ser que aconteçam com muito mais frequência do que você imagina.

– Eis que se manifesta o representante da polícia! Você não consegue esquecer que é policial, agora que se retirou à vida privada?

– Uma vez policial, sempre policial, eu acho – falou Luke. – Agora ouça, Jimmy, digamos que, antes que Abercrombie se tornasse temerário a ponto de esfregar seus assassinatos na cara da polícia, uma solteirona velha, bonachona e loquaz tivesse simplesmente adivinhado o que ele estava aprontando e revelado tudo às autoridades. Você acha que teriam lhe dado atenção?

Jimmy rangiu os dentes.

– Negativo!

– Exato. Teriam dito que ela tinha um parafuso a menos. Bem como *você* disse! Ou teriam dito: "Imaginação demais. Não tem mais o que fazer". Como *eu* disse! *E nós dois, Jimmy, teríamos nos equivocado.*

Lorrimer ponderou por alguns instantes e então perguntou:

– Qual é a situação exatamente, segundo lhe parece?

Luke respondeu devagar:

– O caso se configura da seguinte maneira: me contaram uma história... uma história improvável, mas não impossível. Uma evidência, a morte do dr. Humbleby, sustenta essa história. E há outro fato significativo. A srta. Pinkerton estava indo à Scotland Yard com essa história improvável dela. *Mas não chegou lá.* Foi atropelada e morta por um carro que não parou.

Jimmy contestou:

– Você não sabe se ela não chegou lá. Ela pode ter sido atropelada depois de sua visita, não antes.

– Pode ter sido, sim... mas não creio.

– Isso é pura suposição. O caso se resume ao seguinte: você acredita nisso... nesse melodrama.

Luke sacudiu a cabeça com rispidez.

– Não, não foi o que eu disse. Tudo o que estou dizendo é: o caso merece investigação.

– Ou seja, *você* vai visitar a Scotland Yard.

– Não, não cheguei a esse ponto ainda... ainda estou longe. Como você disse, a morte desse Humbleby pode ser uma mera coincidência.

– Então, se eu posso perguntar, qual é a ideia?

– A ideia é ir até o lugarejo e averiguar a questão.

– Então essa é a ideia, é?

– Você não concorda que essa é a única maneira sensata de resolver o problema?

Jimmy encarou-o fixamente antes de dizer:

– Você está levando *a sério* esse negócio, Luke?

– Sem sombra de dúvida.

– E se, no fim das contas, for tudo uma ilusão?

– Essa seria a melhor coisa que poderia acontecer.

– Sim, é claro... – Jimmy franziu o cenho. – Mas você não acha que seja, ou acha?

– Meu caro amigo, vou manter a mente aberta.

Jimmy ficou em silêncio por um minuto. Então falou:

– Você tem algum plano? Quero dizer, você vai precisar de algum *motivo* para aparecer de repente no lugar.

– Sim, suponho que vou precisar.

– Não tem nada para supor nesse caso. Você tem noção de como é uma cidadezinha rural na Inglaterra? Qualquer um se destaca como um alienígena!

– Terei de adotar um disfarce – Luke disse com um sorriso forçado. – O que você sugere? Artista? Complicado... não sei desenhar, muito menos pintar.

– Você poderia ser um artista moderno – Jimmy sugeriu. – Aí não teria importância...

Mas Luke estava concentrado no problema em questão.

– Um escritor? Por acaso escritores se hospedam em estalagens rurais bizarras para escrever? Poderiam se hospedar, suponho. Um pescador, talvez... mas vou precisar descobrir se existe um rio nas proximidades. Um inválido a quem prescreveram o ar do campo? Não sou talhado para o papel, e, de qualquer forma, todo mundo recorre a clínicas de repouso hoje em dia. Eu poderia estar procurando uma casa nas redondezas. Mas essa não é uma tática muito boa. Que maldição, Jimmy, tem de existir *algum* motivo plausível para um estranho cordial cair de paraquedas num vilarejo inglês...

Jimmy falou:

– Espere um segundo... me passe de novo esse jornal.

Pegando-o, ele passou superficialmente os olhos pela página e anunciou, triunfante:

– Era o que eu pensava! Luke, meu velho... para dizer em poucas palavras, vou dar um jeito para você. Tudo vai ser fácil como piscar os olhos!

Luke girou o corpo.

– O quê?

Jimmy continuava, com modesto orgulho:

– Achei que algo me soava familiar! Wychwood-under-Ashe. É claro! O lugar exato!

– Você tem, por acaso, um camarada que conheça o inspetor de lá?

– Não dessa vez. Melhor do que isso, meu amigo A natureza, como você sabe, me abençoou com muitas tias e primos, já que o meu pai foi integrante de uma família de treze filhos. Agora ouça o seguinte: *eu tenho um parente em Wychwood-under-Ashe.*

– Jimmy, você é simplesmente um fenômeno.

– É uma beleza, não é? – Jimmy falou com modéstia.

– Fale sobre ele.

– É ela. Seu nome é Bridget Conway. Durante os últimos dois anos ela foi secretária de Lord Whitfield.

– O sujeito que é dono daqueles desprezíveis jornaizinhos semanais?

– Isso mesmo. Um homenzinho bem desprezível também! Pomposo! Ele nasceu em Wychwood-under-Ashe e, sendo aquele tipo de esnobe que quer exibir a todos seu nascimento e sua estirpe, que se vangloria de ter feito sucesso por seu próprio esforço, voltou para o vilarejo natal, comprou a única mansão da vizinhança (que pertenceu originalmente à família de Bridget, aliás) e se ocupa em transformar a casa numa "propriedade modelo".

– E a sua prima é secretária dele?

– Ela foi – Jimmy respondeu em tom sombrio. – Agora ela subiu de posição! Está noiva dele!

– Ah! – retrucou Luke, um tanto desconcertado.

– Ele é um bom partido, é claro – disse Jimmy. – Nadando em dinheiro. Bridget levou um tombo e tanto por causa de certo sujeito... isso destruiu por inteiro qualquer ilusão romântica que ela tivesse. Eu me arrisco a dizer que agora ela vai colher belos frutos. Bridget provavelmente será firme com ele, e o sujeito vai comer na mão dela.

– E onde é que eu entro na história?

Jimmy retrucou prontamente:

– Você vai passar um tempo com eles... é melhor você ser outro primo. Bridget tem tantos que um a mais ou a menos não vai fazer diferença. Vou arranjar tudo direitinho com ela para você. Eu e Bridget sempre fomos camaradas. Agora, quanto ao seu motivo para estar lá... bruxaria, meu rapaz.

– Bruxaria?

– Folclore, superstições locais... todo esse tipo de coisa. Wychwood-under-Ashe tem uma reputação e tanto nesse aspecto. Um dos últimos lugares onde houve um Sabá de Bruxas. Bruxas ainda eram queimadas lá no século passado... há todos os tipos de tradições. Você está escrevendo um livro, entende? Correlacionando os costumes de Mayang Straits e o folclore inglês antigo... pontos semelhantes etc. Você sabe como é. Circule por lá com um caderno de anotações e entreviste o habitante mais antigo sobre as superstições e os costumes locais. Eles estão bem acostumados com esse tipo de coisa por lá, e, estando hospedado em Ashe Manor, você terá um salvo-conduto.

– E quanto a Lord Whitfield?

– Não vai desconfiar de nada. Ele é inculto e completamente ingênuo... efetivamente acredita nas coisas que lê em seus próprios jornais. De todo modo, Bridget vai preparar o terreno com ele. Com Bridget não há problema. Coloco a mão no fogo por ela.

Luke respirou fundo.

– Jimmy, meu amigo, parece que vai ser fácil. Você é um fenômeno. Se realmente puder preparar o terreno com a sua prima...

– Isso vai ser absolutamente tranquilo. Deixe comigo.

– Fico infinitamente grato a você.

Jimmy disse:

– Tudo o que peço é: se você está caçando um assassino homicida, quero estar presente no momento do abate!

Acrescentou bruscamente:

– O que foi?

Luke respondeu devagar:

– Só uma coisa que eu lembrei, algo que a velhinha me disse. Tinha dito para ela que era um pouco improvável cometer vários assassinatos e se safar, e ela respondeu que eu estava enganado... que era muito fácil matar...

Ele se calou e então prosseguiu devagar:

– Eu me pergunto se isso é verdade, Jimmy... Eu me pergunto se...

– O quê?

– *É fácil matar...*

Capítulo 3

Bruxa sem vassoura

I

O sol brilhava quando Luke subiu e começou a percorrer a colina rumo à cidadezinha rural de Wychwood-under-Ashe. Ele havia comprado um Standard Swallow usado, parou por um instante no topo da colina e desligou o motor.

O dia de verão estava ensolarado e quente. Abaixo via-se o vilarejo, excentricamente intocado por desenvolvimentos recentes, repousando de modo pacífico e inocente sob o sol, formado principalmente de uma rua longa e dispersa que acompanhava por baixo o topo saliente de Ashe Ridge.

O lugarejo parecia singularmente remoto, estranhamente preservado. Luke pensou: "Provavelmente estou louco. Tudo isso é fantástico".

Será que de fato ele viera até ali para caçar um matador simplesmente por força de certas divagações de uma velhinha e um obituário lido ao acaso?

Ele sacudiu a cabeça.

– Certamente, coisas assim não acontecem – murmurou. – Ou... acontecem? Luke, meu garoto, cabe a você descobrir se é o imbecil mais crédulo do mundo ou se o seu faro de policial o levou a uma pista quente.

Luke ligou o motor, engatou a marcha e desceu suavemente a estrada serpenteante, assim entrando na rua principal.

Wychwood, como já foi dito, é formada especialmente por sua rua principal. Havia lojas, pequenas casas georgianas, empertigadas e aristocráticas com seus degraus esbranquiçados e aldravas reluzentes, havia chalés pitorescos com jardins de flores. Havia uma hospedaria, a Bells and Motley, um pouco recuada da rua principal. Havia um jardim público, um lago com patos e, dominando tudo, uma imponente casa georgiana que Luke julgou ser, a princípio, seu destino. Aproximando-se, contudo, constatou que havia uma enorme placa pintada anunciando ser aquele o prédio do Museu e da Biblioteca. Mais adiante havia um anacronismo: um grande edifício, branco e moderno, austero e contrastante com o jovial desordenamento do resto do lugar. Tratava-se, Luke deduziu, do clube de uma instituição de rapazes da cidadezinha.

Foi nesse ponto que Luke parou para perguntar sobre a direção que deveria seguir.

Foi informado que Ashe Manor ficava cerca de oitocentos metros mais em frente; ele veria os portões à direita.

Luke continuou seu trajeto. Encontrou os portões com facilidade, eram de um ferro forjado novo e elaborado. Ele entrou com o carro, vislumbrou tijolos vermelhos por entre as árvores e fez uma curva no caminho para topar, estupefato, com o pavoroso e incongruente monstro acastelado que saudou seus olhos.

Enquanto Luke contemplava aquele pesadelo, o sol se escondeu. Ele assimilou, de súbito, a sobrejacente ameaça de Ashe Ridge. Houve uma rajada de vento repentina e cortante, soprando para trás as folhas das árvores, e naquele momento, contornando um dos cantos da mansão acastelada, apareceu uma jovem.

A rajada súbita soprou-lhe os cabelos pretos para o alto da cabeça, e veio à mente de Luke um quadro que ele vira certa vez: "A Bruxa", de Nevinson. O rosto comprido, pálido e delicado, os cabelos pretos voando na direção das estrelas. Ele conseguia enxergar aquela jovem num cabo de vassoura, voando na direção da lua...

Ela veio direto ao encontro de Luke.

– O senhor deve ser Luke Fitzwilliam. Eu sou Bridget Conway.

Luke tomou a mão que lhe foi estendida. Conseguia vê-la, agora, tal como era – não num momento repentino de fantasia. Alta, esbelta, um semblante comprido e delicado com maçãs do rosto ligeiramente encovadas – irônicas sobrancelhas pretas – cabelos e olhos pretos. Era como uma delicada gravura, ele pensou – linda e pungente.

Ele acalentara uma imagem consciente em seus pensamentos durante a viagem de retorno à Inglaterra – a imagem de uma jovem inglesa corada e queimada de sol – acariciando o pescoço de um cavalo, agachando-se para extirpar as ervas daninhas de um canteiro, sentada e aquecendo as mãos junto à chama de uma fogueira. Tinha sido uma visão cálida e graciosa...

Agora, não sabia se gostava ou não de Bridget Conway, mas sabia que a imagem secreta oscilara e se desfizera; tornara-se tola e desprovida de sentido...

Ele disse:

– Como vai? Devo lhe pedir desculpas por me impor a vocês dessa maneira. Jimmy insistiu que a senhorita não se importaria.

– Ah, não nos importamos. Ficamos encantados.

Ela sorriu, um sorriso curvado que arrastou os cantos de sua boca comprida até o meio das bochechas.

– Jimmy e eu sempre ajudamos um ao outro. E, se o senhor está escrevendo um livro sobre folclore, este é um lugar esplêndido. Todos os tipos de lendas e locais pitorescos.

– Esplêndido – disse Luke.

Os dois caminharam juntos na direção da casa. Luke lançou-lhe mais um olhar furtivo. Identificou, agora, traços de uma residência em estilo Rainha Ana, recoberta e sufocada pela magnificência ornamentada. Recordou a menção de Jimmy de que a casa pertencera originalmente à família de Bridget. Isso, ele pensou sombriamente, tinha sido nos tempos despojados. Dirigindo olhares furtivos ao perfil da jovem, às belas mãos compridas, Luke ponderava.

Bridget tinha em torno de 28 ou 29 anos, ele supôs. E era inteligente. Era uma dessas pessoas sobre as quais você não sabe absolutamente nada, a menos que decidam que você pode saber...

O interior da casa era confortável e revelava bom gosto – o bom gosto de um decorador de primeira categoria. Bridget Conway o conduziu a um aposento com estantes de livros e poltronas confortáveis onde se via, perto da janela, uma mesa de chá junto à qual duas pessoas estavam sentadas.

Ela disse:

– Gordon, este é Luke, uma espécie de primo de um primo meu.

Lord Whitfield era um homem pequeno com uma cabeça semicareca. Seu rosto era redondo e inocente, com uma boca em biquinho e olhos que eram como groselhas cozidas. Trajava roupas campestres de aspecto desleixado que não caíam bem em seu corpo, no qual a barriga era o volume predominante.

Ele cumprimentou Luke de modo afável.

– Prazer em conhecê-lo... muito prazer. Acabou de voltar do Oriente, é isso mesmo? Lugar interessante. Escrevendo um livro, é o que Bridget me contou. Dizem que livros demais são escritos hoje em dia. Eu digo que não; há sempre lugar para um bom livro.

Bridget falou:

– Minha tia, sra. Anstruther.

Luke apertou a mão de uma mulher de meia-idade com um sorriso bastante tolo.

A sra. Anstruther, como Luke logo ficou sabendo, era devota de corpo e alma à jardinagem. Nunca falava sobre qualquer outra coisa, e sua mente ocupava-se o tempo todo em considerar se certa planta rara ficaria bem no local em que pretendia colocá-la.

Depois de retribuir a apresentação, declarou:

– Sabe, Gordon, o ponto ideal para um jardim de pedras seria logo depois do jardim de rosas, e aí você poderia ter o mais maravilhoso lago, onde o riacho avança por aquela depressão.

Lord Whitfield se recostou na cadeira, espreguiçando-se.

– Você trate de arranjar tudo isso com Bridget – ele falou com tranquilidade. – Plantas de pedra são tolice, creio eu... mas isso não tem importância.

Bridget disse:

– Plantas de pedra não são suficientemente grandiosas para você, Gordon.

Ela serviu um pouco de chá para Luke, e Lord Whitfield afirmou com placidez:

– Isso mesmo. Não agregam o que eu chamo de bom valor monetário. Flores minúsculas que você mal consegue enxergar. Eu gosto de uma bela exibição numa estufa, ou alguns belos canteiros de gerânios vermelhos.

A sra. Anstruther, dotada por excelência do dom de insistir em seu próprio tema sem se deixar perturbar por aquilo que qualquer pessoa dissesse, afirmou:

– Acredito que essas novas rosas se sairiam perfeitamente bem neste clima – e tratou de mergulhar em catálogos.

Lançando para trás na cadeira seu pequeno corpo atarracado, Lord Whitfield bebericou seu chá e examinou Luke com apreciação.

– Então o senhor escreve livros... – murmurou.

Sentindo-se ligeiramente nervoso, Luke estava prestes a prestar explicações quando percebeu que Lord Whitfield não queria, na verdade, quaisquer informações.

– Muitas vezes penso – declarou complacente – que eu mesmo gostaria de escrever um livro.

– Sim? – disse Luke.

– Eu *poderia*, note bem – retrucou Lord Whitfield. – E seria um livro muito interessante. Já topei com várias pessoas interessantes. O problema é que não tenho *tempo*. Sou um homem muito ocupado.

– É claro. O senhor só pode ser.

– O senhor não acreditaria na quantidade de coisas que eu carrego nas costas – falou Lord Whitfield. – Tenho interesse pessoal por cada uma das minhas publicações. Considero que sou responsável por moldar a mentalidade do público. Na semana que vem, milhões de pessoas estarão pensando e sentindo precisamente o que pretendi que elas sentissem e pensassem. Trata-se de um pensamento bastante solene. Acarreta responsabilidade. Bem, a responsabilidade não é um problema para mim. Ela não me assusta. Posso *aguentar* a responsabilidade.

Lord Whitfield inflou o peito, tentou encolher a barriga e lançou um olhar amável para Luke.

Bridget Conway falou em tom ameno:

– Você é um grande homem, Gordon. Beba um pouco mais de chá.

Lord Whitfield simplesmente retrucou:

– Eu *sou* um grande homem. Não, não quero mais chá.

Em seguida, descendo das alturas de seu Olimpo pessoal para o nível dos mortais mais ordinários, perguntou delicadamente a seu hóspede:

– Conhece alguém por esta parte do mundo?

Luke balançou a cabeça. Então, agindo por impulso e sentindo que o quanto antes se lançasse ao trabalho seria melhor, acrescentou:

– Pelo menos há um homem por aqui que eu prometi procurar... amigo de amigos meus. Um homem chamado Humbleby. Ele é médico.

– Ah! – Lord Whitfield empertigou-se com algum esforço em seu assento. – O dr. Humbleby? Uma lástima.

– O que é uma lástima?

– Morreu cerca de uma semana atrás – disse Lord Whitfield.

– Ah, minha nossa – falou Luke. – Lamento saber disso.

– Não pense que poderia ter gostado dele – disse Lord Whitfield. – Teimoso, bruto, um velho tolo e atrapalhado.

– Ou seja – interveio Bridget –, ele discordava de Gordon.

– Uma questão sobre o nosso fornecimento de água – falou Lord Whitfield. – Posso lhe garantir, sr. Fitzwilliam, que sou um homem devotado aos benefícios públicos. Meu coração bate pelo bem-estar desta cidadezinha. Nasci aqui. Sim, nasci aqui mesmo neste vilarejo...

Com desgosto, Luke percebeu que haviam abandonado o tópico do dr. Humbleby e retornado ao tópico de Lord Whitfield.

– Não tenho vergonha disso e não me importa que todos saibam – prosseguiu o cavalheiro. – Não tive nenhuma das vantagens naturais que vocês tiveram. Meu pai tinha uma oficina de botas... isso mesmo, uma mera oficina de botas. E eu trabalhei nessa oficina desde pequeno. Subi na vida por esforço próprio, Fitzwilliam... acreditei que escaparia do meu destino... e *escapei* do destino! Perseverança, trabalho duro e ajuda de Deus... foi assim que eu consegui! Foi assim que me tornei o que sou hoje.

Exaustivos detalhes a respeito da carreira de Lord Whitfield foram relatados para proveito de Luke, e o primeiro arrematou de maneira triunfal:

– E aqui estou eu, e o mundo inteiro pode ficar à vontade se quiser saber como cheguei aqui! Não tenho vergonha das minhas origens... não, senhor... voltei para cá, para onde nasci. O senhor sabe o que existe hoje onde ficava antigamente a oficina do meu pai? Um belo edifício construído e dotado por *mim*... instituto, clubes de moços, tudo moderno e da mais alta qualidade. Contratei o melhor arquiteto do país! Não posso negar que ele fez uma obra simples, sem enfeites... me parece um asilo ou uma prisão... mas dizem que ficou bom, então suponho que seja.

– Anime-se – disse Bridget. – Você fez o que quis nesta casa!

Lord Whitfield soltou uma risadinha de satisfação.

– Sim, tentaram passar por cima de mim aqui! Desenvolver o espírito original da construção. Não, eu falei, eu vou *morar* neste lugar e quero algo que *ostente* o meu dinheiro! Quando um arquiteto não queria fazer o que eu pedia, eu o chutava e contratava outro. O último sujeito que eu peguei entendeu exatamente as minhas ideias.

– Ele cedeu aos seus piores voos imaginativos – afirmou Bridget.

– Ela preferia que eu tivesse deixado a casa como era – disse Lord Whitfield, dando pancadinhas no braço da esposa. – Não adianta nada viver no passado, minha querida. Aqueles georgianos dos tempos antigos não sabiam grande coisa. Eu não queria uma casa normal de tijolos vermelhos. Sempre sonhei com um castelo... e agora tenho um!

Ele acrescentou:

– Sei que o meu gosto não é muito requintado, então dei carta branca para fazer o interior, e devo dizer que não se saíram mal... embora uma parte seja um pouco enfadonha.

– Bem – disse Luke –, é ótimo quando a gente sabe o que quer.

– E geralmente eu obtenho, também, o que quero – retrucou o outro com uma risadinha.

– Você quase não obteve o que queria no plano de abastecimento de água – Bridget lembrou-lhe.

– Ah, isso! – falou Lord Whitfield. – Humbleby era um tolo. Esses sujeitos idosos adoram ser teimosos. Não querem ouvir a voz da razão.

O dr. Humbleby era um homem que falava totalmente sem rodeios, não? – Luke arriscou. – Ele deve ter feito uma boa quantidade de inimigos assim, eu imagino.

– N-não, não sei se eu diria isso – objetou Lord Whitfield, esfregando o nariz. – Hein, Bridget?

– Ele era muito popular com todo mundo, eu sempre achei – disse Bridget. – Só o encontrei quando veio examinar o meu tornozelo aquela vez, mas o achei muito querido.

– Sim, ele era bastante popular de modo geral – admitiu Lord Whitfield. – Mas conheço uma ou duas pessoas que já tinham perdido a paciência com ele. Teimosia mais uma vez.

– Uma ou duas pessoas que moram aqui?

Lord Whitfield assentiu com a cabeça.

– Há muitas rixas e panelinhas num lugar como este – afirmou.

– Sim, suponho que sim – disse Luke.

Ele hesitou, inseguro quanto ao passo seguinte.

– Que tipo de gente vive aqui? – indagou.

A pergunta era um tanto fraca, mas recebeu uma resposta instantânea.

– Remanescentes, na maioria – falou Bridget. – Filhas, irmãs e esposas de pastores. E também de médicos. Cerca de seis mulheres para cada homem.

– Mas existem *alguns* homens? – Luke arriscou.

– Ah, sim, temos o sr. Abbot, o advogado, e o jovem dr. Thomas, sócio do dr. Humbleby, e o sr. Wake, o pároco, e... quem mais temos, Gordon? Ah! O sr. Ellsworthy, o dono da loja de antiguidades, que é uma tremenda, tremenda doçura de pessoa. E o major Horton e seus buldogues.

– Há mais alguém que, se bem me lembro, meus amigos mencionaram que morava por aqui – disse Luke. – Segundo me falaram, era uma vovozinha querida, mas que falava demais.

Bridget riu.

– Isso descreve metade do vilarejo!

– Qual era o nome dela mesmo? Já sei. Pinkerton.

Lord Whitfield retrucou com uma risadinha áspera:

– Francamente, o senhor não tem a menor sorte! Ela está morta também. Foi atropelada outro dia em Londres. Morreu na hora.

– Vocês parecem enfrentar muitas mortes aqui – Luke comentou em tom ameno.

Lord Whitfield se conteve no mesmo instante.

– Nada disso. Um dos lugares mais saudáveis na Inglaterra. Acidentes não contam. Podem acontecer com qualquer um.

Mas Bridget Conway falou pensativa:

– Para falar a verdade, Gordon, nós *tivemos* várias mortes de um ano para cá. Estão sempre enterrando alguém...

– Bobagem, minha querida.

Luke perguntou:

– A morte do dr. Humbleby foi um acidente também?

Lord Whitfield sacudiu a cabeça.

– Não, não. Humbleby morreu de uma septicemia aguda. Típico de um médico. Arranhou o dedo num prego enferrujado, ou algo assim, não cuidou nem um pouco, e o dedo infeccionou. Em três dias ele estava morto.

– Os médicos são assim – disse Bridget. – E, é claro, correm um enorme risco de infecção, suponho, quando não tomam cuidado. Mas foi triste. A esposa ficou arrasada.

– A revolta contra os desígnios da providência não serve para nada – Lord Whitfield afirmou com tranquilidade.

II

– Mas foi mesmo um desígnio da providência? – Luke perguntou a si mesmo mais tarde, enquanto se vestia para o jantar. – Septicemia? Talvez. Uma morte muito repentina, de todo modo.

E ecoavam em sua cabeça as palavras que Bridget pronunciara em tom brando:

"Nós tivemos várias mortes de um ano para cá."

Capítulo 4

Luke dá partida

Luke havia elaborado seu plano de estratégia com algum cuidado e preparou-se para colocá-lo em ação sem maiores delongas quando desceu para o desjejum na manhã seguinte.

Não havia sinal da tia da jardinagem, mas Lord Whitfield comia rins e bebia café, e Bridget Conway, tendo terminado sua refeição, estava parada diante da janela, olhando para fora.

Passadas as trocas de "bom-dia", quando Luke já estava sentado com uma porção abundante de ovos e bacon no prato, ele começou:

– Preciso colocar as mãos à obra. Uma coisa difícil é induzir as pessoas a falar. O senhor sabe o que eu quero dizer... não pessoas como o senhor e... hã... Bridget. – (Ele se lembrou bem a tempo de não dizer "srta. Conway".) – Vocês me *contariam* qualquer coisa que soubessem... mas o problema é que não *saberiam* as coisas que eu quero saber, isto é, as superstições locais. Vocês mal acreditariam na quantidade de superstição que ainda perdura em regiões longínquas do mundo. Ora, existe um vilarejo em Devonshire... O pároco precisou remover alguns antigos menires de granito que se erguiam junto à igreja porque as pessoas insistiam em marchar ao redor delas, numa espécie de ritual ancestral, toda vez que ocorria uma morte. É extraordinário como persistem os velhos ritos pagãos.

– Ouso dizer que o senhor tem razão – falou Lord Whitfield. – Educação, é disso que as pessoas precisam.

Já lhe contei que patrocinei uma excelente biblioteca aqui? Antigamente era a velha mansão senhorial, estavam vendendo a preço de banana... agora é uma das mais primorosas bibliotecas...

Luke reprimiu com firmeza a tendência da conversa de seguir na direção dos feitos de Lord Whitfield.

– Esplêndido – comentou com ardor. – Bom trabalho. O senhor evidentemente se deu conta do substrato ignorante de velho mundo que existe aqui. Sob o meu ponto de vista, claro, isso é justamente o que eu quero. Velhos costumes... histórias de velhas viúvas... indícios dos rituais antigos tais como...

Aqui se seguiu, quase literalmente, uma página de um livro que Luke lera para essa ocasião.

– As mortes são a linha mais promissora – finalizou. – Ritos e costumes funerários sempre sobrevivem por mais tempo do que os outros. Além disso, por alguma razão ou outra, os habitantes de vilarejos sempre gostam de falar sobre mortes.

– Adoram enterros – Bridget concordou da janela.

– Pensei em usar isso como ponto de partida – prosseguiu Luke. – Se eu puder obter uma lista de falecimentos recentes na paróquia, localizar os parentes e iniciar uma conversação, não há dúvida de que dentro em breve terei uma pista do que estou pesquisando. Com quem seria melhor eu pegar os dados? O pároco?

– O sr. Wake provavelmente se mostraria muito interessado – disse Bridget. – Ele é um amor de pessoa e metido a antiquário. Poderia lhe fornecer muito material, imagino.

Luke sentiu um receio momentâneo, durante o qual desejou que o pároco pudesse não ser um antiquário tão eficiente a ponto de expor suas próprias pretensões.

Em voz alta, falou com ardor:

– Ótimo. Vocês não devem fazer ideia, suponho, de pessoas que morreram neste último ano...

Bridget murmurou:

– Deixe-me ver. Carter, é claro. Ele era o senhorio do Seven Stars, aquela taverna repugnante perto do rio.

– Um bêbado baderneiro – disse Lord Whitfield. – Um desses socialistas bárbaros e insolentes, já foi tarde...

– E a sra. Rose, a lavadeira – prosseguiu Bridget. – E o pequeno Tommy Pierce... ele era um garotinho insuportável, digamos assim. Ah, claro, e aquela jovem, Amy-não-sei-o-quê.

Sua voz havia se alterado de leve ao pronunciar o último nome.

– Amy – repetiu Luke.

– Amy Gibbs. Trabalhou aqui como criada e depois passou a servir a srta. Waynflete. Houve um inquérito sobre ela.

– Por quê?

– A tolinha confundiu certos frascos no escuro – respondeu Lord Whitfield.

– Ingeriu o que pensava ser xarope, e era tintura de chapéu – explicou Bridget.

Luke ergueu as sobrancelhas.

– Que trágico...

Bridget falou:

– Houve certa suposição de que a jovem tinha feito aquilo de propósito. Alguma briga com um rapaz.

Ela falava devagar – de modo quase relutante.

Houve uma pausa. Luke sentiu instintivamente a presença de certo sentimento tácito pesando na atmosfera.

Ele pensou: "Amy Gibbs? Sim, esse foi um dos nomes que a srta. Pinkerton mencionou".

Ela também mencionara um garotinho – Tommy Alguma-Coisa – sobre o qual guardara evidentemente uma opinião desfavorável (isso, ao que parecia, era compartilhado por Bridget!). E, ele tinha quase certeza, o nome Carter também tinha sido citado.

Levantando-se, ele disse em tom brando:

– Falar desse jeito faz com que eu me sinta um tanto doentio... como se eu não passasse de um violador de sepulturas. Os costumes matrimoniais são interessantes também, mas bem mais difíceis de introduzir numa conversa sem intimidade.

– Eu diria que provavelmente sim – Bridget comentou, contorcendo de leve os lábios.

– Maledicência e mau-olhado, esse é outro assunto interessante – Luke continuou, com uma simulada ostentação de entusiasmo. – Vemos isso com frequência nesses lugares parados no tempo. Sabem de algum mexerico desse tipo por aqui?

Lord Whitfield sacudiu lentamente a cabeça. Bridget Conway disse:

– Seria improvável que coisas assim chegassem aos nossos ouvidos...

Luke se corrigiu quase antes de deixá-la terminar de falar:

– Não há dúvida, eu preciso circular entre as camadas sociais mais baixas para obter o que quero. Vou seguir para o vicariato primeiro e ver o que consigo obter por lá. Depois disso, talvez uma visita ao... Seven Stars, é isso? E quanto ao garotinho de hábitos desagradáveis? Ele deixou quaisquer parentes pesarosos?

– A sra. Pierce tem uma tabacaria e papelaria na High Street.

– Isso – afirmou Luke – é nada menos do que providencial. Bem, vou seguir o meu rumo.

Com um movimento ágil e gracioso, Bridget se afastou da janela.

– Eu acho – ela disse – que vou também, se não for incômodo.

– É claro que não.

Luke respondera com o maior entusiasmo possível, mas especulava se a jovem havia percebido que, por um breve momento, ele ficara desconcertado.

Teria sido mais fácil para ele lidar com um pároco idoso, metido a antiquário, sem o discernimento alerta de uma jovem inteligente a seu lado.

"Ah, ora", ele pensou consigo, "cabe a mim desempenhar o meu papel de maneira convincente."

Bridget perguntou:

– Você poderia esperar, Luke, enquanto eu troco de sapato?

Luke – o nome de batismo pronunciado com tamanha desenvoltura transmitiu-lhe uma sensação acalorada e esquisita. Entretanto, de que outro modo ela poderia tê-lo chamado? Uma vez que concordara com o esquema de Jimmy sobre o parentesco de primos, dificilmente poderia chamá-lo de sr. Fitzwilliam. Ele pensou de súbito e com desconforto: "O que ela pensa de tudo isso? Por Deus, o que deve pensar?".

Esquisito que isso não tivesse o preocupado de antemão. A prima de Jimmy havia sido apenas uma conveniente abstração – uma espécie de manequim. Ele mal tentara visualizá-la, tinha somente aceitado a proclamação do amigo de que "com Bridget não havia problema".

Luke a tinha imaginado – se é que havia chegado a pensar nela – como uma típica secretária, pequenina e loura – esperta o bastante para ter fisgado um homem rico.

Em vez disso, tratava-se de uma mulher enérgica, sagaz, dotada de uma inteligência lógica e penetrante, e Luke não fazia ideia do que ela pensava sobre ele. Luke pensou: "Ela não é uma pessoa fácil de enganar".

– Já estou pronta.

Bridget retornara tão silenciosamente que ele não ouvira sua aproximação. Não estava usando chapéu e não havia rede em seus cabelos. Assim que os dois saíram da casa, o vento, dobrando com força pelo canto do monstruoso castelo, arrebatou o cabelo preto da jovem e o fustigou em volta de seu rosto num frenesi repentino.

Ela falou, sorrindo:

– Você precisa de mim para lhe mostrar o caminho.

– É muita gentileza sua – ele respondeu com formalidade.

Luke especulou se havia somente imaginado um sorriso irônico, súbito e passageiro.

Contemplando as ameias atrás deles, falou com irritação:

– Que coisa abominável! Não havia ninguém que pudesse fazê-lo parar?

Bridget respondeu:

– A casa de um inglês é seu castelo... no caso de Gordon, literalmente! Ela adora esta casa.

Ciente de que o comentário era de mau gosto, mas incapaz de segurar a língua, ele disse:

– É o seu velho lar, não é? Você adora vê-lo do jeito que está agora?

Bridget então o encarou – com um olhar fixo, ligeiramente jocoso.

– Odeio destruir a imagem dramática que você está construindo – ela murmurou. – Mas, na verdade, saí daqui quando tinha dois anos e meio; assim, o conceito do "velho lar" não se aplica. Não consigo nem mesmo me lembrar deste lugar.

– Você tem razão. Me perdoe ser tão dramático.

Ela riu.

– A verdade – retrucou – raras vezes é romântica.

E houve um desdém brusco e amargo em sua voz que o sobressaltou. Um vermelho forte o enrubesceu por baixo da pele bronzeada; então ele se deu conta, subitamente, de que a amargura não o tinha como alvo. O desdém era dela; a amargura era dela. De modo sensato, Luke permaneceu calado. Mas especulava um bocado sobre Bridget Conway...

Dentro de cinco minutos os dois se viram chegando à igreja e ao vicariato adjacente. Encontraram o pároco em seu gabinete.

Alfred Wake era um velho pequeno e curvado, com olhos azuis muito meigos e um ar distraído, porém cortês. Pareceu satisfeito com a visita, mas também um pouco surpreso.

– O sr. Fitzwilliam está hospedado conosco em Ashe Manor – informou Bridget – e deseja consultar o senhor em função de um livro que está escrevendo.

O sr. Wake dirigiu seus olhos meigos e curiosos para o homem mais jovem, e Luke mergulhou em suas explicações.

Luke estava nervoso – duplamente nervoso; em primeiro lugar, porque aquele homem detinha, sem dúvida, um conhecimento de folclore, ritos e costumes supersticiosos bem mais profundo do que o conhecimento que alguém podia obter meramente estudando às pressas uma coleção aleatória de livros; em segundo lugar, estava nervoso porque Bridget Conway mantinha-se a seu lado, escutando.

Luke constatou com alívio que o interesse principal do sr. Wake consistia em relíquias romanas. Ele confessou delicadamente que sabia muito pouco de folclore medieval e bruxaria. Mencionou a existência de certos fatos na história de Wychwood e ofereceu-se para levar Luke a determinada área da colina na qual, segundo se dizia, haviam sido realizados Sabás de Bruxas, mas expressou seu pesar por não ter condições de colaborar com qualquer informação especial.

Muito aliviado, Luke manifestou algum desapontamento; então mergulhou em perguntas a respeito de superstições do leito de morte.

O sr. Wake sacudiu a cabeça com delicadeza.

– Receio ser a pessoa com menos conhecimentos nessa área. Os meus paroquianos teriam o cuidado de manter longe dos meus ouvidos qualquer coisa heterodoxa.

– É assim mesmo, claro.

– Mas não tenho dúvida, todavia, de que *exista* muita superstição ainda corrente. Essas comunidades de vilarejos são bastante retrógradas.

Luke mergulhou com ousadia:

– Andei pedindo à srta. Conway uma lista de todas as mortes recentes que conseguisse recordar. Achei que poderia obter algo dessa maneira. Creio que o senhor poderia me fornecer uma lista, de modo que eu pudesse escolher os mais promissores.

– Sim... sim... isso poderia ser arranjado. Giles, o nosso sacristão, bom sujeito, mas infelizmente surdo, poderia lhe ajudar nisso. Deixe-me ver agora... Houve uma boa quantidade... uma primavera traiçoeira e um inverno rigoroso por trás... e depois uma boa quantidade de acidentes... um período de azar como nunca se viu parece ter ocorrido.

– Às vezes – disse Luke –, um período de azar é atribuído à presença de uma pessoa em particular.

– Sim, sim. A velha história de Jonas. Mas não creio que tenham aparecido quaisquer estranhos por aqui... ninguém, isto é, que tenha se sobressaído de alguma maneira, e certamente nunca tomei conhecimento de qualquer rumor sobre tal sentimento... mas, a bem da verdade, como falei, talvez eu nunca chegasse a tomar conhecimento. Agora, deixe-me ver... recentemente nós tivemos o dr. Humbleby e a pobre Lavinia Pinkerton... um homem excelente, o dr. Humbleby...

Bridget interveio:

– O sr. Fitzwilliam conhece amigos dele.

– Conhece mesmo? Muito triste. Sua falta será muito sentida. Um homem com muitos amigos.

– Mas sem dúvida um homem com muitos inimigos também – disse Luke. – Só estou me baseando no que ouvi dos meus amigos – acrescentou às pressas.

O sr. Wake suspirou.

– Um homem que dizia o que pensava... e um homem que nem sempre demonstrava muito tato, digamos assim... – ele balançou a cabeça. – As pessoas se sentiam mesmo provocadas. Mas ele era venerado pela classe mais pobre.

Luke retrucou em tom despreocupado:

– Sabe, eu sempre senti que um dos fatos mais intragáveis que temos de encarar na vida é o fato de que toda morte que ocorre significa um ganho para alguém... e não me refiro apenas ao ganho financeiro.

O pároco assentiu com a cabeça pensativamente.

– Sei o que o senhor quer dizer, sim. Nós lemos num obituário que a perda de um homem é lamentada por todos, mas isso só poderá ser verdade raríssimas vezes, eu receio. No caso do dr. Humbleby, não há como negar que seu sócio, o dr. Thomas, terá sua posição bastante aprimorada.

– Como assim?

– Thomas, acredito, é um sujeito muito competente... o dr. Humbleby sempre dizia isso, mas ele não se saía muito bem por aqui. Ele era, creio eu, ofuscado por Humbleby, que era um homem de um magnetismo inquestionável. Thomas parecia um tanto incolor em contraste. Não impressionava seus pacientes nem um pouco. Acho que se preocupava com isso, também, e assim ficava pior... mais nervoso, sem saber o que dizer. Para falar a verdade, já percebi uma diferença espantosa. Mais desenvoltura... mais personalidade. Acho que ele sente uma autoconfiança renovada. Ele e Humbleby nem sempre concordavam, acredito. Thomas era um grande defensor de novos métodos de tratamento, e Humbleby preferia se aferrar às práticas antigas. Ocorreram choques entre os dois mais de uma vez... tanto nisso quando num assunto mais íntimo... mas, nesse ponto, não devo fazer comentários...

Bridget falou com clareza e suavidade:

– Mas acho que o sr. Fitzwilliam gostaria que o senhor fizesse comentários!

Luke disparou-lhe um olhar rápido e transtornado.

O sr. Wake sacudiu a cabeça, em dúvida, e então continuou, sorrindo um pouco, de maneira depreciativa.

– Receio que acabamos adquirindo um grande interesse pela intimidade dos vizinhos. Rose Humbleby é uma jovem muito bonita. Não admira que Geoffrey Thomas tenha se apaixonado. E, é claro, o ponto de vista de Humbleby também era bastante compreensível. A moça é jovem e, presa aqui, não tinha muitas oportunidades de conhecer outros homens.

– Ele se opôs? – Luke perguntou.

– Com todas as forças. Disse que eram jovens demais. E gente jovem se ressente de ouvir isso! Havia uma frieza muito marcante entre os dois homens. Mas devo dizer que o dr. Thomas, tenho certeza, ficou profundamente abalado com a morte inesperada de seu sócio.

– Septicemia, Lord Whitfield me contou.

– Sim... um mero arranhão de nada que infeccionou. Os médicos correm graves riscos no desempenho de sua profissão, sr. Fitzwilliam.

– Correm mesmo – disse Luke.

O sr. Wake teve um sobressalto repentino.

– Mas fui parar muito longe do assunto sobre o qual estávamos conversando – ele disse. – Sou um velho mexeriqueiro, receio. Estávamos discutindo a sobrevivência dos costumes mortuários pagãos e de mortes recentes. Houve Lavinia Pinkerton, uma das contribuintes mais generosas da nossa igreja. Depois houve aquela pobre jovem, Amy Gibbs... alguma coisa na sua área poderia ser descoberta aí, sr. Fitzwilliam... houve uma leve suspeita, perceba, de que podia ter sido um suicídio, e existem certos ritos sinistros relacionados a esse tipo de morte. Há uma tia... não é, receio, uma mulher muito respeitável e não tinha grande apego pela sobrinha... mas fala sem parar.

– Valiosa – disse Luke.

– Depois houve Tommy Pierce, ele chegou a pertencer ao nosso coro, um soprano magnífico, simplesmente angelical, mas não era um menino muito angelical em outros sentidos, receio. Tivemos de nos livrar dele, pois fazia com que os outros meninos se comportassem tão mal... Pobre garoto, receio que não gostassem muito dele em lugar algum. Foi dispensado do correio, onde havíamos arranjado um serviço de mensageiro. Tommy ficou no escritório do sr. Abbot por um tempo, mas lá também foi dispensado muito em breve... andou mexendo em certos documentos confidenciais, acredito. Depois ficou em Ashe Manor por um período, não é mesmo, srta. Conway?... como ajudante de jardineiro, e Lord Whitfield precisou despedi-lo por grosseira insolência. Lamentei tanto por sua mãe... uma criatura muito decente, muito trabalhadora. Com grande bondade, a srta. Waynflete arranjou um serviço ocasional como limpador de vidraças. Lord Whitfield se opôs a princípio, mas depois cedeu. Na verdade, foi uma tristeza que tenha cedido...

– Por quê?

– Porque o garoto morreu em função disso. Estava limpando as janelas mais altas da biblioteca (a velha mansão, o senhor sabe) e tentou fazer uma brincadeira tola, dançando no parapeito da janela ou algo desse tipo... perdeu o equilíbrio, ou ficou tonto, e caiu. Um fato lamentável! Ele não chegou a recobrar a consciência e morreu algumas horas depois de ter sido levado para o hospital.

– Alguém o viu cair? – Luke perguntou interessado.

– Não. Ele estava no lado do jardim, não na frente da casa. Calculam que o menino tenha ficado lá no chão por cerca de meia hora até que alguém o encontrou.

– Quem o encontrou?

– A srta. Pinkerton. O senhor se lembra, a dama quc acabei de mencionar, que morreu desafortunadamente num acidente de trânsito outro dia. Pobre criatura, ela ficou terrivelmente perturbada. Uma experiência lamentável! Ela obtivera permissão para levar algumas mudas de plantas e encontrou o garoto estirado no chão, onde caíra.

– Deve ter sido um choque muito desagradável – Luke comentou pensativamente.

"Um choque maior", ele pensou consigo, "do que *o senhor* imagina."

– Uma vida jovem abreviada é algo muito triste – disse o velho, sacudindo a cabeça. – Os defeitos de Tommy podem ter se originado principalmente por um temperamento enérgico demais.

– Ele era um brigão insuportável – retrucou Bridget. – O senhor sabe que ele era, sr. Wake. Sempre atormentando gatos e cãezinhos de rua e beliscando outros garotinhos.

– Eu sei... eu sei – o sr. Wake balançou a cabeça com tristeza. – Mas veja bem, minha querida srta. Conway, às vezes a crueldade não é tão inata assim, devendo-se mais ao fato de que a imaginação tem um amadurecimento lento. É por isso que, se você conceber um homem adulto com a mentalidade de uma criança, perceberá que a brutalidade ardilosa de um lunático pode ser algo de que o próprio homem nem se dá conta. Uma deficiência no desenvolvimento em algum aspecto... isso, estou convencido, está na origem de grande parte da crueldade, da estúpida brutalidade que se propaga no mundo hoje. As pessoas precisam se libertar das coisas infantis...

Ele sacudiu a cabeça e fez um gesto com as mãos espalmadas.

Bridget afirmou com uma voz bruscamente áspera:

– Sim, o senhor tem razão. Sei o que está querendo dizer. Um homem que não passa de uma criança é a coisa mais assustadora do mundo...

Luke olhou para ela com curiosidade. Sentiu-se convicto de que a jovem estava pensando em uma pessoa específica, e, embora Lord Whitfield fosse extremamente infantil, não acreditava que estivesse pensando nele. Lord Whitfield era ligeiramente ridículo, mas não era nem um pouco assustador.

Luke Fitzwilliam gostaria muitíssimo de descobrir em que pessoa Bridget estava pensando.

Capítulo 5

Visita a srta. Waynflete

O sr. Wake murmurou consigo mesmo mais alguns nomes:

– Deixe-me ver agora. A pobre sra. Rose, o velho Bell e aquela criança dos Elkin e Harry Carter. Perceba, não são todos da minha congregação. A sra. Rose e Carter eram dissidentes. E aquela onda de frio em março levou por fim o pobre Ben Stanbury... ele tinha 92 anos.

– Amy Gibbs morreu em abril – disse Bridget.

– Sim, pobre garota. Uma tristeza ter acontecido aquele engano...

Luke levantou o rosto para constatar que Bridget o observava. Ela baixou os olhos rapidamente. Ele pensou com algum aborrecimento: "Tem algo aqui que não estou captando. Algo a ver com essa moça, Amy Gibbs".

Quando os dois já tinham se despedido do pároco e se viram do lado de fora outra vez, ele perguntou:

– Quem e o que exatamente Amy Gibbs *era*?

Bridget levou alguns instantes para responder. Quando falou, Luke percebeu um leve constrangimento em sua voz.

– Amy foi uma das empregadas mais ineficientes que já vi na vida.

– Foi por isso que ela foi despedida?

– Não. Ela ficava fora de casa, fazendo coisas irresponsáveis com certo rapaz, até altas horas da noite. Gordon tem opiniões muito moralistas e antiquadas. O pecado, na visão dele, não toma forma antes das onze da noite; depois disso, no entanto, é desenfreado. Então ele advertiu a moça, e ela reagiu com impertinência!

Luke perguntou:

– Uma moça bonita?

– Muito bonita.

– É aquela que ingeriu tintura de chapéu por engano, achando que era xarope?

– Sim.

– Uma coisa meio estúpida de se fazer... – Luke arriscou.

– Muito estúpida.

– Ela era estúpida?

– Não, era uma garota bem esperta.

Luke olhou-a de relance. Estava intrigado. As respostas de Bridget eram dadas em um tom monótono, sem ênfase ou sequer muito interesse. Mas por trás do que a jovem dizia escondia-se, ele tinha convicção disso, algo não dito em palavras.

Naquele momento, Bridget parou para conversar com um homem alto que arrancou o chapéu e a cumprimentou com jovial entusiasmo.

Bridget, após algumas palavras, apresentou Luke.

– Este é o meu primo, o sr. Fitzwilliam, que está hospedado em Manor. Ele está no vilarejo para escrever um livro. Este é o sr. Abbot.

Luke olhou para o sr. Abbot com certo interesse. Era o advogado que empregara Tommy Pierce.

Luke nutria um preconceito em certa medida ilógico contra os advogados em geral – com base no motivo de que inúmeros políticos eram recrutados em suas fileiras. Também o irritava o cauteloso hábito que esses profissionais tinham de jamais se comprometer. O sr. Abbot, no entanto, não era nem de longe um advogado convencional: não era magro nem delgado e tampouco taciturno. Era um homem grandalhão trajando um terno de tweed, com modos afáveis e uma efusividade cordial. Havia pequenos vincos nos cantos de seus olhos, e os olhos em si eram mais astutos do que poderia indicar uma primeira observação casual.

– Escrevendo um livro, é? Romance?

– Folclore – disse Bridget.

– O senhor veio ao lugar certo, então – falou o advogado. – Esta é uma região magnificamente interessante.

– Foi o que me deram a entender – disse Luke. – Ouso dizer que o senhor poderia me ajudar um pouco. Por certo deve topar com antigas escrituras curiosas... ou conhecer alguns costumes interessantes ainda mantidos.

– Bem, nesse aspecto eu não sei... talvez... talvez...

– Muita crença em fantasmas por aqui? – Luke perguntou.

– Quanto a isso, eu não saberia dizer... eu realmente não saberia dizer.

– Nenhuma casa mal-assombrada?

– Não... não tenho conhecimento de nada desse tipo.

– Existe a superstição sobre crianças, é claro – disse Luke. – Na morte de um menino... isto é, uma morte violenta... o menino sempre volta como assombração. Não no caso das meninas... interessante, isso.

– Muito – falou o sr. Abbot. – Nunca ouvi falar nisso antes.

Uma vez que Luke acabara de inventar tal superstição, não era de surpreender.

– Parece que há um menino aqui... Tommy alguma coisa... trabalhou no seu escritório. Tenho motivos para crer que, segundo pensam, *ele* voltou como assombração.

O rosto vermelho do sr. Abbot ficou ligeiramente roxo.

– Tommy Pierce? Um pestinha intrometido, bisbilhoteiro, que não prestava para nada.

– Os espíritos são sempre travessos, ao que parece. Cidadãos de bem, cumpridores da lei, raras vezes atormentam este mundo depois que o deixaram.

– Quem o viu? Que história é essa?

– Essas coisas são difíceis de definir – respondeu Luke. – As pessoas relutam em fazer uma declaração às claras. A história fica pairando no ar, por assim dizer.

– Sim... sim, creio que sim.

Luke mudou de assunto com destreza.

– A pessoa mais indicada para consultar é o médico local. Os médicos ouvem muita coisa dos pacientes mais pobres que atendem. Todas as espécies de superstições e encantamentos... provavelmente poções do amor e tudo mais.

– O senhor deve procurar o dr. Thomas. Thomas é um bom sujeito, totalmente atualizado. Diferente de como era o pobre dr. Humbleby.

– Ele era meio reacionário, não?

– Absolutamente teimoso... um obstinado da pior categoria.

– Vocês tiveram uma briga e tanto por causa do plano de abastecimento de água, não é? – Bridget perguntou.

Mais uma vez, um brilho arroxeado inundou o rosto de Abbot.

– Humbleby era uma muralha no caminho do progresso – comentou com rispidez. – Ele resistiu contra o plano! Foi bastante rude, também, no que falou. Não mediu palavras. Algumas das coisas que disse eram positivamente litigáveis.

Bridget murmurou:

– Mas advogados nunca recorrem à justiça, certo? Não são bobos.

Abbot começou a rir de maneira desenfreada. Sua raiva esfriou tão rapidamente quanto esquentara.

– Muito boa, srta. Bridget! E a senhorita não está muito longe da verdade. Nós, que estamos nesse meio, conhecemos bem demais a lei, ha, ha! Bem, preciso seguir em frente. Trate de me procurar se achar que posso lhe ajudar de alguma maneira, sr... hã...

– Fitzwilliam – disse Luke. – Obrigado, farei isso.

Enquanto os dois caminhavam, Bridget falou:

– O seu método, estou percebendo, é fazer afirmações e ver o que elas provocam.

– O meu método – Luke retrucou – não se atém estritamente à verdade, é isso que você está querendo dizer?

– Foi o que notei.

Com certo desconforto, Luke hesitou quanto ao que dizer a seguir. Antes que ele pudesse falar, no entanto, Bridget disse:

– Se você quiser saber mais a respeito de Amy Gibbs, posso levá-lo até alguém que lhe poderia ser útil.

– Quem é?

– Uma tal srta. Waynflete. Amy foi para lá depois de deixar Manor. Estava lá quando morreu.

– Ah, certo... – ele estava um pouco desconcertado. – Bem... muito obrigado.

– Ela mora logo ali.

Os dois estavam atravessando o jardim público do vilarejo. Inclinando a cabeça na direção da grande casa georgiana que Luke notara no dia anterior, Bridget disse:

– Essa é Wych Hall. É uma biblioteca agora.

Ao lado de Wych Hall havia uma casinha que mais parecia uma casa de bonecas em proporção. Os degraus eram de um branco estonteante, a aldrava refulgia e as cortinas da janela mostravam-se brancas e empertigadas.

Bridget empurrou o portão e avançou rumo aos degraus. Enquanto fazia isso, a porta da frente se abriu e uma senhora idosa apareceu.

Tratava-se, Luke pensou, de uma perfeita solteirona interiorana. Seu corpo magro trajava um conjunto impecável de casaco e saia de tweed, e ela usava uma blusa cinzenta de seda com um broche de quartzo-amarelo. Seu consciencioso chapéu de feltro se assentava harmoniosamente em sua cabeça bem-proporcionada. O rosto era agradável, e os olhos, por trás do pincenê, eram decididamente inteligentes. Ela fazia Luke lembrar as ágeis cabras pretas que costumamos ver na Grécia. Seus olhos transmitiam a dose certa de uma surpresa moderadamente curiosa.

– Bom dia, srta. Waynflete – disse Bridget. – Este é o sr. Fitzwilliam.

Luke fez uma reverência.

– Ele está escrevendo um livro... sobre mortes e os costumes dos vilarejos e coisas horripilantes em geral.

– Ah, minha nossa – falou a srta. Waynflete. – *Muitíssimo* interessante.

E ela lançou ao sr. Fitzwilliam um sorriso incentivador.

Veio à mente dele a srta. Pinkerton.

– Eu pensei – continuou Bridget (e de novo Luke notou aquele curioso tom monótono em sua voz) – que a senhorita poderia lhe contar algo sobre Amy.

– Ah – reagiu a srta. Waynflete. – Sobre Amy? Sim. Sobre Amy Gibbs.

Ele identificou um novo fator em sua expressão. A mulher parecia estar pensativamente avaliando seu visitante.

Então, como que tomando uma decisão, ela recuou para o vestíbulo.

– Queiram entrar – falou. – Posso sair mais tarde. Não, não – respondeu a um protesto de Luke. – Eu realmente não tinha nada de importante para fazer. Só umas comprinhas domésticas insignificantes.

A pequena sala de visitas era primorosamente aprumada e exalava um leve aroma de lavanda. Havia pastores e pastoras de porcelana de Dresden sobre a cornija da lareira, sorrindo com afetação e doçura. Havia aquarelas emolduradas, duas amostras de bordados e três tapeçarias. Havia fotografias que eram obviamente sobrinhos e sobrinhas, e boas mobílias – uma escrivaninha Chippendale, algumas mesinhas de madeira dourada – e um sofá vitoriano medonho e bastante desconfortável.

A srta. Waynflete ofereceu cadeiras às visitas e então falou, desculpando-se:

– Eu pessoalmente não fumo, de modo que não tenho cigarros, mas fumem, por favor, se quiserem.

Luke recusou, mas Bridget acendeu prontamente um cigarro.

Sentada muito ereta numa poltrona com braços entalhados, a srta. Waynflete analisou seu visitante por alguns instantes e, então, baixando seus olhos, como que satisfeita, falou:

– O que o senhor quer saber sobre Amy, aquela pobre jovem? A situação toda foi muito triste e me causou grande aflição. Um engano tão trágico...

– Não houve uma suspeita de... suicídio? – Luke perguntou.

A srta. Waynflete sacudiu a cabeça.

– Não, não, *nisso* eu não consigo acreditar nem por um segundo. Amy não era nem um pouco desse tipo.

– De que tipo ela era? – Luke perguntou sem rodeios. – Eu gostaria de ouvir a sua descrição da moça.

A srta. Waynflete disse:

– Bem, é claro, ela não era *nem um pouco* uma boa criada. Mas hoje em dia, francamente, a gente agradece aos céus quando consegue *alguém*. Ela era muito relaxada no serviço e estava sempre querendo sair. Bem, ela era jovem, e as moças *são* assim hoje em dia. Não parecem se dar conta de que o tempo delas é de seus empregadores.

Luke mostrou-se compreensivo, e a srta. Waynflete continuou desenvolvendo seu tema:

– Ela não era o tipo de moça que me agrada... bastante *atrevida*, se bem que, claro, eu não gostaria de criticá-la muito, agora que ela está morta. Parece uma coisa anticristã, se bem que, francamente, não acredito que exista uma razão lógica para suprimir a verdade.

Luke assentiu com a cabeça. Constatou que a srta. Waynflete era diferente da srta. Pinkerton no fato de ter uma mente mais lógica e melhor raciocínio.

– Ela gostava de ser admirada – prosseguiu a srta. Waynflete – e tinha uma tendência de se achar o máximo. O sr. Ellsworthy... ele é o dono da nova loja de antiguidades, mas na verdade é um cavalheiro... ele brinca um pouco de pintar aquarelas e tinha feito um ou dois esboços do rosto da jovem... e acho que isso acabou *subindo* à cabeça dela. Ela começou a querer brigar com o rapaz de quem estava noiva... Jim Harvey. Ele é mecânico na oficina e gostava muito dela.

A srta. Waynflete fez uma pausa e então prosseguiu:

– Nunca esquecerei aquela noite terrível. Amy andava se sentindo mal, uma tosse malvada, e uma coisa que outra (aquelas ridículas meias de seda baratas que elas fazem questão de usar, e os sapatos com solas que são praticamente de *papel*... é claro que elas pegam resfriados), e ela tinha ido ao médico naquela tarde.

Luke perguntou rapidamente:

– O dr. Humbleby ou o dr. Thomas?

– O dr. Thomas. E ele lhe deu o frasco de xarope para tosse que ela trouxe consigo. Algo bastante inofensivo, um xarope de amostra, creio eu. Amy foi se deitar mais cedo, e deve ter sido por volta da uma da manhã que o ruído começou, uma espécie de grito sufocado, pavoroso. Eu me levantei e fui até o quarto dela, mas a porta estava trancada por dentro. Então chamei por ela, mas não obtive nenhuma resposta. A cozinheira estava comigo, ficamos ambas terrivelmente transtornadas. E aí fomos até a porta da frente, por sorte, Reed (o nosso policial) estava justamente passando em sua ronda, e nós o chamamos. Reed deu a volta por trás da casa e conseguiu escalar até o telhado da dependência, e, como a janela dela estava aberta, entrou com a maior facilidade por ali e destrancou a porta. Pobre coitada, foi horrível. Não puderam fazer nada por ela, e a pobre morreu no hospital algumas horas mais tarde.

– E foi... o quê? Tintura de chapéu?

– Sim. Envenenamento por ácido oxálico, segundo afirmaram. O frasco tinha mais ou menos o mesmo tamanho do de xarope para tosse. Este último estava no lavatório dela, e a tintura de chapéu estava junto à cama. Por certo ela pegou o frasco errado e o deixou ao alcance da mão no escuro, de modo que pudesse tomá-lo se passasse mal. Essa foi a teoria no inquérito.

A srta. Waynflete calou-se. Seus ágeis olhos de cabra se fixaram em Luke, e ele captou que havia um significado especial por trás daquele olhar. Teve a sensação de que a dama estava deixando de contar alguma parte da história – e uma sensação mais forte de que, por alguma razão, ela queria que ele se desse conta de tal fato.

Houve um silêncio – um silêncio longo e um tanto difícil. Luke sentia-se como um ator que não sabe sua deixa. Ele falou sem muita segurança:

– E a senhorita não acredita que tenha sido suicídio?

A srta. Waynflete respondeu de pronto:

– Certamente não. Se a moça tivesse decidido acabar com a própria vida, provavelmente teria comprado alguma coisa. Aquele era um frasco qualquer que decerto ela tinha consigo há anos. E, de todo modo, como eu lhe falei, ela não era *esse* tipo de moça.

– Então o que a senhorita acha? – Luke perguntou sem rodeios.

A srta. Waynflete respondeu:

– Acho que foi uma calamidade.

Ela fechou os lábios e olhou para Luke intensamente.

Justamente quando Luke começou a sentir que precisava desesperadamente tentar dizer algo de antemão, um ruído desviou as atenções. Houve um arranhar na porta e um miado choroso.

A srta. Waynflete se levantou num salto e foi abrir a porta, pela qual entrou um magnífico gato persa cor de laranja. Ele parou, olhou com desaprovação para o visitante e saltou para o braço da poltrona da srta. Waynflete.

A srta. Waynflete dirigiu ao gato uma voz amorosa:

– Ora, Wonky Pooh... Por onde andou o meu Wonky Pooh a manhã toda?

O nome parecia familiar. Onde Luke tinha ouvido algo a respeito de um gato persa chamado Wonky Pooh? Ele disse:

– É um gato muito bonito. A senhorita o tem há muito tempo?

A srta. Waynflete sacudiu a cabeça.

– Ah, não, ele era de uma velha amiga minha, a srta. Pinkerton. Ela foi atropelada por um desses automóveis horrendos, e eu não poderia ter deixado que Wonky Pooh ficasse com estranhos. Lavinia teria ficado muitíssimo aborrecida. Ela simplesmente o venerava... e ele é belíssimo, não é?

Luke contemplou o gato com grave admiração.

A srta. Waynflete falou:

– Tenha cuidado com as orelhas. Elas estão muito doloridas nos últimos tempos.

Luke acariciou o animal com cautela.

Bridget botou-se de pé, dizendo:

– Nós precisamos ir.

A srta. Waynflete apertou a mão de Luke.

– Talvez – ela disse – nos encontremos novamente em breve.

Luke falou com jovialidade:

– Espero que sim, tenho certeza.

Ele achou que a srta. Waynflete parecia estar confusa e um pouco desapontada. O olhar dela se transferiu para Bridget – uma olhadela rápida que continha um vestígio de interrogação. Luke sentiu que havia uma espécie de entendimento entre as duas mulheres do qual ele estava excluído. Ficou aborrecido, mas prometeu a si mesmo que, dentro em breve, iria investigar a fundo a questão.

A srta. Waynflete saiu com os dois. Luke ficou parado por alguns instantes no alto da escada, olhando com aprovação para o aspecto primoroso do jardim público e do lago com patos.

– Maravilhosamente preservado este lugar – ele disse.

O rosto da srta. Waynflete se iluminou.

– Sim, de fato – ela falou com avidez. – Na verdade, continua exatamente como eu me lembro dele dos tempos de criança. Nós morávamos em Wych Hall, sabe... Mas, quando a residência passou para o meu irmão, ele não quis morar lá. De fato, não tinha recursos para tanto, e a casa foi colocada à venda. Um construtor fizera uma oferta e queria, creio eu, "desenvolver a área", acho que essa foi a expressão. Por sorte, Lord Whitfield interveio, adquiriu a propriedade e salvou-a. Ele transformou a casa em biblioteca e museu... na verdade, está praticamente intocada. Eu trabalho lá como bibliotecária duas vezes por semana... sem salário, *é claro*... e nem sei como expressar ao senhor o prazer que é estar naquela velha casa e saber que ela não será vandalizada. E realmente *é* um ambiente perfeito... O senhor precisa visitar o nosso pequeno museu qualquer dia, sr. Fitzwilliam. Algumas peças locais que estão em exibição são bem interessantes.

– Eu certamente farei questão de visitar o museu, srta. Waynflete.

– Lord Whitfield tem sido um grande benfeitor de Wychwood – falou a srta. Waynflete. – O que me deixa pesarosa é a existência de pessoas que são tristemente ingratas.

Seus lábios se apertaram. Luke, com discrição, não fez nenhuma pergunta. Ele voltou a se despedir.

Quando os dois já estavam do lado de fora do portão, Bridget perguntou:

– Você quer prosseguir nas suas pesquisas ou podemos ir para casa pelo caminho do rio? É um passeio bem agradável.

Luke respondeu rapidamente. Não estava com cabeça para maiores investigações tendo Bridget a seu lado, escutando. Ele disse:

– Vamos seguir pelo rio, sem dúvida.

Os dois foram caminhando por High Street. Uma das últimas casas tinha uma tabuleta com a palavra "Antiguidades" em letras douradas. Luke parou e espiou, por uma das janelas, o fresco interior.

– Um prato de cerâmica bem interessante ali – ele comentou. – Um ótimo presente para uma tia minha. Quanto será que estão pedindo por ele?

– Vamos entrar para ver?

– Você se importaria? Eu gosto de vasculhar essas lojas de antiguidades. Às vezes a gente consegue pegar uma bela pechincha.

– Duvido que aqui você consiga uma – Bridget falou com ironia. – Ellsworthy conhece o valor de sua mercadoria com tremenda precisão, eu diria.

A porta estava aberta. No vestíbulo havia cadeiras, canapés e aparadores sobre os quais se viam porcelanas e artigos de estanho. Dois recintos cheios de mercadorias se abriam de ambos os lados.

Luke entrou no recinto da esquerda e pegou o prato de cerâmica. Nesse momento se aproximou, vindo do fundo da sala, um vulto indistinto que estivera sentado a uma escrivaninha de estilo Rainha Ana.

– Ah! Cara srta. Conway, que prazer em vê-la.

– Bom dia, sr. Ellsworthy.

O sr. Ellsworthy era um jovem de uma elegância muito requintada, trajando uma combinação de cor entre o marrom e o avermelhado. Seu rosto era comprido e pálido, com uma boca feminina e longos cabelos pretos de artista; seu andar era um tanto amaneirado.

Luke foi apresentado, e o sr. Ellsworthy imediatamente transferiu suas atenções para ele.

– É uma antiga cerâmica trabalhada, peça inglesa genuína. Uma beleza, não? Adoro as minhas preciosidades, sabe, detesto vendê-las. Sempre foi o meu sonho morar no campo e ser dono de uma lojinha. Lugar maravilhoso, Wychwood... tem atmosfera, se o senhor entende o que quero dizer.

– O temperamento artístico – Bridget murmurou.

Ellsworthy voltou-se para ela com um gesto lampejante de suas mãos longas e brancas.

– Não use essa expressão terrível, srta. Conway. Não, não, eu imploro. Não venha me dizer que eu sou todo cheio de artes e ofícios, eu não suportaria isso. Realmente, realmente, veja bem, eu não vendo tweeds tecidos à mão e estanho batido. Sou um comerciante, nada mais, apenas um comerciante.

– Mas o senhor é de fato um artista, não é? – Luke perguntou. – Quero dizer, o senhor pinta aquarelas, não pinta?

– Ora, quem foi que lhe contou isso? – exclamou o sr. Ellsworthy, juntando as mãos num estalo. – Vejam só, este lugar é realmente maravilhoso demais, a gente simplesmente não conseguem guardar um segredo! É por isso que eu gosto daqui, é tão diferente daquele negócio desumano da cidade, o cuide-da-sua-vida-que-eu-cuido-da-minha! Fofoca e malícia e escândalo... tudo tão delicioso se a gente absorve com o espírito certo!

Luke limitou-se a responder à pergunta do sr. Ellsworthy e a não prestar atenção à última parte de seus comentários.

– A srta. Waynflete nos contou que o senhor fez diversos esboços de uma jovem... Amy Gibbs.

– Ah, Amy – disse o sr. Ellsworthy.

Ele deu um passo para trás, quase derrubando uma caneca de cerveja. Equilibrou-a cuidadosamente. Continuou:

– Fiz? Ah, sim, suponho que sim.

Sua pose parecia estar um pouco abalada.

– Ela era uma moça bonita – disse Bridget.

Ellsworthy já tinha recuperado seu autodomínio.

– Ah, a senhorita acha? – perguntou. – Muito vulgar, sempre achei. Se o senhor está interessado em cerâmica trabalhada – ele continuou, dirigindo-se a Luke –, eu tenho um par de pássaros de cerâmica... umas coisinhas maravilhosas.

Luke demonstrou um débil interesse pelos pássaros e então perguntou o preço do prato.

Ellsworthy citou uma quantia.

– Obrigado – disse Luke –, mas acho que não vou privar o senhor do prato, afinal.

– Fico sempre aliviado, sabe – disse Ellsworthy –, quando não faço uma venda. Tolice minha, não? Ouça só, eu o deixo levar o prato por um guinéu a menos. O senhor gosta do negócio, eu posso perceber... Isso faz toda a diferença. Afinal de contas, isto aqui *é* uma loja!

– Não, obrigado – disse Luke.

O sr. Ellsworthy acompanhou-os até a porta, gesticulando com as mãos no ar – mãos muito desagradáveis, Luke considerou – as palmas pareciam não tão brancas quanto levemente esverdeadas.

– Que figura bizarra esse sr. Ellsworthy – ele comentou com Bridget quando os dois já não podiam ser ouvidos.

– Uma mente bizarra e hábitos bizarros, eu diria – Bridget retrucou.

– Como ele veio parar num lugar como este?

– Acho que ele mexe com magia negra. Não exatamente missas negras, mas esse tipo de coisa. A reputação do vilarejo ajuda.

Luke falou, um tanto sem jeito:

– Santo Deus, acho que ele é o tipo de sujeito de que eu realmente preciso. Eu devia ter falado com ele sobre o assunto.

– Você acha? – Bridget perguntou. – Ele sabe muito sobre o tema.

Luke disse com certo constrangimento:

– Vou passar por aqui outro dia.

Bridget não respondeu. Eles já tinham saído do centro. A jovem tomou um desvio para seguir por uma trilha, e, dentro em pouco, os dois chegaram ao rio.

Ali passaram por um homem baixo com bigode espetado e olhos protuberantes. Ele tinha consigo três buldogues, com os quais gritava alternadamente.

– Nero, aqui! Nellie, largue isso. Solte, estou mandando. Augustus... *Augustus*, você vai ver...

Ele se interrompeu para tirar o chapéu a Bridget, olhou para Luke com o que era evidentemente uma ávida curiosidade e seguiu seu caminho, retomando suas ásperas admoestações.

– O major Horton e seus buldogues? – citou Luke.

– Na mosca.

– Já não vimos praticamente todas as pessoas relevantes de Wychwood nesta manhã?

– Praticamente.

– Eu me sinto bastante intruso – disse Luke. – Acho que um forasteiro num vilarejo inglês acaba se sobressaindo – acrescentou com pesar, lembrando-se dos comentários de Jimmy Lorrimer.

– O major Horton nunca consegue disfarçar muito bem sua curiosidade – disse Bridget. – Ele ficou encarando mesmo.

– Ele é o tipo de homem que a gente identificaria como um major em qualquer lugar – Luke afirmou em tom um tanto maldoso.

Bridget disse abruptamente:

– Vamos nos sentar um pouco na margem? Temos tempo de sobra.

Os dois se sentaram numa árvore caída que proporcionava um assento conveniente. Bridget continuou:

– Sim, o major Horton é bastante militar, tem modos de caserna. Você nem acreditaria que um ano atrás ele era o homem mais mandado pela mulher que já se viu!

– O quê? Aquele sujeito?

– Sim. Horton tinha como esposa a mulher mais desagradável que conheci. Ela era rica também e nunca tinha o menor escrúpulo em ressaltar o fato em público.

– Que vida infeliz... para Horton, quero dizer.

– Ele se comportava muito decentemente em relação a ela; sempre disciplinado, sempre cavalheiro. A mim, pessoalmente, me admira que o sujeito não vivesse em pé de guerra com a mulher.

– Ela não devia ser muito popular, eu deduzo.

– Ninguém gostava dela. Ela esnobava Gordon e me tratava com superioridade, agia de modo desagradável, em geral, aonde quer que fosse.

– Mas deduzo que a misericordiosa providência tenha lhe tirado a vida...

– Sim, cerca de um ano atrás. Gastrite aguda. Ela transformou num verdadeiro inferno a vida do marido, do dr. Thomas e de duas enfermeiras... mas acabou morrendo de vez. Os buldogues ficaram mais animados na mesma hora.

– Bichos inteligentes!

Houve um silêncio. Bridget arrancava indolentemente as pontas da relva comprida. Luke, olhando sem ver a outra margem do rio, franziu o cenho. Mais uma vez o importunou a qualidade surreal de sua missão. Quanto havia naquilo de factual, quanto havia de imaginação? Não seria prejudicial para qualquer um sair por aí analisando cada nova pessoa que encontrasse como um assassino em potencial? Havia algo de degradante nesse ponto de vista.

"Que vá tudo para o inferno!", Luke pensou. "Já fui policial por tempo demais!"

Ele foi despertado de seu devaneio com um choque. Manifestava-se a voz clara e fria de Bridget.

– Sr. Fitzwilliam – ela perguntou –, por que razão, precisamente, o senhor veio para cá?

Capítulo 6

Tintura de chapéu

Luke estivera bem no meio do ato de levar um fósforo ao cigarro. O caráter inesperado da observação de Bridget paralisou momentaneamente sua mão. Ele permaneceu de todo imóvel por alguns segundos; o fósforo queimou até o fim e chamuscou seus dedos.

– Droga! – Luke exclamou enquanto largava o fósforo e sacudia vigorosamente a mão. – Queira me perdoar. Você me surpreendeu.

– Eu?

– Sim – ele suspirou. – Ah, bem, creio que qualquer pessoa dotada de verdadeira inteligência não deixaria de me desmascarar! Aquela história de eu escrever um livro sobre folclore não a enganou nem por um instante, suponho...

– Não depois que eu vi você...

– Até então você tinha acreditado?

– Sim.

– Mesmo assim, não era realmente uma boa história – Luke comentou em tom de crítica. – Quero dizer, qualquer homem poderia querer escrever um livro, mas a parte sobre vir para cá e me passar por primo... você deve ter farejado uma tramoia...

Bridget balançou a cabeça.

– Não. Eu tinha uma explicação para isso... quero dizer, achava que tinha. Presumi que você estivesse numa situação de penúria... muitos dos nossos amigos, meus e de Jimmy, estão nessa condição e achei que ele tivesse sugerido a farsa de sermos primos de modo que... bem, de modo que isso poupasse o seu amor-próprio.

– Mas, quando eu cheguei – disse Luke –, a minha aparência imediatamente sugeriu tamanha opulência que essa explicação ficou fora de questão?

A boca de Bridget se curvou em seu lento sorriso.

– Não, não – ela disse. – Não foi isso. Foi simplesmente que você não era o tipo certo de pessoa.

– Não tinha massa encefálica suficiente para escrever um livro? Não poupe os meus sentimentos. Prefiro saber.

– Você poderia escrever um livro, mas não esse *tipo* de livro... superstições antigas... enfurnando-se no passado... não esse tipo de coisa! Você não é o tipo de homem para quem o passado signifique grande coisa, talvez nem mesmo o futuro, só o presente, nada mais.

– Hmm... entendi – ele fez uma careta. – Que diabo, você me deixou nervoso desde que eu botei os pés aqui! Você parece tão abominavelmente inteligente...

– Sinto muito – Bridget falou com secura. – O que você esperava?

– Bem, na verdade, eu não tinha pensado a respeito.

Mas ela prosseguiu com calma:

– Uma criaturinha de nada, apenas com inteligência suficiente para se aproveitar das oportunidades e casar com o patrão?

Luke balbuciou um ruído ininteligível. Ela lhe dirigiu um olhar tranquilo e brincalhão.

– Eu entendo perfeitamente. Não há problema. Não estou aborrecida.

Luke optou pelo enfrentamento.

– Bem, talvez fosse algo que se aproximasse levemente disso. Mas não cheguei a pensar muito a respeito.

Ela falou devagar:

– Não, você não pensaria. Você não atravessa uma ponte antes de chegar a ela.

Luke estava desalentado.

– Ah, não tenho dúvida de que desempenhei o meu papel como um canastrão! Por acaso Lord Whitfield me desmascarou também?

– Não, não. Se você tivesse dito que viera para cá com o propósito de estudar besouros d'água e escrever uma monografia sobre eles, isso seria aceitável para Gordon. Ele tem uma mente lindamente ingênua.

– Mesmo assim, não fui nem um pouco convincente! Fiquei atrapalhado, de alguma forma.

– Eu dificultei a sua naturalidade – disse Bridget. – Pude perceber isso. Foi até divertido para mim, preciso confessar.

– Ah, como não seria? As mulheres com alguma inteligência costumam ser de um sangue-frio cruel.

Bridget murmurou:

– É preciso desfrutar dos prazeres da melhor maneira possível nesta vida!

Ela se calou por um minuto e então perguntou:

– Por que veio para cá, sr. Fitzwilliam?

Os dois haviam retornado ao questionamento original. Luke sentira que teriam de fechar o círculo. Nos últimos segundos, tentara tomar uma decisão. Agora levantou o rosto e enfrentou os olhos dela – olhos sagazes e inquisitivos que enfrentavam os dele com calma e firmeza. Havia neles uma gravidade que Luke não esperara encontrar.

– Seria melhor, acho eu – ele falou, refletindo –, não lhe contar mais mentiras.

– Bem melhor.

– Mas a verdade é embaraçosa. Diga, por acaso você pessoalmente formou alguma opinião... quero dizer, algo lhe ocorreu como motivo para eu estar aqui?

Ela confirmou com a cabeça de modo lento e pensativo.

– Qual é a sua intuição? Você poderia me dizer? Imagino que possa ajudar de alguma forma.

Bridget respondeu devagar:

– Eu tive a impressão de que você veio para cá em função da morte daquela moça, Amy Gibbs.

– É isso, então! Isso era o que eu via, o que eu sentia quando quer que o nome dela despontava! Eu *sabia* que havia algo. Então você acha que eu vim por causa disso?

– Não foi?

– De certa forma, sim.

Luke ficou em silêncio – franzindo a testa. A jovem a seu lado permaneceu igualmente silenciosa, sem se mexer; não disse nada para não perturbar a linha de raciocínio.

Ele tomou uma decisão.

– Eu vim até aqui para uma caçada ilusória, partindo de uma suposição fantástica e por certo completamente absurda e melodramática. Amy Gibbs faz parte dessa trama toda. Estou interessado em descobrir como foi exatamente que ela morreu.

– Sim, foi o que eu pensei.

– Mas que diabo... *por que* você pensou isso? O que há com a morte dela que... bem... despertou o seu interesse?

Bridget respondeu:

– Eu sempre achei, o tempo todo, que havia algo de errado naquela morte. Foi por isso que levei você para falar com a srta. Waynflete.

– Por quê?

– Porque ela também acha.

– Ah...

Luke fez um rápido raciocínio em retrospecto. Ele compreendeu, agora, as sugestões implícitas daquela solteirona inteligente.

– Ela pensa o mesmo que você, que existe algo de esquisito nessa morte?

Bridget assentiu com a cabeça.

– Por que razão exatamente?

– Para começar, a tintura de chapéu.

– Como assim, a tintura de chapéu?

– Bem, uns vinte anos atrás as pessoas *de fato* pintavam chapéus. Numa temporada você tinha um chapéu de palha cor-de-rosa, na temporada seguinte usava um frasco de tintura e o chapéu se tornava azul-escuro, depois, quem sabe, mais um frasco e um chapéu preto! Mas hoje em dia, os chapéus são baratos... um acessório espalhafatoso que você joga fora quando sai de moda.

– Mesmo no caso de jovens da classe de Amy Gibbs?

– Seria mais provável eu pintar um chapéu do que ela! A frugalidade já era. E tem outra coisa, era tintura de chapéu *vermelha*!

– E daí?

– E daí que Amy Gibbs tinha cabelo vermelho... ruivo!

– Você quer dizer que não combina?

Bridget confirmou com a cabeça.

– Uma mulher de cabelo ruivo não usaria um chapéu escarlate. É o tipo de coisa que um homem não perceberia, mas...

Luke interrompeu-a com uma expressão muito séria de concordância:

– Não... *um homem* não perceberia isso. Isso se encaixa... Tudo se encaixa.

Bridget disse:

– Jimmy tem alguns conhecidos na Scotland Yard. Você não é...

Luke retrucou com rapidez:

– Não sou um detetive oficial... e não sou um famoso investigador particular com aposentos em Baker Street. Sou exatamente o que Jimmy lhe contou que eu era: um policial aposentado que voltou do Oriente. Estou me intrometendo nesse negócio por causa de um fato esquisito que aconteceu no trem para Londres.

Luke fez um breve resumo de sua conversa com a srta. Pinkerton e dos acontecimentos subsequentes que haviam ocasionado sua ida para Wychwood.

– Então, veja bem, é fantástico! – ele concluiu. – Eu estou procurando certo homem... um assassino misterioso, aqui em Wychwood, provavelmente conhecido e respeitado. Se a srta. Pinkerton estava certa e você estiver certa e a senhorita sei-lá-o-nome estiver certa... esse homem matou Amy Gibbs.

Bridget disse:

– Compreendo.

– Poderia ter sido feito por alguém de fora, eu suponho?

– Sim, acho que sim – Bridget falou devagar. – Reed, o policial, escalou até a janela dela por meio da dependência. A janela estava aberta. Foi uma escalada complicada, mas um homem razoavelmente forte não encontraria qualquer dificuldade real.

– E, tendo feito isso, ele fez o quê?

– Substituiu o xarope para tosse por um frasco de tintura de chapéu.

– Na esperança de que ela fizesse exatamente o que fez: acordasse, bebesse... e que todos dissessem que ela havia cometido um engano ou se suicidara?

– Sim.

– E no inquérito não houve nenhuma suspeita do que costumam chamar nos livros de "crime de morte"?

– Não.

– Homens outra vez, eu suponho. A questão da tintura de chapéu não foi levantada?

– Não.

– Mas ocorreu a você?

– Sim.

– E à srta. Waynflete? Vocês conversaram a respeito?

Bridget sorriu de leve.

– Ah, não... não no sentido que você está pensando. Quero dizer, não falamos nada abertamente. Não sei realmente até onde a boa dama avançou em suas intuições. Eu diria que a princípio ela só ficou preocupada e aos poucos foi ficando mais. A srta. Waynflete é bastante inteligente, estudou em Girton ou quis estudar, e foi uma jovem à frente de seu tempo. Não tem essa mente embotada da maioria das pessoas daqui.

– A srta. Pinkerton tinha uma mente bastante complicada, eu imagino – disse Luke. – Foi por isso que, num primeiro momento, nem me passou pela cabeça que houvesse qualquer importância na história dela.

– Ela era bastante inteligente, sempre achei – disse Bridget. – A maioria dessas velhotas que falam coisas desconexas são afiadíssimas em certos sentidos. Você disse que ela mencionou outros nomes?

Luke assentiu.

– Sim. Um menininho... Era esse Tommy Pierce, me lembrei do nome assim que o ouvi. E tenho plena certeza de que o nome Carter apareceu também.

– Carter, Tommy Pierce, Amy Gibbs, o dr. Humbleby – Bridget falou pensativamente. – Como você disse, é quase fantástico demais para ser verdade! Quem no mundo poderia querer matar todas essas pessoas? Eram tão diferentes!

Luke perguntou:

– Você tem alguma ideia do motivo pelo qual alguém poderia querer eliminar Amy Gibbs?

Bridget sacudiu a cabeça.

– Não consigo imaginar.

– E o que dizer desse tal Carter? A propósito, como foi que ele morreu?

– Caiu no rio e se afogou. Estava voltando para casa, era uma noite enevoada, e ele estava completamente bêbado. Há uma passarela com corrimão de um só lado. Todo mundo deu como certo que ele perdeu o equilíbrio.

– Mas alguém *poderia* facilmente ter lhe dado um empurrão?

– Ah, é claro.

– E outra pessoa poderia, com a maior facilidade, ter dado um empurrão no pestinha Tommy quando ele estava limpando as janelas?

– Mais uma vez, sim.

– Portanto, tudo se resume ao fato de que é realmente bem fácil dar cabo de três pessoas sem que ninguém suspeite.

– A srta. Pinkerton suspeitou – salientou Bridget.

– Suspeitou mesmo, que Deus a tenha. *Ela* não se deixava perturbar por ideias de ser melodramática demais ou de estar imaginando coisas.

– Várias vezes ela me disse que o mundo era um lugar muito perverso.

– E você sorriu de modo tolerante, suponho...

– Com ar superior!

– Qualquer pessoa que conseguir acreditar em seis coisas impossíveis antes do café da manhã ganha esse jogo com vantagem.

Bridget concordou com a cabeça.

Luke disse:

– Imagino que não adiantaria nada eu perguntar se você tem algum palpite. Não há nenhum indivíduo em Wychwood que lhe provoque um calafrio na espinha ou que tenha estranhos olhos claros? Ou uma risada sinistra de maníaco?

– Todo mundo que já conheci em Wychwood me parece ser eminentemente sensato, respeitável e totalmente comum.

– Eu temia que você fosse dizer isso – Luke retrucou.

Bridget disse:

– Você acha que esse homem é definitivamente louco?

– Ah, eu diria que sim. Um lunático, sem dúvida, mas bastante sagaz. A última pessoa que você apontaria, provavelmente um pilar da sociedade, como um gerente de banco.

– O sr. Jones? Eu não consigo imaginá-lo cometendo assassinatos em série.

– Então é provável que ele seja o nosso homem.

– Poderia ser qualquer um – disse Bridget. – O açougueiro, o padeiro, o merceeiro, um lavrador, um trabalhador da manutenção de estradas ou o homem que entrega leite.

– Poderia ser... sim... mas acho que o âmbito é um pouco mais restrito do que isso.

– Por quê?

– A srta. Pinkerton falou sobre uma expressão em seus olhos quando ele estava avaliando sua próxima vítima. Pelo jeito de falar da velhinha, fiquei com uma impressão... é só uma impressão, note bem... de que o homem do qual falava era no mínimo alguém da classe social dela. É claro, posso estar enganado.

– Você provavelmente está mais do que certo! Essas *sutilezas* de conversação não podem ser documentadas em preto no branco, mas são aquelas típicas coisas sobre as quais uma pessoa não comete enganos.

– Sabe – disse Luke –, é um alívio ter você a par de tudo.

– Eu não vou atrapalhar a sua naturalidade, concordo. E vou poder ajudá-lo.

– A sua ajuda será inestimável. Você realmente pretende levar isso até o fim?

– É claro.

Luke falou com um ligeiro e repentino embaraço:

– E quanto a Lord Whitfield? Você acha que...

– Naturalmente, não vamos contar nada para Gordon! – Bridget exclamou.

– Você que dizer que ele não acreditaria?

– Ah, ele *acreditaria*! Gordon seria capaz de acreditar em qualquer coisa! Ele provavelmente ficaria empolgadíssimo e insistiria em mandar meia dúzia de seus jovens brilhantes para uma operação pente-fino na vizinhança! Ele simplesmente adoraria!

– Então podemos riscar essa ideia – Luke concordou.

– Sim, não podemos lhe permitir seus simples prazeres, eu receio.

Luke encarou-a. Ele parecia prestes a dizer alguma, mas em seguida mudou de ideia. Em vez disso, conferiu seu relógio.

– Sim – disse Bridget –, já deveríamos estar voltando para casa.

Ela se levantou. Havia um súbito constrangimento entre os dois, como se as palavras não ditas por Luke pairassem desconfortavelmente no ar.

Eles caminharam de volta em silêncio.

Capítulo 7

Possibilidades

Luke estava sentado em seu quarto. Durante o almoço, enfrentara um interrogatório da sra. Anstruther sobre quais flores ele cultivara em seu jardim em Mayang Straits. Tinha sido instruído sobre as flores que teriam vicejado lá. Escutara também um prosseguimento da série "Palestras para jovens a respeito de mim mesmo", por Lord Whitfield. Agora se via misericordiosamente sozinho.

Ele pegou uma folha de papel e escreveu vários nomes em sequência. A lista era a seguinte:

Dr. Thomas.
Sr. Abbot.
Major Horton.
Sr. Ellsworthy.
Sr. Wake.
Sr. Jones.
O rapaz de Amy.
O açougueiro, o padeiro, o leiteiro, o carteiro etc.

Em seguida, pegou outra folha e anotou o título VÍTIMAS. Sob esse cabeçalho, escreveu:

Amy Gibbs:	*Envenenada.*
Tommy Pierce:	*Empurrado de uma janela.*
Harry Carter:	*Empurrado de uma passarela (bêbado? drogado?).*
Dr. Humbleby:	*Infecção generalizada.*
Srta. Pinkerton:	*Atropelada por um carro.*

Ele acrescentou:

Sra. Rose?
O velho Ben?

E depois de uma pausa:

Sra. Horton?

Ele examinou suas listas, fumou um pouco e então pegou o lápis mais uma vez.

Dr. Thomas: possíveis indícios contra ele.
Forte motivação no caso do dr. Humbleby. Tipo de morte conveniente – a saber, infecção generalizada. Amy Gibbs consultou-se com ele na tarde do dia em que morreu. (Alguma coisa entre eles? Chantagem?)
Tommy Pierce? Nenhuma ligação conhecida. (Sabia Tommy de alguma ligação entre ele e Amy Gibbs?)
Harry Carter? Nenhuma ligação conhecida.
O dr. Thomas estava ausente de Wychwood no dia em que a srta. Pinkerton foi a Londres?

Luke suspirou e começou uma nova página:

Sr. Abbot: possíveis indícios contra ele.
(Sinto que um advogado é definitivamente uma pessoa suspeita. Possivelmente preconceito.) Sua personalidade, vistosa, cordial etc., com certeza seria suspeita num livro – sempre suspeite de homens cordiais e sem cerimônias. Objeção: isto não é um livro, e sim a vida real.
Motivo para assassinar o dr. Humbleby: existia evidente antagonismo entre os dois. H. contrariou Abbot. Suficiente motivação para um cérebro demente. Antagonismo poderia ter sido facilmente notado pela srta. Pinkerton.

Tommy Pierce? Este bisbilhotou os documentos de Abbot. Descobriu algo de que não deveria ter tomado conhecimento?
Harry Carter? Nenhuma ligação evidente.
Amy Gibbs? Nenhuma ligação conhecida. Tintura de chapéu totalmente condizente com a mentalidade de Abbot – uma mente antiquada. Abbot estava fora do vilarejo no dia em que a srta. Pinkerton foi morta?

Major Horton: possíveis indícios contra ele.
Nenhuma ligação conhecida com Amy Gibbs, Tommy Pierce ou Carter.
E quanto à sra. Horton? Morte tem todo jeito de que pode ter sido envenenamento por arsênico. Se fosse isso, outras mortes poderiam ser resultantes desta – chantagem? OBS: – Thomas foi o médico que atendeu-a. (Thomas é suspeito de novo.)

Sr. Ellsworthy: possíveis indícios contra ele.
Figura bizarra – mexe com magia negra. Pode ter o temperamento de um assassino com sede de sangue. Ligação com Amy Gibbs. Alguma ligação com Tommy Pierce? Carter? Nada conhecido. Humbleby? Poderia ter percebido a condição mental de Ellsworthy. Srta. Pinkerton? Ellsworthy estava fora de Wychwood quando a srta. Pinkerton foi morta?

Sr. Wake: possíveis indícios contra ele.
Muito improvável. Possível mania religiosa? Uma missão de matar? Clérigos velhos e pios prováveis concorrentes nos livros, mas (como antes) isto é a vida real.
Observação: Carter, Tommy, Amy todos de caráter definitivamente desagradável. Merecem ser exterminados por decreto divino?

Sr. Jones.
Dados – nenhum.

O rapaz de Amy.
Provavelmente todos os motivos para matar Amy – mas parece improvável em termos gerais.

Os et ceteras?
Não fique imaginando coisas.

Luke releu o que havia escrito.

Então balançou a cabeça.

Murmurou baixinho:

– ...o que é um absurdo! Como Euclides define bem as coisas!

Ele rasgou as listas e queimou-as.

Disse consigo mesmo:

– Esse trabalho não vai ser exatamente fácil.

Capítulo 8

Dr. Thomas

O dr. Thomas recostou-se em sua cadeira e passou a mão comprida e delicada nos cabelos espessos e claros. Ele era um jovem de aparência enganosa. Embora tivesse mais de trinta anos, um olhar de relance, casual, teria lhe atribuído vinte e poucos, se não menos de vinte. Seu cabelo farto e um tanto indomável, sua expressão ligeiramente sobressaltada e sua tez de um rosa esbranquiçado lhe davam um aspecto irresistivelmente escolar. Por mais imaturo que pudesse parecer, no entanto, o diagnóstico que acabara de pronunciar sobre o joelho reumático de Luke estava quase precisamente de acordo com o que havia sido estabelecido por um eminente especialista de Harley Street apenas uma semana antes.

– Obrigado – disse Luke. – Bem, fico aliviado por saber que, na sua opinião, o tratamento elétrico vai resolver o problema. Não quero ficar aleijado na minha idade.

O dr. Thomas exibiu seu sorriso de menino.

– Ah, não creio que exista qualquer perigo disso, sr. Fitzwilliam.

– Bem, o senhor me tirou um peso da mente – disse Luke. – Eu estava pensando em recorrer a um especialista, mas tenho certeza de que já não é necessário agora.

O dr. Thomas sorriu novamente.

– Faça isso, se for para sossegar a sua mente. Afinal de contas, sempre é bom ouvir a opinião de um especialista.

– Não, não, eu tenho total confiança no senhor.

– Falando com franqueza, não há nenhuma complexidade no caso. Se o senhor seguir o meu conselho, tenho absoluta certeza de que não vai voltar a ter problemas.

– O senhor me tirou um peso enorme da mente, doutor. Achei que eu poderia estar com artrite, que logo estaria todo arruinado nas articulações e incapaz de me mover.

O dr. Thomas sacudiu a cabeça com um sorriso levemente indulgente.

Luke continuou rapidamente:

– Os homens se apavoram para valer desse jeito. O senhor deve constatar isso, não? Sempre pensei que um médico de certa forma se sente um curandeiro, uma espécie de mágico, para a maioria de seus pacientes.

– O elemento fé aparece em grande medida.

– Pois é. "O médico disse" é uma observação sempre proferida com algo que se assemelha à reverência.

O dr. Thomas ergueu os ombros.

– Se os nossos pacientes apenas soubessem! – murmurou com humor.

Então acrescentou:

– O senhor está escrevendo um livro sobre magia, não está, sr. Fitzwilliam?

– Ora, como foi que o senhor soube disso? – Luke perguntou, talvez com uma surpresa um pouco forçada.

O dr. Thomas pareceu achar graça.

– Ah, meu caro senhor, as novidades se espalham com muita rapidez num lugar como este. Temos tão pouco assunto para conversar...

– Provavelmente é exagerado também. O senhor ouvirá que estou invocando os espíritos do vilarejo e rivalizando com a Bruxa de Endor.

– Bem estranho que o senhor diga isso.

– Por quê?

– Bem, o rumor que anda circulando por aí é de que o senhor invocou o fantasma de Tommy Pierce.

– Pierce? Pierce? Não é o garotinho que caiu de uma janela?

– Sim.

– Ora, eu me pergunto como será que... é claro... eu comentei algo com o advogado... como é mesmo o nome dele?... Abbot.

– Sim, a história se originou com Abbot.

– Não me diga que eu transformei um advogado insensível num homem que acredita em fantasmas...

– E o senhor, então, acredita em fantasmas?

– O tom de sua voz sugere que o senhor não acredita, doutor. Não, eu não diria que efetivamente "acredito em fantasmas", falando de modo rude. Mas tenho conhecimento de fenômenos misteriosos em casos de morte violenta. Estou mais interessado nas diversas superstições relacionadas a mortes violentas de que um homem assassinado, por exemplo, não pode descansar em seu túmulo. E na interessante crença de que o sangue de um homem assassinado irá verter se ele for tocado por seu assassino. Eu me pergunto de onde surgiu algo assim.

– Muito curioso – disse Thomas. – Mas não creio que muitas pessoas se lembrem disso hoje em dia.

– Mais do que o senhor imagina. É lógico, não creio que vocês tenham muitos assassinatos por aqui, então é difícil julgar.

Luke sorria enquanto falava, seus olhos contemplando com aparente despreocupação o rosto do outro. Mas o dr. Thomas parecia imperturbável e retribuiu o sorriso.

– Não, não creio que tenhamos tido um assassinato por... ah, por muitos e muitos anos... certamente não no meu tempo.

– Não, este é um lugar pacato. Não induz a um assassinato. A menos que alguém tenha empurrado o pequeno Tommy não-sei-das-quantas pela janela.

Luke riu. Outra vez o dr. Thomas sorriu em resposta – um sorriso natural, cheio de jovialidade infantil.

– Muita gente teria gostado de torcer o pescoço daquele menino – ele disse. – Mas não creio que tenham de fato chegado ao ponto de jogá-lo por uma janela.

– Ele parece ter sido uma criança completamente insuportável; sua eliminação poderia ter sido considerada um dever público.

– É uma pena que não possamos aplicar essa teoria com razoável frequência.

– Sempre achei que alguns assassinatos em série seriam benéficos à comunidade – disse Luke. – Um chato do clube, por exemplo, deveria ser exterminado com um conhaque envenenado. Depois são aquelas mulheres que falam pelos cotovelos e arrasam queridíssimas amigas com suas línguas ferinas. Solteironas que atacam pelas costas. Teimosos inveterados que se opõem ao progresso. Se fossem aniquilados sem dor, que diferença isso faria para a vida social!

O sorriso do dr. Thomas alongou-se, mostrando seus dentes.

– Com efeito, o senhor defende o crime em grande escala?

– Eliminação judiciosa – Luke retrucou. – O senhor não concorda que seria benéfico?

– É claro, não há dúvida.

– Ah, mas o senhor não está falando sério – disse Luke. – Pois eu estou. Não tenho o respeito que os ingleses normalmente têm pela vida. Qualquer homem que fosse uma pedra no caminho do progresso deveria ser eliminado... é assim que eu vejo a questão!

Passando a mão pelo cabelo louro e curto, o dr. Thomas falou:

– Sim, mas quem poderá julgar a aptidão ou inaptidão de um homem?

– Essa é a dificuldade, sem dúvida – Luke admitiu.

– Os católicos considerariam que um agitador comunista não merece viver, o agitador comunista condenaria o padre à morte como fomentador de superstição, o médico eliminaria o homem doentio, o pacifista condenaria o soldado, e assim por diante.

– Precisaríamos ter um cientista como juiz – disse Luke. – Alguém com uma mente sem preconceitos, mas altamente especializada... um médico, por exemplo. A propósito, acho que o senhor mesmo seria um ótimo juiz, doutor.

– Da inaptidão para viver?

– Sim.

O dr. Thomas sacudiu a cabeça.

– O meu trabalho é tornar aptos os inaptos. Na maioria das vezes é um trabalho penoso, eu admito.

– Mas só para reforçar o meu argumento... – disse Luke. – Pegue um homem como o falecido Harry Carter...

O dr. Thomas falou bruscamente:

– Carter? O senhor se refere ao senhorio do Seven Stars?

– Sim, esse mesmo. Não o conheci pessoalmente, mas a minha prima, a srta. Conway, estava me falando sobre o sujeito. Parece ter sido um salafrário.

– Bem – disse o outro –, ele bebia, é verdade. Maltratava a esposa, intimidava a filha. Era brigão e insolente e já tivera altercações com a maioria das pessoas no vilarejo.

– Na verdade, então, o mundo é um lugar melhor sem ele?

– Todo mundo ficaria inclinado a dizer que sim, concordo.

– Na verdade, se alguém tivesse lhe dado um empurrão e o jogado no rio em vez de o sujeito mesmo ter generosamente escolhido cair por conta própria, essa pessoa teria contribuído para o bem público?

O dr. Thomas respondeu secamente:

– Esses métodos que o senhor defende... por acaso os colocou em prática em... Mayang Straits, foi o que disse?

Luke riu.

– Ah, não, comigo é teoria... nada de prática.

– Não, não creio que o senhor tenha o gene dos assassinos.

Luke perguntou:

– Por que não? Fui bastante franco quanto aos meus pontos de vista.

– Exato. Franco demais.

– O senhor quer dizer que, se eu fosse realmente o tipo de homem que faz justiça com as próprias mãos, eu não sairia por aí difundindo as minhas opiniões?

– Foi o que eu quis dizer.

– Mas poderia ser uma espécie de evangelho para mim. Eu poderia ser um fanático nesse assunto!

– Mesmo assim, seu senso de autoproteção atuaria.

– De fato, quando procurar um assassino, preste atenção no tipo de homem bom e gentil que-não--mataria-uma-mosca.

– Ligeiramente exagerado, talvez – disse o dr. Thomas –, mas não está longe da verdade.

Luke perguntou abruptamente:

– Diga-me, isso me interessa... o senhor já topou alguma vez com um homem que, no seu entender, poderia ser um assassino?

O dr. Thomas respondeu com rispidez:

– Realmente, que pergunta extraordinária!

– É mesmo? Afinal de contas, um médico deve topar com tantos personagens esquisitos. Teria melhores condições de reconhecer, por exemplo, os sinais de mania homicida num estágio inicial, antes que sejam perceptíveis.

O dr. Thomas retrucou, um tanto irritado:

– O senhor nutre a típica ideia leiga de um maníaco homicida, um homem descontrolado com uma faca, um homem espumando pela boca. Deixe-me lhe dizer: um lunático homicida pode ser a pessoa mais difícil do mundo de se identificar. Segundo todas as aparências, ele pode ser exatamente como todas as outras pessoas, um homem, talvez, que se amedronte com facilidade... que pode nos dizer, talvez, que tem inimigos. Não mais do que isso. Um camarada perfeitamente tranquilo e inofensivo.

– É realmente assim?

– Claro que é. Um lunático homicida frequentemente mata (no entender dele) em legítima defesa. Mas, obviamente, muitos assassinos são pessoas comuns e sensatas como o senhor e eu.

– Doutor, o senhor está me alarmando! Imagine se o senhor acabar descobrindo, mais tarde, que eu tenho umas cinco ou seis belas e discretas mortes no meu currículo?

O dr. Thomas sorriu.

– Não creio que seja muito provável, sr. Fitzwilliam.

– Não? Vou retribuir o cumprimento. Também não acredito que o senhor tenha uns cinco ou seis assassinatos no seu currículo.

O dr. Thomas falou com jovialidade:

– O senhor não está levando em conta os meus fracassos profissionais.

Os dois homens riram.

Luke se levantou e então se despediu.

– Receio ter tomado demais o seu tempo – desculpou-se.

– Ah, não estou ocupado. Wychwood é um lugar bastante saudável. É um prazer poder conversar com alguém de fora.

– Eu estava especulando... – Luke começou e se interrompeu.

– Sim?

– A srta. Conway comentou, quando me mandou procurar o senhor, o quanto... bem, o quanto o senhor era um médico de primeira categoria. Eu estava especulando se o senhor não se sentia meio preso aqui. Não há muita oportunidade para uma pessoa de talento.

– Ah, a clínica geral é um bom começo. É uma experiência valiosa.

– Mas o senhor não ficaria satisfeito passando a vida inteira na mesma rotina. O seu falecido sócio, o dr. Humbleby, era um sujeito sem ambições, segundo fiquei sabendo, completamente satisfeito com sua clínica. Ele já estava aqui havia muitos anos, acredito...

– Praticamente uma vida toda.

– Era um homem confiável, mas antiquado, ouvi falar.

O dr. Thomas disse:

– Às vezes ele era difícil. Suspeitava muito das inovações, mas um bom exemplo de profissional da velha escola.

– Deixou uma filha muito bonita, segundo me contaram – Luke falou de maneira jocosa.

Ele teve o prazer de ver o rosto rosado do dr. Thomas ficar profundamente vermelho.

– Ah... hã... sim – ele disse.

Luke fitou-o com bondade. Ficou contente com a perspectiva de apagar o dr. Thomas de sua lista de pessoas suspeitas.

Este último recuperou sua cor natural e falou abruptamente:

– Nós falávamos de crimes há pouco, posso lhe emprestar um bom livro, visto que o senhor se mostra interessado pelo assunto! Tradução do alemão. *Inferioridade e crime*, de Kreuzhammer.

– Obrigado – disse Luke.

O dr. Thomas correu o dedo por uma estante e retirou o livro em questão.

– Aqui está. Algumas das teorias são um tanto espantosas e, é claro, são apenas teorias, mas são interessantes. A vida pregressa de Menzheld, por exemplo, o açougueiro de Frankfurt, como o chamavam, e o capítulo sobre Anna Helm, a pequena babá assassina, são na verdade extremamente interessantes.

– Ela matou cerca de uma dúzia de crianças a seu cuidado antes que as autoridades a pegassem, acredito – disse Luke.

O dr. Thomas concordou com a cabeça.

– Sim. Ela tinha uma personalidade afável, devotada às crianças e, aparentemente, sentia um genuíno desolamento a cada morte. A psicologia é impressionante.

– Impressionante é como essas pessoas conseguem se safar – disse Luke.

Ele estava passando pela porta agora. O dr. Thomas saíra junto.

– Não é impressionante, na verdade – afirmou o dr. Thomas. – É bem fácil, sabe...

– O quê?

– A pessoa se safar... – ele estava sorrindo mais uma vez, um sorriso infantil e encantador. – Se você tomar cuidado. Basta tomar cuidado... é só! Mas um homem esperto *é* extremamente cuidadoso para não escorregar. É tudo de que ele precisa.

O dr. Thomas sorriu e entrou em casa.

Luke ficou de pé nos degraus, sem desviar o olhar.

Havia algo de condescendente no sorriso do médico. Ao longo de toda a conversação, Luke sentira-se um homem de plena maturidade e sentira o dr. Thomas como um homem jovem e ingênuo.

Por um breve momento, pareceu-lhe que os papéis se invertiam. O sorriso do médico era o de um adulto que se divertia com a esperteza de uma criança.

Capítulo 9

Sra. Pierce fala

Na pequena loja da High Street, Luke comprara cigarros e a edição de *Good Cheer*, o pequeno e empreendedor periódico que fornecia para Lord Whitfield uma boa porção de sua substancial renda. Indo direto aos resultados do futebol, Luke, com um gemido, emitiu a informação de que fracassara na tentativa de ganhar 120 libras. A sra. Pierce sentiu-se chamada de imediato a expressar seu compadecimento, relatando semelhantes frustrações por parte do marido. Assim estabelecidas as relações amistosas, Luke não encontrou dificuldade para prolongar a conversa.

– O sr. Pierce tem grande interesse pelo futebol – disse a esposa. – A primeira coisa que ele procura no jornal é isso. Como disse, ele já teve inúmeros desapontamentos, mas a questão é que não dá para todos ganharem, e o que eu digo é que você não pode competir com a sorte.

Luke concordou calorosamente com tais afirmações e tratou de avançar, numa suave transição, para outra declaração profunda, dando conta de que os problemas nunca surgem sozinhos.

– Ah, pois é, senhor, disso eu sei *bem* – a sra. Pierce suspirou. – E quando uma mulher tem um marido e oito filhos... ou melhor, seis vivos e dois já enterrados... bem, ela sabe o que é um problema.

– Suponho que saiba... ah, sem dúvida – disse Luke. – A senhora disse que... hã... enterrou dois, é isso?

– E um deles não faz mais de um mês – a sra. Pierce afirmou com uma espécie de prazer melancólico.

– Minha nossa, que tristeza...

– Não foi só triste, senhor. Foi um choque... isso é que foi, um choque! Eu fiquei desolada, fiquei mesmo, quando me deram a notícia. Nunca imaginei que qualquer coisa desse tipo pudesse acontecer a Tommy, porque, dá para dizer, quando um menino só nos causa problema, não parece natural que ele seja levado. Agora, a minha Emma Jane, essa era uma doçura. "Você não vai poder criar a menina." Isso é o que falavam. "Ela é boa demais para viver." E era verdade, senhor. Deus sabe o que faz.

Luke mostrou-se compassivo e empenhou-se em reverter o assunto da santa Emma Jane para o não tão santo Tommy.

– O seu menino morreu recentemente? – ele perguntou. – Um acidente?

– Sim, foi um acidente, senhor. Limpando as janelas da velha Wych Hall, que agora é a biblioteca, e ele deve ter se desequilibrado e caído das janelas mais altas.

A sra. Pierce discorreu por algum tempo sobre todos os pormenores do acidente.

– Não houve uma história de que ele tinha sido visto dançando no parapeito da janela? – Luke perguntou despreocupadamente.

A sra. Pierce respondeu que meninos são sempre meninos – mas aquilo dera sem dúvida um susto no major, sendo ele um cavalheiro atarantado.

– O major Horton?

– Sim, o cavalheiro dos buldogues. Depois que aconteceu o acidente, ele mencionou por acaso que tinha visto o nosso Tommy se comportando de uma forma muito imprudente... e isso mostra mesmo que, se o menino tivesse se assustado de repente com alguma coisa, teria caído com a maior facilidade. Excesso de energia, senhor, esse era o problema de Tommy. Ele foi um martírio para mim de muitas maneiras – finalizou a sra. Pierce –, mas era só isso, excesso de energia... nada mais que excesso de energia... como pode acontecer com qualquer garoto. Não havia nenhuma maldade verdadeira nele, daria para dizer.

– Não, não... Tenho certeza de que não havia, mas às vezes, sabe, sra. Pierce... pessoas sóbrias de meia-idade têm dificuldade de recordar que algum dia já foram jovens também.

A sra. Pierce suspirou.

– São verdadeiras essas palavras, senhor. Não posso deixar de desejar que alguns cavalheiros, dos quais eu poderia dar o nome, mas não vou, acabem sentindo no coração o remorso de que foram duros demais com o garoto só por conta do excesso de energia dele.

– Tommy pregou algumas peças em seus patrões, não? – Luke perguntou com um sorriso indulgente.

A sra. Pierce respondeu de imediato:

– Era só brincadeira dele, senhor, nada mais. Tommy sempre foi bom em imitações. Ele nos fazia quase chorar de rir com o jeito como se requebrava fingindo ser o sr. Ellsworthy na loja de antiguidades... ou o velho sr. Hobbs, o sacristão... e estava imitando em Manor e os dois jardineiros assistentes estavam dando risada quando eis que ele apareceu, todo quieto, e na mesma hora colocou Tommy no olho da rua... e, naturalmente, isso era bem de se esperar, e algo mais do que correto, seu patrão não guardou ressentimento e mais adiante ajudou Tommy a conseguir outro emprego.

– Mas outras pessoas não foram tão magnânimas, não é mesmo? – Luke falou.

– Isso elas não foram mesmo, senhor. Sem ficar dando nomes. Nunca pensaríamos isso do sr. Abbot, tão agradável em seus modos e sempre com uma palavra carinhosa ou uma piada...

– Tommy se meteu numa encrenca com ele?

A sra. Pierce respondeu:

– Não é, tenho certeza, que o menino fizesse por mal... E, afinal de contas, se os documentos são particulares e não devem ser olhados, então não podiam ser deixados em cima da mesa... isso é o que eu acho.

– Ah, não há dúvida – disse Luke. – Documentos particulares, no escritório de um advogado, deveriam ser guardados no cofre.

– Tem razão, senhor. Isso é o que eu penso, e o sr. Pierce concorda comigo. Não é nem que Tommy tenha lido grande coisa do documento.

– O que era, um testamento? – Luke perguntou.

Ele julgou (provavelmente com razão) que uma pergunta sobre o teor do documento em questão pudesse fazer a sra. Pierce hesitar. Mas a pergunta direta obteve uma resposta instantânea.

– Não, não, senhor, nada desse tipo. Nada de realmente importante. Era só uma carta particular... de uma dama... e Tommy nem mesmo viu quem era essa dama. Tanta confusão por uma coisa de nada... isso é o que eu acho.

– O sr. Abbot deve ser o tipo de homem que se ofende com muita facilidade – disse Luke.

– Bem, parece mesmo que sim, não parece, senhor? Muito embora, como eu disse, ele seja uma pessoa tão agradável para conversar, sempre com uma piada ou uma palavra que nos anima. Mas a verdade, eu fiquei sabendo, é que ele era um homem difícil de enfrentar como inimigo, e ele e o dr. Humbleby já estavam chegando às vias de fato, como se costuma dizer, bem pouco antes de o pobre cavalheiro morrer. E não deve ter sido uma recordação agradável para o sr. Abbot. Porque, quando acontece uma morte, a gente não gosta de pensar que palavras ásperas foram ditas, sem nenhuma chance de voltar atrás.

Luke sacudiu a cabeça num gesto solene e murmurou:

– É bem verdade... é bem verdade.

Ele continuou:

– Um pouco de coincidência nesse ponto. Palavras ásperas com o dr. Humbleby, e o dr. Humbleby morreu... tratamento áspero com o seu Tommy, e o menino morreu! Eu diria que uma experiência dupla como essa tornaria o sr. Abbot mais cuidadoso com sua língua no futuro.

– Harry Carter, também, lá do Seven Stars – disse a sra. Pierce. – Palavras muito pesadas foram trocadas por eles apenas uma semana antes de o sr. Carter cair e se afogar... mas não podemos culpar o sr. Abbot por isso. O abuso foi todo da parte de Carter... ele foi até a casa do sr. Abbot, veja só, estando alcoolizado na ocasião, e ficou berrando com a voz mais alta do mundo na mais nojenta linguagem. Pobre sra. Carter, ela tinha que aguentar um bocado, e, é preciso reconhecer, a morte de Carter foi um alívio misericordioso.

– Ele deixou uma filha também, não deixou?

– Ah – reagiu a sra. Pierce –, não sou de ficar fazendo mexericos.

Isso era inesperado, mas promissor. Luke aguçou os ouvidos e esperou.

– Não vou dizer que fosse mais do que só falatório. Lucy Carter é uma jovem bonita, do modo dela, e, se não fosse pela diferença de classe, ouso dizer que ninguém teria dado importância. Mas que houve falatório, houve, e não dá para negar, especialmente depois que Carter foi direto à casa dele, gritando e praguejando.

Luke tentou assimilar as implicações daquele discurso um tanto confuso.

– O sr. Abbot parece ter certa queda por jovens belas – ele disse.

– É o que quase sempre acontece com os cavalheiros – disse a sra. Pierce. – Eles não têm nenhuma intenção, só uma palavra ou duas de passagem, mas a pequena nobreza é a pequena nobreza e, por consequência, isso chama atenção. É bem de se esperar num lugar tranquilo como este.

– É um lugar bastante encantador – disse Luke. – Tão intocado!

– É o que os artistas sempre dizem, mas acho que estamos um pouco atrasados. Ora, ninguém constrói nada digno de menção. Lá em Ashevale, por exemplo, eles construíram uma adorável série de casas, algumas com telhados verdes e com vidros coloridos nas janelas.

Luke estremeceu ligeiramente.

– Vocês têm um grandioso instituto – ele falou.

– Dizem que é um belo prédio – retrucou a sra. Pierce, sem grande entusiasmo. – É claro, Lord Whitfield fez muito pelo vilarejo. Ele tem boa intenção, todos nós sabemos disso.

– Mas a senhora não acha que seus esforços sejam de todo bem-sucedidos? – Luke perguntou jocosamente.

– Bem, é lógico, senhor, ele não é realmente da pequena nobreza... não é como a srta. Waynflete, por exemplo, ou a srta. Conway. Ora, o pai de Lord Whitfield tinha uma oficina de botas bem a poucos passos daqui. Minha mãe se lembra de Gordon Ragg atendendo na loja... se lembra tão bem quanto de qualquer outra coisa.

Claro, agora ele é um lorde, e é um homem rico... mas nunca é a mesma coisa, não é mesmo, senhor?

– Evidentemente que não – Luke concordou.

– O senhor queira me perdoar por mencionar isso – disse a sra. Pierce. – Eu sei que o senhor está hospedado em Manor e que está escrevendo um livro. Mas o senhor é primo da srta. Conway, e essa é uma coisa bem diferente. Ficaremos muito contentes em tê-la de volta como soberana de Ashe Manor.

– De fato – disse Luke. – Tenho certeza de que ficarão.

Ele pagou os cigarros e o jornal com repentina precipitação.

Pensou consigo mesmo: "Impressões pessoais. É *preciso* deixá-las de fora! Diabo, eu estou aqui para pegar um criminoso. O que é que me importa com quem aquela bruxa de cabelos negros vai se casar ou não? Ela não entra na minha história...".

Ele caminhou lentamente pela rua. Com esforço, empurrou Bridget para o fundo de sua mente.

– Pois vejamos – disse consigo. – Abbot. Indícios contra Abbot. Eu o relacionei a três das vítimas. Ele teve uma briga com Humbleby, uma briga com Carter e uma briga com Tommy Pierce... e todos os três morreram. E quanto à jovem Amy Gibbs? O que era essa carta que o garoto endiabrado viu? Será que ele sabia de quem era? Ou não sabia? Pode ser que não tenha dito à mãe que sabia. Mas vamos supor que *soubesse*. Vamos supor que Abbot julgasse ser necessário calar-lhe a boca. Poderia ser! É tudo o que se pode dizer a respeito: poderia ser! Não é o suficiente.

Luke acelerou o passo, olhando ao redor com súbita exasperação.

– Este maldito vilarejo já está mexendo com os meus nervos. Tão risonho, tão pacífico, tão inocente, e o tempo todo se desenrolando essa louca série de assassinatos. Ou sou eu o louco? Será que Lavinia Pinkerton era louca? Afinal de contas, o caso todo *poderia* ser coincidência... sim, a morte de Humbleby e tudo mais...

Ele virou a cabeça para trás, contemplando a extensão da High Street – e foi tomado por uma estranha sensação de irrealidade.

Disse consigo mesmo:

– Essas coisas não acontecem...

Então ergueu os olhos na direção da longa linha carrancuda de Ashe Ridge – e no mesmo instante a irrealidade passou. Ashe Ridge era real – testemunhara coisas estranhas: feitiçaria, crueldade e esquecidos ritos malévolos ou desejos de violência...

Ele se sobressaltou. Dois vultos caminhavam ao longo do sopé da colina. Luke os reconheceu com facilidade – Bridget e Ellsworthy. O jovem gesticulava com suas mãos curiosas e desagradáveis. A cabeça estava inclinada para Bridget. Pareciam dois vultos saídos de um sonho. Tinha-se a impressão de que os pés dos dois não faziam nenhum ruído enquanto eles saltavam como gatos de uma relva para outra. Luke viu os cabelos pretos de Bridget flutuando no ar às costas dela, soprados pelo vento. Mais uma vez aquela estranha magia se apoderou dele.

– Enfeitiçado, é assim que eu estou, enfeitiçado – disse para si mesmo.

Luke parou, totalmente imóvel – um sentimento esquisito tomando conta dele.

Pensou consigo pesarosamente: "Quem poderá quebrar o feitiço? Não há ninguém".

Capítulo 10

Rose Humbleby

Um ruído suave atrás de Luke fez com que ele girasse o corpo num movimento brusco. Estava ali parada uma jovem, uma jovem incrivelmente bonita com cabelos castanhos que se ondulavam em volta das orelhas e olhos azuis-escuros de aspecto bastante tímido. Ela corou um pouco, embaraçada, antes de começar a falar.

– Sr. Fitzwilliam, não? – perguntou.

– Sim. Eu...

– Eu sou Rose Humbleby. Bridget me disse que... que o senhor conhece algumas pessoas que conheceram meu pai.

Luke teve a delicadeza de corar ligeiramente sob sua pele bronzeada.

– Foi muito tempo atrás – afirmou de maneira um tanto desajeitada. – Meus amigos... hã... o conheceram na juventude, quando ele ainda não era casado.

– Ah, entendo.

Rose Humbleby parecia um pouco desapontada. Mas prosseguiu:

– O senhor está escrevendo um livro, não está?

– Sim. Ou melhor, estou fazendo anotações para um livro. Sobre superstições locais. Todo esse tipo de coisa.

– Entendo. Parece extremamente interessante.

– Provavelmente vai ser tão enfadonho quanto um lago parado.

– Ah, não, tenho certeza de que não vai ser.

Luke sorriu para ela. Pensou: "Nosso Thomas é um homem de sorte!".

– Existem pessoas – ele disse – que conseguem deixar insuportavelmente chato o mais interessante dos assuntos. Receio ser umas dessas pessoas.

– Ah, mas por que razão o senhor seria?

– Não sei. Mas a convicção está se fortalecendo em mim.

Rose Humbleby disse:

– O senhor poderia ser uma dessas pessoas que deixam os assuntos monótonos extremamente emocionantes!

– Já *esse* é um belo pensamento – disse Luke. – Agradeço-lhe por ele.

Rose Humbleby devolveu-lhe o sorriso. Então perguntou:

– O senhor acredita em... em superstições e tudo mais?

– Essa é uma pergunta difícil. Uma coisa não depende da outra, sabe... Você pode ter interesse por coisas nas quais não acredita.

– Sim, acho que sim – a jovem parecia em dúvida.

– A senhorita é supersticiosa?

– N-não... acho que não. Mas acredito que as coisas vêm em... em ondas.

– Ondas?

– Ondas de azar e de sorte. Quero dizer, eu sinto como se Wychwood estivesse, nos últimos tempos, sob um feitiço de... de infortúnio. O meu pai morrendo, e a srta. Pinkerton sendo atropelada, e aquele garotinho que caiu da janela. Eu... eu comecei a me sentir como se detestasse este lugar... como se eu *precisasse* fugir!

Sua respiração estava um pouco acelerada. Luke a encarava pensativo.

– Então você se sente assim?

– Ah! Eu sei que é bobagem. Acho que deve ser, na verdade, por causa da morte tão inesperada do meu pai... foi tão horrivelmente repentino! – ela estremeceu. – E depois a srta. Pinkerton. Ela disse...

A jovem se interrompeu.

– O que foi que ela disse? A srta. Pinkerton era uma velhinha encantadora, eu achava... bem parecida com uma tia que é muito especial para mim.

– Ah, o senhor a conheceu? – o rosto de Rose iluminou-se. – Eu gostava muito dela, e ela adorava o papai. Mas às vezes eu ficava pensando se ela não seria essa espécie de pessoa que os escoceses chamam de "enfeitiçada pela morte".

– Por quê?

– Porque... é tão esquisito... ela parecia estar muito amedrontada de que fosse acontecer alguma coisa com o papai. Ela quase me *prevenia*, sobretudo em relação a acidentes. E aí naquele dia, bem pouco antes de ir para Londres, o jeito dela era tão esquisito... absolutamente *fora de si*. Eu realmente acredito, sr. Fitzwilliam, que ela era uma dessas pessoas clarividentes. Acho que a srta. Pinkerton *sabia* que algo aconteceria com ela. E decerto sabia que algo aconteceria com o papai também. É... é um tanto assustador, esse tipo de coisa!

Rose Humbleby deu um passo na direção dele.

– Existem ocasiões em que uma pessoa pode prever o futuro – disse Luke. – Nem sempre é algo sobrenatural.

– Não, suponho que seja bem natural, na verdade, simplesmente uma capacidade que as outras pessoas não têm. Mesmo assim fico preocupada...

– A senhorita não deve se preocupar – Luke falou em um tom carinhoso. – Lembre-se, tudo isso já ficou para trás. Não adianta remexer o passado. Precisamos viver pensando no futuro.

– Eu sei. Mas há mais, sabe... – Rose hesitou. – Houve algo... em relação à sua prima.

– Minha prima? Bridget?

– Sim. A srta. Pinkerton estava preocupada com ela, de certa maneira. Ficava me fazendo perguntas o tempo todo. Acho que temia por ela... também.

Luke se virou de modo brusco, examinando a colina. Foi invadido por uma sensação irracional de medo. Bridget – sozinha com o homem cujas mãos apresentavam aquele matiz doentio de carne esverdeada, em decomposição! Fantasia – tudo fantasia! Ellsworthy não passava de um diletante inofensivo que brincava de ser dono de loja.

Como que lendo seus pensamentos, Rose perguntou:

– O senhor gosta do sr. Ellsworthy?

– Definitivamente, não.

– Geoffrey... o dr. Thomas, sabe... não gosta dele também.

– E a senhorita?

– Não, não... tenho pavor dele – Rose aproximou-se um pouco mais. – Há um falatório sobre ele. Contaram-me que organizou uma cerimônia sinistra na Campina das Bruxas... vários amigos dele vieram de Londres, uma gente sinistra, de aspecto assustador. E Tommy Pierce era uma espécie de assistente.

– Tommy Pierce? – Luke perguntou bruscamente.

– Sim. Ele usava sobrepeliz e uma batina vermelha.

– Quando foi isso?

– Ah, já faz algum tempo... Acho que foi em março.

– Tommy Pierce parece ter se metido em tudo o que acontecia neste vilarejo.

Rose disse:

– Ele era terrivelmente curioso. Sempre precisava saber o que estava se passando.

– Provavelmente já sabia demais no fim – Luke comentou de modo sombrio.

Rose aceitou tais palavras sem lhes captar o significado.

– Ele era um menino bastante detestável. Gostava de cortar asas de vespas e de importunar cachorros.

– O tipo de menino cujo falecimento dificilmente será lamentado!

– Pois é, acho que sim. Para sua mãe foi terrível, no entanto.

– Calculo que lhe restaram cinco anjinhos para consolá-la. Tem uma língua e tanto aquela mulher.

– Ela fala sem parar, não?

– Depois de comprar uns cigarros dela, sinto que conheço a história de vida de todos os moradores daqui!

Rose falou com pesar:

– Isso é o pior de um lugar como este. Todo mundo sabe tudo sobre todos os outros.

– Não, não... – Luke retrucou.

Rose olhou para ele intrigada.

Luke afirmou num tom significativo:

– Nenhum ser humano pode saber a verdade completa sobre outro ser humano.

O rosto de Rose ficou muito sério. Ela teve um leve tremor involuntário.

– Pois é – falou devagar. – Acho que isso é verdade.

– Nem mesmo sobre a pessoa mais próxima e mais querida – disse Luke.

– Nem mesmo... – ela se interrompeu. – Ah, suponho que o senhor tenha razão, mas gostaria que não ficasse dizendo coisas assustadoras como essas, sr. Fitzwilliam.

– Isso a deixa assustada?

Ela confirmou lentamente com a cabeça.

– Preciso ir agora. Se... se o senhor não tiver nada de melhor para fazer... quero dizer, se o senhor puder, venha nos visitar, por favor. Minha mãe gostaria de... gostaria de conhecê-lo, em função de o senhor conhecer amigos do papai de muito tempo atrás.

Rose afastou-se lentamente pela estrada. Sua cabeça pendia um pouco, como se algum peso de preocupação ou perplexidade a empurrasse para baixo.

Luke ficou parado, observando seu afastamento. Uma súbita onda de solicitude o arrebatou. Ele sentiu uma ânsia de defendê-la e protegê-la.

Do quê? Fazendo a si mesmo essa pergunta, Luke sacudiu a cabeça, com momentânea impaciência consigo mesmo. Era verdade que Rose Humbleby perdera o pai recentemente, mas ela tinha uma mãe e estava noiva de um jovem decididamente atraente que era de todo adequado para protegê-la. Então por que deveria ele, Luke Fitzwilliam, ser tomado por aquele complexo de proteção?

O bom e velho sentimentalismo vindo à tona de novo, pensou Luke. O macho protetor! Florescendo na era vitoriana, fortalecendo-se na eduardiana e ainda mostrando sinais de vida, a despeito do que o nosso amigo Lord Whitfield chamaria de correria violenta da vida moderna!

– Mesmo assim, gosto dessa moça – ele disse para si mesmo enquanto seguia caminhando na direção do vulto maciço de Ashe Ridge. Ela é boa demais para Thomas... um demônio frio e superior como aquele...

A memória do último sorriso do médico, à porta da rua, surgiu em sua mente. Decididamente convencido, aquele sorriso! Complacente!

O som de passos um pouco adiante despertou Luke de suas meditações ligeiramente irritantes. Ele levantou o rosto e viu o sr. Ellsworthy descendo a trilha pela encosta da colina. Os olhos de Ellsworthy estavam fixos no chão, e ele sorria consigo. Sua expressão provocou em Luke uma sensação ruim. Ellsworthy mais saltitava do que caminhava – como um homem que acompanhasse o ritmo de uma dancinha diabólica saída de seu cérebro. Seu sorriso era uma estranha e secreta contorção dos lábios, transmitia uma astúcia jubilosa que era definitivamente desagradável.

Luke havia parado, e Ellsworthy estava quase diante dele quando finalmente levantou o rosto. Seus olhos, maliciosos e profundos, fixaram-se nos do outro homem por um breve instante antes que se desse o reconhecimento. Então – ou foi o que pareceu a Luke – uma completa mudança se verificou no sujeito. Onde houvera um minuto antes a sugestão de um sátiro dançarino, via-se agora um jovem afeminado e pedante.

– Ah, sr. Fitzwilliam, bom dia.

– Bom dia – disse Luke. – O senhor esteve admirando as belezas da natureza?

As mãos longas e pálidas de Ellsworthy voaram pelo ar num gesto de reprovação.

– Ah, não, não... ah, minha nossa, não. Eu abomino a natureza. Uma meretriz grosseira, desprovida de imaginação. Sempre mantive a opinião de que não podemos desfrutar da vida até colocarmos a natureza em seu devido lugar.

– E de que forma o senhor propõe fazer isso?

– Existem maneiras! – exclamou o sr. Ellsworthy. – Num lugar como este, uma deliciosa localidade provinciana, existem certas diversões muitíssimo deleitáveis, bastando que a pessoa tenha o *gosto*... o faro. Eu aprecio a vida, sr. Fitzwilliam.

– Eu também – retrucou Luke.

– *Mens sana in corpore sano** – disse o sr. Ellsworthy; seu tom era delicadamente irônico. – Tenho certeza de que isso é *muito* verdadeiro no caso do senhor.

– Existem coisas piores – falou Luke.

– Meu caro companheiro! A sanidade é a mais inacreditável das chatices. É preciso ser louco... deliciosamente louco... pervertido... ligeiramente depravado... aí você vê a vida sob um ângulo novo e arrebatador.

– A janelinha do leproso – Luke sugeriu.

– Ah, ótimo... ótimo... muito espirituoso! Mas tem algo nisso, sabe... Um interessante ângulo de visão. Mas eu não devo retê-lo. O senhor está fazendo seu exercício... é preciso fazer exercício... no espírito das melhores escolas!

– Isso mesmo – Luke falou.

Após um ligeiro cumprimento com a cabeça, ele seguiu caminhando. Pensou: "Estou ficando imaginativo demais. O sujeito não passa de um imbecil, é só isso".

Contudo, uma inquietação indefinida logo fez com que Luke andasse mais depressa. Aquele bizarro, sagaz e triunfante sorriso que Ellsworthy estampara no rosto – seria somente imaginação da parte dele, da parte de Luke? E a subsequente impressão de que o sorriso tinha sido apagado, como que por ação de uma borracha, no momento em que o outro homem avistara Luke andando em sua direção – o que dizer disso?

E com crescente inquietação ele pensou: "Bridget? Será que ela está bem? Os dois vieram até aqui juntos, e o sujeito voltou sozinho".

Luke apressou o passo. O sol aparecera enquanto ele conversava com Rose Humbleby. Agora se escondera de novo. O céu estava nublado e ameaçador, e o vento soprava em pequenas rajadas repentinas e erráticas. Era

* Citação latina: "uma mente sã em um corpo são". (N.T.)

como se ele tivesse saído da vida cotidiana e entrado naquele estranho mundo alternativo de encantamento, cuja existência impregnara sua mente desde a chegada em Wychwood.

Ele contornou uma elevação e se viu no campo aberto de grama verde que lhe tinha sido apontado lá de baixo e que era chamado, como sabia, de Campina das Bruxas. Era ali, segundo a tradição, que as bruxas realizavam suas folias na Noite de Santa Valburga e no Halloween.

E então Luke foi envolvido por uma rápida onda de alívio. Bridget encontrava-se lá. Estava sentada com as costas apoiadas numa rocha da encosta. Seu corpo estava inclinado, com a cabeça nas mãos.

Luke andou depressa na direção dela. A relva era alta e adorável, estranhamente verde e fresca.

Ele falou:

– Bridget?

Ela ergueu o rosto das mãos lentamente. Seu semblante o perturbou. Era como se a jovem estivesse retornando de um mundo longínquo, como se estivesse enfrentando alguma dificuldade para se ajustar ao mundo do aqui e agora.

Luke perguntou – de um modo bastante inadequado:

– Diga... você... você está bem, não está?

Passaram-se alguns instantes antes que ela respondesse – como se não tivesse voltado totalmente daquele mundo longínquo que a retivera. Luke sentiu que suas palavras tiveram de percorrer uma longa distância antes de alcançá-la.

Então ela disse:

– É claro que eu estou bem. Por que não estaria?

E agora sua voz se mostrava ríspida e quase hostil.

Luke rangeu os dentes.

– Que um raio me atinja se eu souber. De repente eu comecei a temer por você.

– Por quê?

– Sobretudo, eu acho, por causa dessa atmosfera melodramática em que eu estou vivendo no momento. Isso faz com que eu veja tudo completamente fora de proporção. Se eu perder você de vista por uma ou duas horas, ao natural já presumo que a próxima coisa que vou encontrar é o seu cadáver ensanguentado numa vala. Isso aconteceria numa peça ou num livro.

– As heroínas nunca são mortas – disse Bridget.

– Não, mas...

Luke se calou – bem a tempo.

– O que você ia dizer?

– Nada.

Ainda bem que ele havia se calado a tempo. Não se pode dizer com grande tranquilidade a uma jovem atraente: "Mas você não é a heroína".

Bridget prosseguiu:

– Elas são raptadas, aprisionadas, abandonadas em masmorras para morrer afogadas ou asfixiadas com gás... estão sempre em perigo, mas nunca morrem.

– E tampouco desaparecem – comentou Luke.

Ele continuou:

– Então esta é a Campina das Bruxas?

– Sim.

Luke encarou-a.

– Você só precisa de uma vassoura – falou com delicadeza.

– Obrigada. O sr. Ellsworthy disse exatamente a mesma coisa.

– Acabei de encontrá-lo – disse Luke.

– Você chegou a conversar com ele?

– Sim. Acho que ele tentou me irritar.

– E conseguiu?

– Seus métodos foram um tanto infantis.

Luke fez uma pausa e então prosseguiu bruscamente:

– É um camarada esquisito. Num momento a gente acha que ele é simplesmente um desastre... e aí, de repente, você fica imaginando se não seria um pouco mais do que isso.

Bridget levantou o rosto para encará-lo.

– Você sentiu isso também?

– Você concorda, então?

– Sim.

Luke esperou.

Bridget disse:

– Há algo esquisito em relação a ele. Estive pensando, sabe... Fiquei sem dormir ontem à noite, quebrando a cabeça. Em função de tudo o que está acontecendo. E me pareceu que se existisse um... um assassino à solta, *eu* deveria saber quem era! Quero dizer, vivendo aqui e tudo mais. Eu pensei, pensei e cheguei à seguinte conclusão: se *há* um assassino, ele definitivamente *só pode* ser louco.

Pensando no que o dr. Thomas dissera, Luke perguntou:

– Você não acha que um assassino possa ser tão mentalmente sadio quanto eu ou você?

– Não esse tipo de assassino. Do modo como eu vejo, esse assassino *só pode* ser louco. E isso, veja bem, acabou me levando direto a Ellsworthy. De todas as pessoas aqui, ele é o único que é definitivamente bizarro. Ele é bizarro, isso não se pode negar!

Luke retrucou, em dúvida:

– Tem muita gente dessa espécie, diletante, afetada... em geral, totalmente inofensiva.

– É. Mas acho que poderia ser um pouco mais do que isso. Ele tem umas mãos tão asquerosas...

– Você notou isso? Engraçado, eu também!

– Elas não são apenas brancas... são verdes!

– Elas dão mesmo essa impressão. Mesmo assim, você não pode condenar um homem como assassino só por causa da tonalidade da pele dele.

– Ah, sem dúvida. Nós precisamos é de provas.

– Provas! – Luke rosnou. – É justamente o que nos falta. O homem tem sido muito cauteloso. Um assassino *cauteloso*! Um lunático *cauteloso*!

– Tenho tentado ajudar – disse Bridget.

– Com Ellsworthy, você quer dizer?

– Sim. Achei que eu provavelmente conseguiria enfrentá-lo melhor do que você. Já dei um passo inicial.

– Conte-me.

– Bem, parece que ele tem uma espécie de pequena confraria... um bando de amigos asquerosos. Eles vêm para cá de tempos em tempos para uma celebração.

– Aquilo que costumam chamar de orgias inomináveis, é isso que você quer dizer?

– Se são inomináveis eu não sei, mas certamente são orgias. Na verdade, tudo isso parece ser bastante tolo e infantil.

– Imagino que ficam venerando o diabo e fazendo danças obscenas.

– Algo desse tipo. Aparentemente eles se divertem a valer.

– Nisso eu posso fazer uma contribuição – disse Luke. – Tommy Pierce tomou parte numa dessas cerimônias. Usava uma batina vermelha.

– Então ele sabia disso?

– Sim. E isso poderia explicar sua morte.

– Você quer dizer que ele andou falando a respeito?

– Sim... ou ele pode ter tentado uma chantagem discreta.

Bridget falou pensativamente:

– Eu sei que tudo isso é fantástico. No entanto, quando aplicado a Ellsworthy, não parece tão fantástico como seria com qualquer outra pessoa.

– Pois é, concordo... o caso se torna até concebível, em vez de ridiculamente surreal.

– Nós temos uma ligação com duas das vítimas – disse Bridget. – Tommy Pierce e Amy Gibbs.

– Onde entram na história o taberneiro e o dr. Humbleby?

– No momento, não entram.

– Não o taberneiro. Mas consigo imaginar um motivo para o extermínio do dr. Humbleby. Ele era médico e poderia ter percebido a condição anormal de Ellsworthy.

– Sim, isso é possível.

Então Bridget começou a rir.

– Eu interpretei o meu papel muito bem nesta manhã. Os meus dons mediúnicos são grandiosos, ao que parece, e, quando contei a ele sobre como uma das minhas tataravós escapou por pouco de ser queimada por bruxaria, a minha cotação subiu às alturas. Acho até que vou ser convidada para participar das orgias na próxima reunião dos Jogos Satânicos, quando quer que ocorra.

Luke disse:

– Bridget, pelo amor de Deus, tome cuidado.

Ela olhou para Luke, surpresa. Ele se levantou.

– Eu acabei de encontrar a filha do dr. Humbleby. Estávamos conversando sobre a srta. Pinkerton. A jovem Humbleby disse que a srta. Pinkerton estava preocupada com você.

Bridget, no ato de ficar de pé, permaneceu imóvel, como que congelada.

– Como é? A srta. Pinkerton... preocupada... *comigo*?

– Foi o que disse Rose Humbleby.

– Rose Humbleby disse isso?

– Sim.

– O que mais ela disse?

– Nada mais.

– Você tem certeza?

– Certeza absoluta.

Houve uma pausa e então Bridget disse:

– Sei.

– A srta. Pinkerton estava preocupada com Humbleby e *ele* morreu. Agora eu fico sabendo que ela estava preocupada com *você*...

Bridget riu. Ficou de pé e sacudiu a cabeça, de modo que seus longos cabelos negros ondularam no ar.

– Não se preocupe – ela disse. – O diabo toma conta dos seus.

Capítulo 11

A vida doméstica do major Horton

Luke recostou-se na cadeira em frente à escrivaninha do gerente do banco.

– Bem, isso parece bastante satisfatório – ele disse. – Receio ter tomado demais o seu tempo.

O sr. Jones fez um gesto depreciativo com a mão. Seu rosto pequeno, moreno e gorducho exibia uma expressão alegre.

– Não, de modo algum, sr. Fitzwilliam. Este é um lugarejo pacato, sempre ficamos contentes quando vemos alguém de fora.

– É uma região fascinante – falou Luke. – Cheia de superstições.

O sr. Jones suspirou e disse que levava muito tempo para que a educação erradicasse as superstições. Luke observou que, a seu ver, a educação era superestimada hoje em dia, e o sr. Jones ficou ligeiramente chocado com a declaração.

– Lord Whitfield – ele disse – tem sido um benfeitor maravilhoso por aqui. Ele tem noção das desvantagens que sofreu quando menino e se determinou a garantir que os jovens de hoje disponham de melhores condições.

– As desvantagens da infância não o impediram de fazer uma enorme fortuna – comentou Luke.

– Não, decerto ele teve capacidade... grande capacidade.

– Ou sorte – retrucou Luke.

O sr. Jones parecia estar um tanto chocado.

– A sorte é a coisa que mais devemos levar em conta – Luke falou. – Pegue um assassino, por exemplo. Por que motivo um assassino bem-sucedido consegue se safar? É habilidade? Ou é pura sorte?

O sr. Jones admitiu que provavelmente era sorte.

Luke prosseguiu:

– Pegue um sujeito como esse tal Carter, o dono de uma das tavernas daqui. O sujeito provavelmente se embebedava em seis de cada sete noites... e aí, certa noite, acaba se lançando da passarela para dentro do rio. Sorte mais uma vez.

– Boa sorte para algumas pessoas – falou o gerente do banco.

– Como assim?

– Para sua mulher e filha.

– Ah, sim, é claro.

Um funcionário bateu e entrou, trazendo alguns papéis. Luke assinou duas vias e recebeu um talão de cheques. Levantou-se.

– Bem, fico contente que esteja tudo arrumado. Tive um bocado de sorte com o derby neste ano. O senhor teve?

O sr. Jones disse, sorrindo, que não era homem de apostar. Acrescentou que a sra. Jones tinha opiniões muito fortes a respeito das corridas de cavalo.

– Então, suponho, o senhor não foi ao derby?

– Não, não fui.

– Alguém daqui foi?

– O major Horton foi. Ele é um homem que não costuma perder uma corrida. E o sr. Abbot geralmente tira o dia de folga. Porém, ele não apostou no vencedor.

– Não creio que muita gente tenha apostado – Luke disse.

Ele partiu após a troca de despedidas. Acendeu um cigarro enquanto saía do banco. Deixando de lado a teoria da "pessoa menos provável", não via motivo para manter o sr. Jones em sua lista de suspeitos. O gerente do banco não demonstrara nenhuma reação interessante às perguntas com as quais Luke o testara. Parecia impossível imaginá-lo como um assassino. Além disso, ele não se ausentara no dia do derby. Por acaso, a visita de Luke não tinha sido desperdiçada: ele recebera duas pequenas informações. Tanto o major Horton quanto o sr. Abbot, o advogado, haviam estado fora de Wychwood no dia do derby. Qualquer um dos dois, portanto, poderia estar em Londres quando a srta. Pinkerton foi atropelada por um carro.

Luke, embora não suspeitasse do dr. Thomas, sentia que ficaria mais satisfeito se soubesse que este último estivera em Wychwood, envolvido com suas atividades profissionais naquele dia específico. Anotou mentalmente a necessidade de verificar esse ponto.

Depois havia Ellsworthy. Estivera Ellsworthy em Wychwood no dia do derby? Se estivera, a pressuposição de que ele era o assassino se enfraqueceria consideravelmente. Muito embora, Luke raciocinou, fosse possível que a morte da srta. Pinkerton tivesse sido apenas um acidente.

Mas ele rejeitou essa teoria. A morte da srta. Pinkerton era oportuna demais.

Luke entrou em seu carro, que estava estacionado junto ao meio-fio, e guiou até a oficina Pipwell, situada na extremidade da High Street.

Havia diversos pequenos problemas no funcionamento do carro que ele queria discutir. Um jovem mecânico bem-apessoado, de rosto sardento, escutou-o com expressão de entendimento. Os dois homens levantaram o capô e absorveram-se numa discussão técnica.

Uma voz chamou:

– Jim, venha aqui um minuto.

O mecânico de rosto sardento obedeceu.

Jim Harvey. Era isso mesmo. Jim Harvey, o rapaz de Amy Gibbs. Ele voltou pouco depois, desculpando-se, e a conversa se tornou técnica mais uma vez. Luke concordou em deixar o carro na oficina.

Quando estava prestes a sair, perguntou casualmente:

– Teve alguma sorte no derby este ano?

– Não, senhor. Apostei em Clarigold.

– Poucas pessoas devem ter apostado em Jujube II...

– É verdade, senhor. Não acredito que qualquer um dos jornais tenha sequer apostado em Jujube II como azarão.

Luke sacudiu a cabeça.

– Corrida de cavalo é um jogo incerto. Já viu algum derby?

– Não, senhor, bem que eu gostaria. Pedi um dia de folga neste ano. Havia uma passagem barata para Londres e seguindo até Epsom, mas o patrão nem quis ouvir falar. Nós estávamos com falta de pessoal, para dizer a verdade, e tínhamos muito serviço naquele dia.

Luke assentiu com a cabeça e despediu-se.

Jim Harvey estava riscado de sua lista. Aquele rapaz de rosto simpático não era um assassino secreto e não tinha sido ele quem atropelara Lavinia Pinkerton.

Luke foi para casa pelo caminho da margem do rio. Ali, como da vez anterior, encontrou o major Horton e seus cães. O major continuava com a mesma mania dos gritos apopléticos:

– Augusto!... Nelly! *Nelly*, aqui. Nero... Nero... *Nero*!

Mais uma vez, seus olhos protuberantes fixaram-se em Luke. Dessa vez, no entanto, houve mais do que apenas isso. O major Horton disse:

– Perdão. Sr. Fitzwilliam, não é isso?

– Sim.

– Sou Horton... Major Horton. Creio que vamos nos encontrar amanhã em Manor. Um jogo de tênis. A srta. Conway muito gentilmente me convidou. Ela é prima sua, não é mesmo?

– É.

– Era o que eu pensava. Logo reconheço um rosto novo por aqui, sabe...

Nesse momento as atenções de ambos foram desviadas: os três buldogues avançaram contra um vira-lata branco e comum.

– Augusto... Nero. Aqui, rapaz... venha, estou mandando.

Quando Augusto e Nero por fim obedeceram à ordem, relutantes, o major Horton retornou à conversa. Luke deu alguns tapinhas carinhosos em Nelly, que o contemplou com expressão emocionada.

– Bela cadela, não é? – falou o major. – Gosto de buldogues. Sempre os tive. Prefiro buldogues a qualquer outra raça. Eu moro bem perto daqui, venha tomar um drinque comigo.

Luke aceitou o convite, e os dois homens começaram a caminhar juntos enquanto o major entrava em maiores detalhes no assunto dos cães e sobre a inferioridade de todas as outras raças em relação àquela que ele preferia.

Luke tomou conhecimento dos prêmios que Nelly ganhara, da infame conduta de um juiz que concedera para Augusto uma mera menção honrosa e dos triunfos de Nero no palco de apresentação.

Por essa altura, os dois já tinham chegado ao portão do major Horton. Este abriu a porta da frente, que não estava trancada, e ambos entraram na casa. Introduzindo Luke numa sala pequena com leve odor de cachorro e estantes de livros nas paredes, o major Horton se ocupou com os drinques. Luke olhou em volta. Havia fotografias de cães, edições de *Field* e *Country Life* e um par de poltronas desgastadas. Taças de prata estavam dispostas ao longo das estantes. Havia uma pintura a óleo sobre a cornija da lareira.

– Minha esposa – disse o major, tirando os olhos do sifão e seguindo a direção do olhar de Luke. – Mulher notável. Muita personalidade no rosto dela, o senhor não concorda?

– Sim, é verdade – disse Luke, contemplando a falecida sra. Horton.

Ela estava retratada num vestido de cetim rosa, segurando uma braçada de lírios-do-vale. Seus cabelos castanhos estavam repartidos ao meio, e os lábios se mostravam apertados numa linha sinistra. Seus olhos, de um cinza frio, fitavam o espectador com uma expressão mal-humorada.

– Uma mulher notável – disse o major, estendendo um copo para Luke. – Ela morreu há mais de um ano. Não fui mais o mesmo homem desde então.

– Não? – Luke retrucou, sem saber o que dizer.

– Sente-se – disse o major, indicando com a mão uma das poltronas de couro.

Ele, por sua vez, sentou-se na outra e, bebericando seu uísque com soda, continuou:

– Não, não fui mais o mesmo homem desde então.

– O senhor por certo sente falta dela – Luke comentou, um tanto sem jeito.

O major Horton sacudiu a cabeça de modo sombrio.

– Todo sujeito precisa de uma esposa que o estimule – ele falou. – Caso contrário, ele relaxa... sim, relaxa. Ele se entrega.

– Mas certamente...

– Meu rapaz, eu sei do que estou falando. Note bem, não estou dizendo que o casamento não seja uma dureza no início. Ele é. O sujeito diz consigo mesmo: que diabo, não sou mais dono do meu nariz! Mas ele acaba se domesticando. É tudo disciplina.

Luke considerou que a vida de casado do major Horton deveria ter sido mais parecida com uma campanha militar do que com um idílio de bem-aventurança doméstica.

– As mulheres são um tanto esquisitas – dizia o major. – Parece que às vezes que não há como satisfazê-las. Mas, por Deus, elas colocam um homem na linha.

Luke matinha um silêncio respeitoso.

– O senhor é casado? – indagou o Major.

– Não.

– Ah, bem, o senhor vai chegar lá. E note bem, meu rapaz, não há nada que se compare.

– É sempre animador ouvir alguém falar bem do casamento – disse Luke. – Especialmente nestes tempos em que as pessoas se divorciam com tanta facilidade.

– Ah! – exclamou o major. – Os jovens me deixam enojado. Nenhuma resistência... nenhuma perseverança. Não conseguem aguentar nada. Nenhuma *fortitude*!

Luke teve vontade de perguntar por que seria necessária essa excepcional fortitude, mas se controlou.

– Note bem – disse o major –, Lydia era uma mulher em mil... em mil! Todos aqui a respeitavam e admiravam.

– É mesmo?

– Ela não admitia nenhuma bobagem. Tinha um jeito de fixar os olhos numa pessoa... a pessoa murchava, simplesmente murchava. Algumas dessas garotas inexperientes que se autodenominam criadas hoje em dia... Elas acham que a gente aguenta qualquer tipo de insolência. Lydia logo as colocava no devido lugar! Veja só, num só ano nós tivemos quinze cozinheiras e copeiras. *Quinze*!

Luke sentiu que o fato dificilmente dava crédito à administração doméstica da sra. Horton, mas, visto que seu anfitrião parecia interpretá-lo de maneira diferente, limitou-se a murmurar um vago comentário qualquer.

– Se não prestassem, minha esposa se livrava delas sem pestanejar.

– Era sempre desse modo? – Luke perguntou.

– Bem, é claro que muitas delas nos abandonaram por conta própria. "Já vai tarde"... era isso o que Lydia costumava dizer!

– Uma mulher de fibra – comentou Luke. – Mas isso não era por vezes um tanto embaraçoso?

– Ah, eu não me importava de arregaçar as mangas e colocar as mãos à obra – disse Horton. – Sou um cozinheiro bem razoável e quero ver alguém fazer um fogo mais rápido do que eu. Nunca gostei muito de lavar louça, mas é algo que precisa ser feito, nunca se pode fugir disso.

Luke concordou que não se podia mesmo. Perguntou se a sra. Horton tinha sido boa nos trabalhos domésticos.

– Não sou o tipo de sujeito que se permite ser servido pela mulher – disse o major Horton. – E, de qualquer maneira, Lydia era delicada demais para fazer qualquer trabalho caseiro.

– Então ela não tinha uma saúde muito boa?

O major Horton sacudiu a cabeça.

– Ela tinha um ânimo maravilhoso. Não se abatia. Mas o que aquela mulher sofria! E nenhuma compaixão da parte dos médicos também. Os médicos são brutos insensíveis. Só conseguem entender a dor física pura e simples. Qualquer coisa fora do comum fica além da maioria deles. Humbleby, por exemplo, todos pareciam *pensar* que ele era um bom médico.

– O senhor não concorda?

– O homem era um ignorante total. Desconhecia as descobertas modernas. Duvido que alguma vez tenha ouvido falar de uma neurose! Entendia muito bem de sarampo, caxumba e ossos quebrados, eu suponho. Mas nada mais. Tive uma briga com ele. O sujeito não entendia nada do caso de Lydia. Falei isso diretamente para ele, e ele não gostou. Ficou ofendido e desistiu no mesmo instante. Disse que eu poderia chamar qualquer outro médico que quisesse. Depois disso, ficamos com Thomas.

– O senhor gostou mais dele?

– Sob todos o aspectos um homem muito mais esperto. Se alguém pudesse tê-la feito vencer sua última enfermidade, esse alguém seria Thomas. Para falar a verdade, ela estava melhorando, mas teve uma súbita recaída.

– Foi muito doloroso?

– Sim. Gastrite, dores fortíssimas... náuseas... e tudo mais. Como sofreu aquela pobre mulher! Ela foi uma mártir, se existiu alguma. E uma dupla de enfermeiras na casa tinham tanta compaixão quanto um par de relógios de pêndulo! "A paciente isso" e "a paciente aquilo"...

O major balançou a cabeça e secou seu copo.

– Não suporto enfermeiras. Tão convencidas! Lydia insistia que elas estavam tentando envenená-la. Isso não era verdade, é claro, os doentes costumam ter essa paranoia... muitas pessoas a têm, foi o que Thomas disse, mas havia um tantinho de verdade no fundo... aquelas mulheres não gostavam dela. Isso é o pior nas mulheres, sempre atacam seu próprio sexo.

– Suponho – disse Luke, sentindo que se estava expressando de modo confuso, mas sem saber como fazê-lo melhor – que a sra. Horton devia ter muitos amigos dedicados em Wychwood...

– As pessoas foram muito bondosas – retrucou o major, um tanto a contragosto. – Whitfield mandou uvas e pêssegos de sua estufa. E as velhas linguarudas costumavam aparecer para fazer companhia. Honoria Waynflete e Lavinia Pinkerton.

– A srta. Pinkerton vinha com frequência, é?

– Sim. Uma solteirona típica, mas uma pessoa bondosa! Estava muito preocupada com Lydia. Costumava ficar perguntando sobre a dieta e os remédios. Tudo com a melhor das intenções... mas era o que eu chamo de *alvoroço* excessivo.

Luke assentiu com a cabeça, compreensivo.

– Não suporto alvoroço – disse o major. – Mulheres demais neste lugar. Difícil conseguir uma partida de golfe decente.

– E aquele jovem da loja de antiguidades? – Luke perguntou.

O major bufou.

– Ele não joga golfe. Meio afeminado demais.

– Faz tempo que ele está em Wychwood?

– Cerca de dois anos. Sujeito asqueroso. Detesto esses camaradas ronronantes de cabelo comprido. O engraçado é que Lydia gostava dele. Não se pode confiar no julgamento das mulheres a respeito dos homens. Elas se apegam a certos salafrários inacreditáveis. Lydia chegou até mesmo a tomar uma panaceia dele, uma evidente charlatanice. Um líquido numa jarra de vidro púrpura cheia de signos do zodíaco! Supostamente seriam certas ervas apanhadas durante a lua cheia. Uma palhaçada total, mas as mulheres engolem essas bobagens... engolem literalmente, ainda por cima... ha, ha!

Sentindo que estava mudando de assunto de maneira um tanto brusca, mas julgando corretamente que o major Horton não se daria conta do fato, Luke perguntou:

– Que espécie de sujeito é Abbot, o advogado local? Bastante confiável nas questões legais? Preciso de aconselhamento jurídico sobre um assunto e pensei que poderia recorrer a ele.

– Dizem que ele é bastante sagaz – reconheceu o major Horton. – Eu não sei. Para falar a verdade, tive uma briga com ele. Não voltei a vê-lo desde que ele veio aqui fazer o testamento de Lydia pouco antes de sua morte. Na minha opinião, o homem é um mulherengo. Mas, é claro – acrescentou –, isso não prejudica sua capacidade como advogado.

– Não, é lógico que não – disse Luke. – Mas ele parece ser um tipo briguento. Parece ter entrado em conflito com inúmeras pessoas, segundo ouvi dizer.

– O problema dele é ser tão terrivelmente melindroso – disse o major Horton. – Ele parece pensar que é Deus Todo-poderoso e que qualquer um que discordar dele estará cometendo um crime de lesa-majestade. O senhor ouviu falar de sua briga com Humbleby?

– Eles tiveram uma briga, é?

– Uma briga de primeira categoria. Note bem, não é surpresa para mim, Humbleby era teimoso como uma mula! Mas é isso...

– A morte dele foi muito triste.

– A morte de Humbleby? Sim, creio que sim. Falta de um cuidado rotineiro. A infecção generalizada é uma coisa desgraçada de tão perigosa. Eu sempre coloco iodo quando me corto... coloco mesmo! Simples precaução.

Humbleby, que era médico, não fazia nada desse tipo. Fica demonstrado.

Luke não tinha muita certeza quanto ao fato de que ficava demonstrado, mas deixou passar. Conferindo seu relógio, levantou-se.

O major Horton falou:

– Já está indo para o almoço? Certo. Pois bem, fiquei contente de ter trocado uma palavra com o senhor. Me faz bem conversar com um homem que já andou um pouco pelo mundo. Precisamos bater um papo outra hora. Onde o senhor atuava? Mayang Straits? Nunca estive lá. Ouvi dizer que o senhor está escrevendo um livro. Superstições e coisas desse tipo.

– Sim... eu...

O major prosseguiu, arrebatado:

– Posso lhe contar diversas coisas interessantes. Quando eu estava na Índia, meu rapaz...

Luke conseguiu escapar uns dez minutos mais tarde, depois de aguentar as costumeiras histórias de faquires, truques da corda e truques da mangueira, tão caras aos anglo-indianos aposentados.

Enquanto descia os degraus, saindo para o ar livre, escutou atrás de si a voz estridente do major, que berrava com Nero, e ficou maravilhado com o milagre da vida conjugal. O major Horton parecia sentir genuína saudade de uma esposa que, segundo todos os relatos, incluindo-se o dele mesmo, por certo havia quase pertencido à espécie dos tigres devoradores de homens.

Ou seria isso – Luke perguntou a si mesmo de repente – um blefe da mais extrema esperteza?

Capítulo 12

Duelo

O tempo, durante a tarde da partida de tênis, mostrava-se afortunadamente aprazível. Lord Whitfield estava no mais cordial dos humores e representava o papel de anfitrião com enorme prazer. Fazia frequentes referências a sua origem humilde. Os jogadores eram oito ao todo – Lord Whitfield, Bridget, Luke, Rose Humbleby, sr. Abbot, dr. Thomas, major Horton e Hetty Jones, uma jovem que dava risinhos o tempo todo, filha do gerente do banco.

No segundo set da tarde, Luke formou dupla com Bridget contra Lord Whitfield e Rose Humbleby. Rose era boa jogadora, com uma boa direita, e disputava campeonatos interioranos. Ela compensava os defeitos de Lord Whitfield, e Bridget e Luke, nenhum dos dois particularmente talentosos, fizeram do jogo uma disputa bastante equilibrada. Estavam empatados em três games quando Luke teve um lampejo de errático brilhantismo; ele e Bridget avançaram para 5 a 3.

Foi então que ele observou: Lord Whitfield estava perdendo a compostura. Discutia por causa de uma bola que tocara na linha, declarava que um saque havia sido queimado – apesar da negação de Rose – e apresentava todas as características de uma criança impertinente. O ponto decidia o set, mas Bridget lançou uma bola fraca direto na rede e logo a seguir errou o segundo saque. Empate. A bola seguinte foi devolvida pelo meio da quadra e, quando Luke se preparava para rebatê-la, colidiu com sua parceira. Então Bridget errou outros dois saques em sequência e o game estava perdido.

Bridget desculpou-se:

– Sinto muito. Eu perdi a mão.

Isso parecia mais do que verdadeiro. As rebatidas de Bridget eram descontroladas, e ela parecia incapaz de fazer qualquer coisa certa. O set terminou com a vitória de Lord Whitfield e sua parceira num placar de 8 a 6.

Houve uma discussão momentânea quanto à composição do set seguinte. Por fim, Rose jogou novamente, com o sr. Abbot como parceiro, contra o dr. Thomas e a srta. Jones.

Lord Whitfield sentou-se, enxugando a testa e sorrindo de maneira complacente, com seu bom humor totalmente restituído. Começou a conversar com o major Horton sobre uma série de artigos sobre "Boa forma para os britânicos" que um de seus jornais estava promovendo.

Luke disse para Bridget:

– Me leve até a horta.

– Por que a horta?

– Eu adoro repolho.

– Ervilha não serve?

– Ervilha seria excelente.

Os dois se afastaram da quadra de tênis e passaram pelos muros da horta. Livre de jardineiros naquela tarde de sábado, o lugar parecia sossegado e indolente sob a luz do sol.

– Aqui estão as suas ervilhas – disse Bridget.

Luke não deu a menor atenção ao objetivo de sua visita. Perguntou:

– Por que diabos você lhes entregou o set?

As sobrancelhas Bridget se levantaram de leve.

– Sinto muito. Eu perdi a mão. O meu tênis é fraco.

– Não tão fraco assim! Aqueles seus erros de saque não enganariam uma criança! E aquelas bolas descontroladas... cada uma delas um quilômetro para fora!

Bridget retrucou com calma:

– Isso é porque eu sou uma péssima jogadora de tênis. Se eu fosse um pouco melhor, talvez pudesse errar de uma forma um pouco mais plausível! Mas, não sendo assim, se eu tentar fazer uma bola sair por pouco, ela sempre vai pegar na linha, e o trabalho todo ficará cada vez mais difícil.

– Ah, você admite, então?

– Elementar, meu caro Watson.

– E a razão?

– Igualmente óbvia, diria eu. Gordon não gosta de perder.

– E quanto a mim? Digamos que eu goste de ganhar...

– Receio, meu caro Luke, que isso não seja igualmente importante.

– Você poderia ser mais clara?

– Certamente, se é o que você quer. Não devemos entrar em desavença com o nosso ganha-pão. Gordon é o meu ganha-pão. Você não é.

Luke respirou fundo. E então explodiu:

– Que diabos você quer, se casando com esse homenzinho tolo? Por que está fazendo isso?

– Porque, como secretária dele, ganho seis libras por semana, e como esposa vou ter cem mil no meu nome, um porta-joias cheio de pérolas e diamantes, uma mesada magnífica e os diversos privilégios do matrimônio!

– Mas por deveres um tanto diferentes.

Bridget disse com frieza:

– *Precisamos* ter essas atitudes melodramáticas em relação a toda e qualquer coisa na vida? Se você está contemplando uma bela imagem de Gordon como marido amoroso, pode apagar essa ideia! Gordon, como você já devia ter percebido, é um menino que ainda não cresceu.

Ele precisa de uma mãe, e não de uma esposa. Infelizmente, sua mãe morreu quando ele tinha quatro anos. O que Gordon quer é alguém por perto com quem possa se vangloriar, alguém que estimule sua autoconfiança e que tenha disposição para ouvir Lord Whitfield falando infinitamente sobre si mesmo!

– Você tem uma língua bem afiada, não?

Bridget replicou com rispidez:

– Eu não acredito em contos de fadas, se é isso o que você quer dizer! Sou uma jovem com certo grau de inteligência, uma beleza moderada e sem dinheiro algum. Pretendo ganhar minha vida honestamente. Meu emprego como esposa será praticamente idêntico ao meu emprego como secretária de Gordon. Depois de um ano, duvido que ele sequer se lembre de me dar um beijo de boa-noite. A única diferença está no salário.

Os dois se entreolharam. Ambos estavam pálidos de raiva. Bridget falou de forma zombeteira:

– Vá em frente. Você é bastante antiquado, não é, sr. Fitzwilliam? Não seria melhor desfiar os velhos clichês? Dizer que eu estou me vendendo por dinheiro? Essa é sempre boa, eu acho!

Luke disse:

– Você não passa de uma diabinha de sangue frio.

– Melhor do que ser uma tolinha de sangue quente.

– Será?

– É. Eu sei.

Luke reagiu com um sorriso de escárnio.

– O que você sabe?

– Eu sei o que é gostar de um homem! Você chegou a conhecer Johnnie Cornish? Fui noiva dele durante três anos. Ele era adorável... gostava terrivelmente de Johnnie... gostava tanto que até *doía*! Pois bem, ele me deu o fora e se casou com uma viúva gorducha, de sotaque nortista, queixo triplo e uma renda de trinta mil por ano! Esse tipo de coisa cura o romantismo de qualquer pessoa, você não acha?

Luke virou o rosto com um gemido brusco. Ele disse:

– Pode ser.

– Pois curou...

Houve uma pausa. O silêncio era pesado entre os dois. Bridget afinal o rompeu. Ela disse – mas com ligeira incerteza em seu tom:

– Espero que você reconheça que não tinha nenhum direito de falar comigo como falou. Você está hospedado na casa de Gordon, e isso é de um absurdo mau gosto!

Luke retomou a compostura.

– Isso também não é um tanto clichê? – ele perguntou com polidez.

Bridget corou.

– É verdade, de qualquer maneira!

– Não é! Eu tinha todo o direito.

– Bobagem!

Luke olhou para ela. Seu rosto exibia uma palidez esquisita, como um homem que estivesse sofrendo uma dor física. Ele disse:

– Eu *tenho* direito. Tenho direito de gostar de você... o que foi que você disse agora mesmo?... de gostar tanto que até dói!

Bridget recuou um passo. Ela falou:

– Você...

– Sim, engraçado, não é? O tipo da coisa que deveria lhe provocar uma boa risada! Eu vim aqui executar um trabalho e *você* apareceu por trás do canto daquela casa e... como posso dizer?... me enfeitiçou! É assim que me sinto. Você acabou de mencionar contos de fada. Eu fui parar num conto de fadas! Tenho a sensação de que, se você me apontasse o dedo e dissesse "Transforme-se num sapo", eu sairia dando pulos por aí com os olhos saltados.

Luke deu um passo na direção dela.

– Eu estou totalmente apaixonado por você, Bridget Conway. E, estando totalmente apaixonado, você não pode esperar que eu me sinta contente por vê-la se casar com um nobrezinho barrigudo e pomposo que fica fora de si quando não ganha no tênis...

– O que você sugere que eu faça?

– Eu sugiro que você se case comigo e não com ele! Mas, sem dúvida, essa sugestão só vai resultar numa tremenda gargalhada.

– A gargalhada é certamente ruidosa.

– Exato. Bem, agora sabemos onde estamos. Devemos retornar à quadra de tênis? Quem sabe dessa vez você consiga me arranjar um parceiro que possa jogar para ganhar!

– Francamente – Bridget falou com doçura –, acredito que você se irrita com derrotas tanto quanto Gordon!

Luke segurou-a repentinamente pelos ombros.

– Você tem uma língua diabólica, não tem, Bridget?

– Receio que você não goste muito de mim, Luke, por maior que seja essa sua paixão!

– Acho que não gosto nem um pouco de você.

Bridget retrucou, observando-o:

– Você queria se casar e sossegar quando voltou para casa, não é mesmo?

– Queria.

– Mas não com alguém como eu?

– Nunca pensei em alguém que fosse minimamente parecida com você.

– Não, você não pensaria... Conheço bem o seu tipo. Conheço exatamente.

– Você é tão esperta, minha cara Bridget...

– Uma jovem simpática, genuinamente inglesa, que adora o campo e gosta de cães... Você provavelmente a visualizou numa saia de tweed, mexendo num fogo de lenha com a ponta do sapato.

– A imagem me parece muitíssimo atraente.

– Tenho certeza de que parece. Devemos retornar à quadra de tênis? Você pode jogar com Rose Humbleby. Ela é tão boa que você pode ter certeza de que irá ganhar.

– Sendo um homem antiquado, preciso lhe conceder a última palavra.

Mais uma vez houve uma pausa. Então Luke tirou lentamente as mãos dos ombros de Bridget. Ambos hesitavam, como se algo ainda não dito permanecesse entre os dois.

Então Bridget se virou de modo abrupto e iniciou o caminho de volta. O set seguinte estava terminando naquele momento. Rose rejeitou jogar de novo.

– Joguei dois sets em sequência!

Bridget, no entanto, insistiu:

– Eu estou me sentindo cansada. Não quero jogar. Você e o sr. Fitzwilliam enfrentam a srta. Jones e o major Horton.

Mas Rose continuou protestando e, por fim, arranjou-se um quarteto masculino. Depois veio a hora do chá.

Lord Whitfield conversava com o dr. Thomas, descrevendo de forma pormenorizada e com grande presunção uma visita que havia feito recentemente ao laboratório de pesquisas Wellerman Kreutz.

– Eu queria verificar pessoalmente o rumo das últimas descobertas científicas – explicou com ardor. – Sou responsável por aquilo que os meus jornais publicam. Tenho plena noção disso. Esta é uma era científica.

Precisamos fazer com que a ciência possa ser facilmente assimilada pelas massas.

– Um pequeno conhecimento sobre a ciência poderia ser uma coisa perigosa – disse o dr. Thomas, com um ligeiro encolher de ombros.

– A ciência no lar... essa deve ser a nossa meta – afirmou Lord Whitfield. – Gente com mentalidade científica...

– Com uma consciência do tubo de ensaio – Bridget disse com gravidade.

– Eu fiquei impressionado – prosseguiu Lord Whitfield. – O próprio Wellerman me levou para ver tudo, é claro. Pedi que ele me deixasse aos cuidados de um subalterno, mas ele insistiu.

– Naturalmente – disse Luke.

Lord Whitfield mostrou-se grato.

– E Wellerman explicou tudo com a maior clareza... a cultura... os soros... o princípio todo. Ele concordou em contribuir com o primeiro artigo da série.

A sra. Anstruther murmurou:

– Eles usam porquinhos-da-índia, creio eu... que crueldade... se bem que, é claro, seria bem pior se fossem cachorro... ou até mesmo gatos.

– Sujeitos que usam cachorros deveriam ser fuzilados – declarou asperamente o major Horton.

– Eu realmente acredito, Horton – disse o sr. Abbot – que você valoriza mais a vida canina do que a humana.

– Sem exceção! – exclamou o major. – Os cães nunca se voltam contra você como costumam fazer os seres humanos. Você nunca recebe uma palavra detestável de um cão.

– Só uma detestável mordida na sua perna – retrucou o sr. Abbot. – Hein, Horton?

– Os cães são bons avaliadores de caráter – disse o major Horton.

– Uma das suas feras quase me agarrou a perna semana passada. O que você me diz disso, Horton?

– O mesmo que acabei de dizer!

Bridget então se interpôs, diplomática:

– Que tal mais uma partida de tênis?

Mais dois sets foram disputados. Depois, quando Rose Humbleby se despedia, Luke apareceu ao lado dela.

– Vou levá-la para casa – ele falou. – E carregar a sua raquete. A senhorita não tem carro, tem?

– Não, mas a distância é curta.

– Me cairia bem uma caminhada.

Ele não disse mais nada, unicamente tomando-lhe a raquete e os calçados. Os dois avançaram pela entrada de carros sem falar. Então Rose mencionou uma ou duas questões triviais. Luke respondia de modo bastante sucinto, mas a jovem parecia não notar.

Enquanto passavam pelo portão da casa de Rose, o rosto de Luke desanuviou-se.

– Estou me sentindo melhor agora – ele comentou.

– O senhor estava se sentindo mal antes?

– Gentileza sua fingir que não notou. Porém, a senhorita exorcizou o temperamento emburrado de um grosseirão. Engraçado, eu sinto como se tivesse me livrado de uma nuvem escura e saído para o sol.

– E foi isso mesmo. Havia uma nuvem cobrindo o sol quando saímos de Manor e agora ela passou.

– Então é tanto no sentido literal quanto no figurado. Bem, bem... o mundo é um lugar bom, afinal de contas.

– É claro que é.

– Srta. Humbleby, posso ser impertinente?

– Tenho certeza de que o senhor jamais seria.

– Ah, não tenha tanta certeza disso. Eu queria dizer que, na minha opinião, o dr. Thomas é um homem de muita sorte.

Rose corou e sorriu. Ela perguntou:

– Então o senhor ficou sabendo?

– Era para ser um segredo? Lamento muito...

– Ah! Nada é secreto nesta cidadezinha – Rose disse com pesar.

– Então é verdade... Vocês estão noivos?

Rose confirmou com a cabeça.

– Só, pelo menos por enquanto, não vamos anunciar oficialmente. Compreenda, o papai era contra, e parece... bem... parece cruel divulgar isso aos quatro ventos quando ele mal acabou de morrer.

– Seu pai desaprovava?

– Bem, não é que *desaprovasse* exatamente. Ah, creio que de fato chegava a esse ponto.

Luke perguntou com gentileza:

– Ele achava que vocês eram jovens demais?

– Era isso o que ele dizia.

Luke retrucou agudamente:

– Mas a senhorita crê que havia algo além disso?

Rose inclinou a cabeça de modo lento e relutante.

– Sim... receio que a situação chegava ao ponto de que papai não... bem, realmente não *gostava* de Geoffrey.

– Havia um antagonismo entre os dois?

– Era o que parecia, às vezes... É claro, papai era um velhinho bastante preconceituoso.

– E suponho que fosse muito apegado à senhorita e não gostasse da ideia de perdê-la...

Rose concordou com a cabeça, mas restava um vestígio de reserva em sua postura.

– Era mais profundo do que isso? – Luke perguntou. – Ele decididamente não o queria como seu marido?

– Não. Veja bem, papai e Geoffrey são absolutamente tão diferentes e entravam em conflito em alguns pontos. Geoffrey era muito paciente, lidava bem com a situação... mas, sabendo que papai não gostava dele, ficava ainda mais reservado e tímido, de modo que papai, na verdade, nunca chegou a conhecê-lo realmente.

– Preconceitos são tão difíceis de combater... – Luke comentou.

– Era tão despropositado!

– O seu pai não dava nenhuma explicação?

– Não... Nem poderia! Quero dizer, naturalmente não havia nada que ele pudesse dizer contra Geoffrey, exceto que não gostava dele.

– *"Dr. Fell, não gosto de você, mas não sei explicar por quê."**

– Exato.

– Nenhum motivo plausível? Quero dizer, Geoffrey não bebe ou aposta em cavalos?

– Não, não... Acho que Geoffrey nem mesmo sabe quem ganhou o derby.

– Que engraçado... – disse Luke. – Veja só, eu poderia jurar que vi o dr. Thomas em Epsom no dia do derby.

Por um momento, ele ficou apreensivo com a possibilidade de já ter mencionado que só havia chegado a Londres naquele dia. Mas Rose respondeu de pronto e sem a menor suspeita:

– O senhor acha que viu Geoffrey no derby? Não, não... ele nem poderia estar lá. Geoffrey esteve em Ashewold quase o dia todo, cuidando de um parto complicado.

– Que memória a senhorita tem!

Rose riu.

---

* No original, trecho de uma popular canção de ninar inglesa: "*I do not like thee, Dr. Fell, the reason why I cannot tell*". (N.T.)

– Eu me lembro porque ele me contou que tinham apelidado o bebê de Jujube!

Luke assentiu com a cabeça, distraído.

– De qualquer maneira – falou Rose –, Geoffrey nunca frequenta corridas de cavalo. Ele morre de tédio.

Num tom diferente, ela acrescentou:

– O senhor não gostaria de... entrar? Acho que a minha mãe quer de conhecê-lo.

– Tem certeza?

Rose o conduziu a uma sala tomada por um lusco-fusco bastante triste. Havia uma mulher sentada em uma poltrona numa posição curiosamente encolhida.

– Mamãe, este é o sr. Fitzwilliam.

A sra. Humbleby teve um sobressalto e apertou a mão de Luke. Rose saiu da sala silenciosamente.

– Prazer em conhecê-lo, sr. Fitzwilliam. Alguns amigos seus conheceram o meu marido muitos anos atrás, segundo Rose me contou.

– Isso mesmo, sra. Humbleby.

Ele detestou ter de repetir à viúva aquela mentira, mas não havia outro jeito.

A sra. Humbleby disse:

– Gostaria que o senhor o tivesse conhecido. Ele era um ótimo homem e um grande médico. Curou muitas pessoas desenganadas só por força de sua personalidade.

Luke falou com gentileza:

– Já ouvi falar muito dele desde que cheguei aqui. Sei o quanto as pessoas o tinham em alta estima.

Ele não conseguia enxergar distintamente o rosto da sra. Humbleby. A voz dela se mostrava um tanto monótona, mas essa ausência de emoção em si parecia enfatizar o fato de que, na verdade, havia em seu íntimo uma emoção arduamente contida.

De uma forma bastante inesperada, ela comentou:

– Existe muita maldade neste mundo, sr. Fitzwilliam. O senhor tem noção disso?

Luke sentia-se um pouco surpreso.

– Sim, pode ser que seja assim.

Ela insistiu:

– Mas o senhor *tem noção* disso? Isso é importante. Existe muita maldade por aí... É preciso estar preparado para lutar contra ela! John estava. *Ele* sabia. Ele estava do lado certo!

Luke falou gentilmente:

– Tenho certeza de que estava.

– Ele sabia da maldade que havia *neste* lugar – retrucou a sra. Humbleby. – Ele sabia...

De súbito, ela rompeu em lágrimas.

Luke murmurou:

– Eu sinto muito... – e se interrompeu.

Do mesmo modo repentino com que se descontrolara, a sra. Humbleby se controlou.

– Queira me desculpar – disse.

Ela estendeu a mão, e Luke a segurou.

– Por favor, venha nos visitar enquanto estiver aqui – ela pediu. – Seria tão bom para Rose. Ela gosta tanto do senhor...

– E eu gosto dela. Faz muito tempo que não encontrava uma moça tão simpática quanto a sua filha, sra. Humbleby.

– Ela é muito boa para mim.

– O dr. Thomas é um homem de muita sorte.

– Sim – a sra. Humbleby deixou cair à mão, sua voz estava apática de novo. – Não sei... É tudo tão difícil...

Luke deixou-a parada na semiobscuridade, seus dedos se torcendo e se destorcendo com nervosismo.

Enquanto caminhava para casa, Luke pensava nos vários aspectos daquela conversa.

O dr. Thomas estivera ausente de Wychwood durante boa parte do dia do derby. Ele saíra de carro. Wychwood distava 55 quilômetros de Londres. Supostamente, Thomas estivera acompanhando um parto. Só se podia contar com a palavra dele. A questão, Luke imaginou, podia ser verificada. Seus pensamentos voltaram a se concentrar na sra. Humbleby.

Qual seria sua intenção na insistência com aquela frase, "Existe muita maldade por aí"?

Estaria ela somente nervosa e extenuada devido ao choque com a morte do marido? Ou haveria algo mais?

Será que ela sabia de alguma coisa? Alguma coisa de que o dr. Humbleby tomara conhecimento antes de morrer?

– Preciso levar isso adiante – Luke disse consigo mesmo. – Preciso ir em frente.

Resolutamente, desviou os pensamentos do duelo que travara com Bridget.

Capítulo 13

Srta. Waynflete fala

Na manhã seguinte, Luke tomou uma decisão. Segundo sentia, ele avançara o máximo possível com interrogatórios indiretos. Era inevitável, mais cedo ou mais tarde, que se visse forçado a agir às claras. Sentia que havia chegado a hora de desistir daquela camuflagem de escritor e revelar que viera para Wychwood com um objetivo definido.

Para levar em frente seu plano, decidiu visitar Honoria Waynflete. Não apenas retivera uma impressão favorável daquela solteirona de meia-idade, com seu ar discreto e uma certa sagacidade no discernimento, como também supunha que ela pudesse ter informações que o ajudariam. Acreditava que ela lhe contara o que *sabia*. Queria induzi-la, agora, a lhe contar o que poderia ter *especulado*. Luke supunha que as especulações da srta. Waynflete poderiam se aproximar razoavelmente da verdade.

Ela a visitou imediatamente após a igreja.

A srta. Waynflete o recebeu de maneira trivial, não demostrando a menor surpresa com a visita. Quando ela se sentou a seu lado, com as mãos empertigadamente cruzadas e com os olhos ágeis – tão parecidos com os de uma cabra dócil – fixos nele, Luke não teve nenhuma dificuldade em revelar o motivo da sua visita. Ele disse:

– Ouso dizer que já deve ter adivinhado, srta. Waynflete, que a razão da minha vinda para cá não é meramente escrever um livro sobre os costumes locais...

A srta. Waynflete inclinou a cabeça e continuou a escutar.

Luke ainda não tinha em mente revelar a história toda. A srta. Waynflete podia ser discreta – ela certamente lhe dava essa impressão –, mas Luke temia não poder contar muito com a hipótese de que ela resistisse à tentação de segredar uma história excitante a uma ou duas amigas íntimas e confiáveis. Sendo assim, optou por adotar um caminho intermediário.

– Estou aqui para investigar as circunstâncias da morte daquela pobre jovem, Amy Gibbs.

A srta. Waynflete perguntou:

– O senhor quer dizer que foi enviado pela polícia?

– Ah, não... eu não sou um detetive à paisana.

Ele acrescentou com uma inflexão ligeiramente irônica:

– Receio ser aquele personagem conhecido da ficção, o investigador particular.

– Entendo. Então foi Bridget Conway quem o trouxe para cá?

Luke hesitou por um momento. Então decidiu deixar passar assim. Sem entrar por inteiro na história da srta. Pinkerton, era difícil justificar sua presença. A srta. Waynflete continuava falando, com um traço de suave admiração na voz:

– Bridget é tão prática... tão eficiente! Receio que, se dependesse de *mim*, teria desconfiado do meu próprio julgamento... quero dizer, se você não tem absoluta certeza de algo, é tão difícil se comprometer com uma linha de ação.

– Mas a senhorita tem certeza, não tem?

A srta. Waynflete respondeu gravemente:

– Não, na verdade não, sr. Fitzwilliam. Não é uma situação sobre a qual a pessoa possa ter certeza! Quero dizer, *poderia* ser tudo imaginação. Vivendo sozinha, sem ninguém para consultar ou conversar, a pessoa pode ficar melodramática e imaginar coisas que não têm o menor fundamento em fatos.

Luke concordou com essa afirmação, reconhecendo sua veracidade, mas acrescentou com gentileza:

– Porém, no íntimo, a senhorita tem certeza?

Mesmo assim a srta. Waynflete demonstrou alguma relutância.

– Nós não estamos falando de coisas diferentes aqui, eu espero... – ela hesitou.

Luke sorriu.

– Gostaria que eu usasse palavras claras? Muito bem. A senhorita acha que Amy Gibbs foi assassinada?

Honoria Waynflete retraiu-se um pouco perante a crueza da linguagem. Falou:

– Não me sinto nem um pouco contente com a morte dela. Nem um pouco contente. O caso todo é profundamente insatisfatório na minha opinião.

Luke retrucou pacientemente:

– Mas a senhorita não acredita que tenha sido uma morte natural, certo?

– Não.

– Não acredita que tenha sido um acidente?

– Isso me parece muitíssimo improvável. Existem tantos...

Luke interrompeu-a:

– Não acredita que tenha sido suicídio?

– Certamente não.

– Então – Luke falou suavemente –, a senhorita acha *mesmo* que tenha sido assassinato?

A srta. Waynflete hesitou, engoliu em seco e corajosamente respondeu.

– Sim – ela disse. – Acho!

– Ótimo. Agora podemos prosseguir.

– Mas, na verdade, eu não tenho nenhuma evidência para fundamentar essa crença – explicou a srta. Waynflete aflita. – É pura e simplesmente uma *ideia*!

– Sem dúvida. Esta é uma conversa privada. Estamos apenas conversando sobre o que *pensamos* e o que *suspeitamos*. Nós *suspeitamos* que Amy Gibbs tenha sido assassinada. Quem nós *pensamos* que a matou?

A srta. Waynflete sacudiu a cabeça. Ela tinha uma expressão bastante perturbada.

Luke perguntou, observando-a:

– Alguém tinha motivo para assassiná-la?

A srta. Waynflete respondeu devagar:

– Ela teve uma briga, creio eu, com seu namorado, Jim Harvey, um jovem excelente, dos mais confiáveis. Sei que a gente lê nos jornais a respeito de rapazes que atacam suas namoradas e coisas horrorosas desse tipo, mas realmente não consigo acreditar que Jim pudesse fazer algo assim.

Luke concordou com a cabeça.

A srta. Waynflete prosseguiu:

– Além disso, não acredito que ele fosse agir dessa maneira. Escalar até a janela e substituir o frasco de xarope por um frasco com veneno. Quero dizer, isso não parece...

Luke veio em seu auxílio enquanto ela hesitava:

– Não é o jeito de agir de um amante raivoso? Eu concordo. Na minha opinião, podemos descartar Jim Harvey logo de cara. Amy foi morta (nós estamos concordando que ela *foi* morta) por alguém que queria tirá-la do caminho e que planejou o crime cuidadosamente, de modo que parecesse um acidente. Pois bem, a senhorita tem alguma ideia... alguma *intuição*, digamos assim... de quem poderia ser essa pessoa?

A srta. Waynflete respondeu:

– Não... realmente... eu não faço a menor ideia!

– Tem certeza?

– N-não... não mesmo.

Luke olhou-a pensativo. A negativa, ele sentia, não havia soado de todo verdadeira. Ele prosseguiu:

– Não sabe de nenhum motivo?

– Nenhum motivo em absoluto.

Essa resposta já tinha mais ênfase.

– Ela trabalhara em muitas casas em Wychwood?

– Ficou com os Horton durante um ano antes de trabalhar para Lord Whitfield.

Luke resumiu rapidamente:

– É assim, então, alguém queria tirar a jovem do caminho. Dos fatos conhecidos nós concluímos que, primeiro, foi um homem, e um homem de costumes antiquados (como fica demonstrado pelo detalhe da tintura de chapéu), e, em segundo lugar, que deve ter sido um homem razoavelmente atlético, pois é óbvio que deve ter escalado a dependência para chegar à janela da moça. A senhorita concorda com esses pontos?

– Totalmente – respondeu a srta. Waynflete.

– E se importaria se eu fosse lá para fazer uma tentativa?

– De modo algum. Acho que é uma ótima ideia.

Ela o levou para fora por uma porta lateral, contornando até o pátio. Luke conseguiu subir no telhado da dependência sem grande dificuldade. Dali, foi capaz de levantar facilmente o caixilho da janela da jovem e, com um pequeno esforço, pulou para dentro do quarto. Instantes depois, limpando as mãos com seu lenço, reencontrou a srta. Waynflete no caminho abaixo.

– Na verdade, é mais fácil do que parece – ele disse. – Você só precisa de certa habilidade, só isso. Não havia nenhum sinal no peitoril ou do lado de fora?

A srta. Waynflete balançou a cabeça.

– Acho que não. É claro, o policial subiu por ali.

– De modo que uma eventual marca teria sido tomada como sendo dele. Como policiais ajudam os criminosos! Bem, é isso!

A srta. Waynflete reconduziu-o ao interior da casa.

– Amy Gibbs tinha um sono pesado? – ele perguntou.

A srta. Waynflete respondeu com azedume:

– Era extremamente difícil fazer Amy se levantar de manhã. Às vezes eu precisava bater várias vezes e chamar até que ela respondesse. Mas para isso, sr. Fitzwilliam, existe um ditado: não há ninguém tão surdo quanto a pessoa que não quer ouvir!

– É verdade – Luke reconheceu. – Pois bem, srta. Waynflete, agora chegamos ao *motivo*. Começando com o mais óbvio: a senhorita acredita que pudesse haver algo entre o tal Ellsworthy e a jovem?

Ele acrescentou às pressas:

– Só estou pedindo a sua *opinião*. Somente isso.

– Se é uma questão de opinião, eu diria que sim.

Luke assentiu.

– Na sua opinião, Amy poderia estar chantageando-o?

– Mais uma vez, em matéria de opinião, eu diria que é bem possível.

– Por acaso a senhorita sabe se ela tinha algum dinheiro consigo no momento de sua morte?

A srta. Waynflete refletiu.

– Acho que não. Se ela tivesse qualquer quantia incomum, creio que teria tomado conhecimento.

– E ela não se metera em nenhuma extravagância incomum antes de morrer?

– Acredito que não.

– Isso prejudica bastante a teoria de chantagem. A vítima geralmente paga uma vez antes de decidir fazer algo mais extremo. Há outra teoria. A moça poderia *saber* de alguma coisa.

– Que tipo de coisa?

– Talvez ela tivesse conhecimento de algo que fosse perigoso para alguém aqui de Wychwood. Vamos estabelecer uma situação estritamente hipotética. Ela trabalhou em diversas casas. Vamos supor que tivesse tomado conhecimento de algo que pudesse causar um dano profissional, digamos, a alguém como o sr. Abbot.

– O sr. Abbot?

Luke retrucou rápido:

– Ou possivelmente uma negligência ou conduta pouco profissional por parte do dr. Thomas.

A srta. Waynflete começou:

– Mas certamente...

E então parou.

Luke prosseguiu:

– Amy Gibbs era doméstica na casa dos Horton, segundo a senhorita, quando a sra. Horton morreu.

Houve um momento de silêncio; então a srta. Waynflete disse:

– Poderia me dizer, sr. Fitzwilliam, por que deseja envolver os Horton nisso? A sra. Horton morreu faz mais de um ano.

– Sim, e a jovem Amy estava lá na ocasião.

– Entendo. O que os Horton têm a ver com isso?

– Não sei. Eu... só estava pensando. A sra. Horton morreu de gastrite aguda, certo?

– Sim.

– Sua morte foi inesperada?

A srta. Waynflete falou devagar:

– Para mim, foi. Veja, ela estava ficando bem melhor, parecia firme no caminho da recuperação... e então teve uma súbita recaída e morreu.

– O dr. Thomas ficou surpreso?

– Não sei. Creio que ficou.

– E as enfermeiras, o que disseram?

– Pela experiência que eu tenho – disse a srta. Waynflete –, enfermeiras de hospital nunca ficam surpresas quando um paciente qualquer piora subitamente! É a recuperação que as deixa surpresas.

– Mas a morte dela surpreendeu a senhorita? – Luke insistiu.

– Sim. Eu estive com ela no dia que antecedeu sua morte, e ela parecia bem melhor, conversando e parecendo bastante animada.

– O que ela pensava de sua própria enfermidade?

– Ela reclamava que as enfermeiras estavam tentando envenená-la. Já havia despedido uma enfermeira, mas dizia que as outras duas não eram melhores.

– Suponho que a senhorita não tenha dado grande atenção a isso...

– Bem, não, achei que fazia parte de sua enfermidade. E ela era uma mulher muito desconfiada e, pode parecer maldade dizer isso, mas ela gostava de se fazer de *importante*. Nenhum médico jamais compreendia o seu caso... nunca era nada simples... precisava ser ou alguma doença muito obscura ou então alguém "estava tentando tirá-la do caminho".

Luke tentou entoar uma voz casual:

– A sra. Horton não suspeitava que o marido estivesse tentando matá-la?

– Ah, *não*, essa ideia nunca lhe ocorreu!

A srta. Waynflete ficou calada por um instante; então perguntou com calma:

– É isso o que o senhor acha?

Luke respondeu devagar:

– Outros maridos já fizeram isso antes e se safaram. A sra. Horton, segundo todos os relatos, era uma mulher de que qualquer homem teria desejado se livrar com a maior ânsia do mundo! E eu soube que ele herdou uma bela soma de dinheiro com a morte dela.

– Sim, herdou.

– O que *a senhorita* acha, srta. Waynflete?

– O senhor quer saber a minha opinião?

– Sim, somente a sua opinião.

A srta. Waynflete respondeu com calma e deliberação:

– Na minha opinião, o major Horton era totalmente dedicado à esposa e nunca teria sequer sonhado em fazer uma coisa dessas.

Luke encarou-a e recebeu em troca um olhar ameno, resoluto, que não vacilava.

– Bem – ele disse –, creio que tem razão. A senhorita provavelmente saberia se fosse o contrário.

A srta. Waynflete permitiu-se um sorriso.

– Nós, mulheres, somos boas observadoras. O senhor não acha?

– Da mais alta categoria. Será que a srta. Pinkerton teria concordado com a senhorita?

– Acho que nunca ouvi Lavinia expressar uma opinião.

– O que ela pensava sobre Amy Gibbs?

A srta. Waynflete franziu um pouco a testa, ponderando.

– É difícil dizer. Lavinia tinha uma ideia muito curiosa.

– Que ideia?

– Ela achava que alguma coisa esquisita estava se passando aqui em Wychwood.

– Ela achava, por exemplo, que alguém havia empurrado Tommy Pierce daquela janela?

A srta. Waynflete encarou-o fixamente, atônita.

– Como *soube* disso, sr. Fitzwilliam?

– Ela me contou. Não com essas palavras, mas me deu a ideia por alto.

A srta. Waynflete inclinou-se à frente, rosada de excitação.

– Quando foi isso, sr. Fitzwilliam?

Luke respondeu com calma:

– No dia em que foi morta. Nós viajamos juntos para Londres.

– O que foi que ela lhe contou exatamente?

– Contou-me que haviam ocorrido mortes demais em Wychwood. Mencionou Amy Gibbs, Tommy Pierce e aquele tal Carter. Também disse que o próximo a morrer seria o dr. Humbleby.

A srta. Waynflete assentiu com a cabeça devagar.

– Ela lhe contou quem era o responsável?

– Um homem com certa expressão no olhar – Luke respondeu de modo sombrio. – Um olhar inconfundível, segundo ela. Ela tinha visto essa expressão nos olhos do sujeito enquanto ele conversava com Humbleby. Por isso teve a certeza de que Humbleby seria o próximo.

– E ele foi – murmurou a srta. Waynflete. – Minha nossa. Minha nossa.

Ela se recostou. Seus olhos exibiam uma expressão aflita.

– Quem era o homem? – Luke perguntou. – Ora essa, srta. Waynflete, a senhorita sabe. A senhorita *deve* saber!

– Eu não sei. Ela não me contou.

– Mas a senhorita pode tentar adivinhar – Luke falou com sutileza. – A senhorita tem uma ideia muito perspicaz de quem ela tinha em mente.

Relutante, a srta. Waynflete curvou a cabeça.

– Então me diga.

Mas a srta. Waynflete sacudiu a cabeça com vigor.

– Não, de modo algum. O senhor está pedindo que eu faça uma coisa que é altamente imprópria! Está me pedindo para *adivinhar* o que poderia, apenas *poderia*, note bem, estar no pensamento de uma amiga *que agora está morta*. Eu não poderia fazer uma acusação desse tipo!

– Não seria uma acusação... só uma opinião.

Mas a srta. Waynflete se mostrava inesperadamente firme.

– Não tenho nada em que possa me basear... nada em absoluto – ela disse. – Lavinia nunca chegou de fato a me *dizer* qualquer coisa. Posso *imaginar* que ela tivesse certa ideia... mas, veja bem, eu poderia estar completamente *errada*. E então eu poderia induzir o senhor a seguir um caminho errado, e talvez pudessem decorrer sérias consequências. Seria muito perverso e injusto da minha parte mencionar um *nome*. E eu posso estar totalmente, totalmente errada! Na verdade, provavelmente *estou* errada!

E a srta. Waynflete cerrou os lábios com força e fitou Luke com rígida determinação.

Luke sabia aceitar uma derrota quando se deparava com ela. Constatou que tinha contra si tanto o senso de retidão da srta. Waynflete quanto outra coisa, algo mais nebuloso, que ele não conseguia identificar ao certo.

Ele aceitou a derrota de bom grado e levantou-se para se despedir. Tinha uma resoluta intenção de voltar ao interrogatório mais tarde, mas não deixou escapar nenhum indício disso em seus modos.

– A senhorita deve agir como julgar correto, é claro – afirmou. – Obrigado pela ajuda que me deu.

A srta. Waynflete pareceu ficar um pouco menos segura quando acompanhou o visitante até a porta.

– Espero que o senhor não pense... – ela começou, então reformulou a frase. – Se houver qualquer outra coisa que eu puder fazer para ajudá-lo, por favor, por favor me diga.

– Eu direi. A senhorita não vai relatar para ninguém a nossa conversa, vai?

– É claro que não. Não direi uma única palavra para ninguém.

Luke esperava que isso fosse verdade.

– Mande lembranças minhas a Bridget – pediu a srta. Waynflete – Ela é uma moça tão bonita, não? E inteligente também. Eu... eu espero que ela seja feliz.

E, com o olhar interrogativo de Luke, acrescentou:

– Casada com Lord Whitfield, eu quero dizer. Uma diferença tão grande de idade...

– É verdade.

A srta. Waynflete suspirou.

– Sabe, eu fui noiva dele certa vez – ela falou inesperadamente.

Luke a encarou, atônito. Ela confirmava com a cabeça, sorrindo de um modo bastante triste.

– Muito tempo atrás. Ele era um rapaz tão promissor... Eu tinha o ajudado, sabe, a se educar. E sentia tanto orgulho de seu... seu ânimo... e da determinação que tinha de obter sucesso.

A srta. Waynflete suspirou outra vez.

– Os meus familiares, é claro, ficaram escandalizados. As distinções de classe, naquele tempo, eram muito rigorosas.

Depois de alguns instantes, ela acrescentou:

– Sempre acompanhei a carreira dele com grande interesse. Meus familiares, creio eu, estavam errados.

Em seguida, com um sorriso, ela se despediu com um gesto da cabeça e entrou em casa.

Luke tentou organizar seus pensamentos. Ele havia classificado a srta. Waynflete como definitivamente "idosa". Constatava, agora, que ela provavelmente ainda estava abaixo dos sessenta. Lord Whitfield por certo já tinha deixado bem para trás os cinquenta. Talvez ela fosse um ou dois anos mais velha do que ele, não mais.

E Lord Whitfield ia se casar com Bridget. Com Bridget, que tinha 28 anos. Com Bridget, que era jovem e cheia de vida...

– Ah, que droga – disse Luke. – Não posso continuar pensando nisso. O trabalho. Vamos em frente com o trabalho.

Capítulo 14

As meditações de Luke

A sra. Church, tia de Amy Gibbs, era definitivamente uma mulher desagradável. Seu nariz afilado, o olhar esquivo e a língua afiada nauseavam Luke na mesma medida.

Ele adotou com a mulher uma postura seca e obteve um inesperado sucesso.

– O que a senhora precisa fazer – ele afirmou – é apenas responder às minhas perguntas da melhor maneira possível. Se esconder alguma coisa, ou adulterar a verdade, as consequências poderão ser extremamente sérias para a senhora.

– Sim, senhor. Eu entendo. Posso garantir que tenho a maior disposição para lhe contar tudo o que puder. Nunca me envolvi com a polícia...

– E nem quer se envolver – Luke terminou. – Bem, se fizer como eu lhe digo, não vai haver problema nesse sentido. Quero saber tudo sobre a sua falecida sobrinha... quem eram seus amigos... quanto dinheiro ela tinha... qualquer coisa que ela tenha dito que fosse fora do comum. Vamos começar com os amigos. Quem eram eles?

A sra. Church olhou para ele de soslaio, maliciosamente, com seu olhar oblíquo e desagradável.

– O senhor quer dizer os cavalheiros?

– Ela tinha alguma amiga?

– Bem... dificilmente... ninguém que se pudesse chamar de amiga, senhor. Havia, é claro, moças com as quais ela tinha trabalhado, mas Amy não andava muito com elas. Veja bem...

– Ela preferia o sexo oposto. Prossiga. Fale mais desse ponto.

– Era com o Jim Harvey da oficina que ela estava saindo, senhor. Ele era um rapaz dos mais confiáveis. "Você não podia ter se saído melhor", eu disse para ela diversas vezes...

Luke interveio:

– E os outros?

Ele ganhou mais uma vez aquele olhar malicioso.

– Acho que o senhor está pensando no cavalheiro que tem aquela loja de antiguidades... Eu mesma não gostava nada disso e lhe digo com franqueza, senhor! Sempre fui muito direita e não tolero comportamentos inadequados! Só que, do jeito como são essas moças hoje em dia, não adianta falar com elas. Fazem como querem. E muitas vezes acabam se arrependendo.

– Amy se arrependeu? – Luke perguntou sem rodeios.

– Não, senhor... isso eu acho que *não.*

– Ela foi se consultar com o dr. Thomas no dia de sua morte. Não foi por essa razão?

– Não, senhor. Tenho quase certeza de que não foi. Ah, eu sou capaz de jurar! Amy andava se sentindo mal, meio debilitada, mas era só uma tosse forte, um resfriado que ela tinha. Não era nada do tipo que o senhor está sugerindo, tenho certeza de que não era, senhor.

– Vou aceitar a sua palavra quanto a isso. Até onde as coisas haviam avançado entre ela e o sr. Ellsworthy?

A sra. Church fitou-o com malícia.

– Eu não saberia dizer com certeza, senhor. Amy não era de confidenciar as coisas.

Luke perguntou secamente:

– Mas os dois tinham ido longe?

A sra. Church respondeu, escorregadia:

– Aquele cavalheiro não tem uma reputação nada boa por aqui, senhor. Ele apronta toda espécie de coisa. E os amigos da cidade participam de inúmeras atividades esquisitas lá na Campina das Bruxas no meio da noite.

– Amy participava?

– Creio que ela participou de fato uma vez, senhor. Ficou a noite toda fora e seu patrão descobriu (ela trabalhava em Manor nessa época) e usou palavras bem duras com ela... ela retrucou na mesma moeda, e ele a despediu por causa disso, o que era totalmente de se esperar.

– Ela lhe contava o que acontecia nos lugares onde trabalhava?

A sra. Church sacudiu a cabeça.

– Não muito, ela se interessava mais por suas próprias ocupações.

– Ela esteve com o major e a sra. Horton por um tempo, não?

– Quase um ano, senhor.

– Por que ela saiu?

– Só para trabalhar em algo melhor. Havia uma vaga em Manor e, é claro, o salário lá era melhor.

Luke concordou com a cabeça.

– Ela estava com os Horton quando a sra. Horton morreu? – perguntou.

– Sim, senhor. Ela se queixava muito na época... com duas enfermeiras na casa, com todo um trabalho extra que as enfermeiras ocasionavam, as bandejas e uma coisa ou outra.

– Ela não esteve em nenhum momento com o sr. Abbot, o advogado?

– Não, senhor. Um casal trabalha para o sr. Abbot. Amy foi de fato vê-lo uma vez em seu escritório, mas eu não sei o motivo.

Luke registrou mentalmente aquele pequeno fato como algo que poderia ser relevante. No entanto, visto que a sra. Church claramente não sabia nada mais a respeito, não investiu no assunto.

– Havia quaisquer outros cavalheiros no vilarejo que fossem amigos dela?

– Ninguém que valha citar.

– Ora essa, sra. Church. Lembre-se, eu quero a verdade.

– Não era um cavalheiro, senhor, bem longe disso. Era degradante para Amy, era mesmo, e foi o que eu disse a ela.

– A senhora se importaria de falar com mais clareza, sra. Church?

– O senhor decerto já deve ter ouvido falar do Seven Stars, não? *Não* é um estabelecimento de classe, e o dono, Henry Carter, era um sujeito da pior classe, mais para lá do que para cá na maior parte do tempo.

– Amy era amiga dele?

– Ela deve ter dado uma volta com ele numa ou noutra ocasião. Não creio que tenha sido mais do que isso. Não creio mesmo.

Luke assentiu, pensativo, e mudou de assunto.

– A senhora conhecia um menino chamado Tommy Pierce?

– O quê? O filho da sra. Pierce? Lógico que eu conhecia. Sempre aprontando alguma travessura.

– Ele cruzava muito com Amy?

– Ah, não, senhor. Amy logo o mandava embora, com um puxão de orelha, se ele tentasse pregar uma de suas peças nela.

– Ela estava feliz com o trabalho na casa da srta. Waynflete?

– Ela achava um pouco maçante, senhor, e o pagamento não era grande coisa. Mas, é claro, depois do jeito como ela tinha sido dispensada de Ashe Manor, não era tão fácil arranjar outro emprego.

– Ela podia ter ido embora, suponho...

– Para Londres, o senhor quer dizer?

– Ou outra região no interior.

A sra. Church sacudiu a cabeça. Ela falou devagar:

– Amy não queria ir embora de Wychwood... não do jeito como as coisas andavam.

– Como assim, *do jeito que as coisas andavam*?

– Por causa de Jim e do cavalheiro da loja de antiguidades.

Luke assentiu pensativamente. A sra. Church continuou:

– A srta. Waynflete é uma dama muito simpática, mas muito exigente com os bronzes e as pratas, querendo que tudo seja espanado e que os colchões sejam virados. Amy não teria tolerado todo esse alvoroço se não estivesse se divertindo de outras maneiras.

– Posso imaginar – Luke retrucou com secura.

Ele repassou tudo em sua mente. Não encontrou mais nada para perguntar. Tinha razoável certeza de que extraíra da sra. Church tudo aquilo que ela sabia. Decidiu tentar um último ataque.

– Ouso dizer que a senhora pode adivinhar a razão de todas essas perguntas. As circunstâncias da morte de Amy são bastante misteriosas. Não estamos satisfeitos com a versão de que foi um acidente. Se não foi, a senhora percebe o que deve ter sido...

A sra. Church retrucou com uma espécie de deleite macabro:

– Assassinato!

– Isso mesmo. Pois bem, supondo-se que a sua sobrinha *tenha* mesmo sido vítima de um criminoso, quem a senhora julga ser o mais provável responsável pela morte dela?

A sra. Church limpou as mãos no avental.

– Posso apostar que haveria uma recompensa para quem colocasse a polícia na pista certa... – ela insinuou.

– Pode ser que sim – disse Luke.

– Eu não gostaria de afirmar com certeza... – a sra. Church passou uma língua faminta pelos lábios. – Mas o cavalheiro da loja de antiguidades é esquisito. O senhor deve se lembrar do caso Castor e de como encontraram pedacinhos daquela pobre moça pregados por todos os cantos no bangalô de praia do tal Castor e de como encontraram outras cinco ou seis moças que ele tinha despachado da mesma maneira. Talvez esse sr. Ellsworthy seja um homem desse tipo...

– Então essa é a sua ideia?

– Bem, poderia ser isso, não é mesmo?

Luke admitiu que poderia. Então perguntou:

– O sr. Ellsworthy estava fora do vilarejo na tarde do derby? Este é um ponto muito importante.

A sra. Church encarou-o fixamente.

– Dia do derby?

– Sim... Duas semanas antes da última quarta-feira.

Ela balançou a cabeça.

– Na verdade, isso eu não saberia dizer. Ele geralmente viajava às quartas-feiras... subia para Londres com muita frequência. Veja bem, quarta-feira é dia de fechar mais cedo.

– Ah – reagiu Luke. – Dia de fechar mais cedo.

Ele se despediu da sra. Church, ignorando as insinuações desta de que o tempo que ela lhe concedera tinha sido valioso e de que seria merecida, portanto, uma compensação financeira. Luke se viu nutrindo um desgosto intenso pela sra. Church. Entretanto, a conversa que tivera com ela, apesar de não ter sido notavelmente esclarecedora, fornecera diversos pontos sugestivos.

Ele recapitulou tudo cuidadosamente.

Sim, tudo ainda se concentrava naquelas quatro pessoas: Thomas, Abbot, Horton e Ellsworthy. A atitude da srta. Waynflete parecia lhe provar isso.

A aflição da srta. Waynflete, sua relutância em mencionar um nome... Certamente isso significava – *só podia* significar – que a pessoa em questão era alguém importante em Wychwood, alguém a quem uma insinuação casual poderia definitivamente provocar injúria. Isso condizia, também, com a determinação da srta. Pinkerton em levar suas suspeitas ao centro de operações. A polícia local teria considerado ridícula sua teoria.

Não era o caso do açougueiro, do padeiro ou do leiteiro. Não era o caso de um simples mecânico de oficina. A pessoa em questão era do tipo contra quem uma acusação de assassinato seria fantástica e, mais do que isso, um grave problema.

Havia quatro candidatos possíveis. Dependia dele avaliar cuidadosamente mais uma vez os indícios contra cada um e chegar a uma conclusão.

Primeiro era preciso examinar a relutância da srta. Waynflete. Ela era uma pessoa conscienciosa e escrupulosa. Achava que sabia de quem a srta. Pinkerton suspeitara, mas tratava-se, como ela mesma salientava, de uma *suposição* da sua parte. Era possível que estivesse enganada.

Quem era a pessoa que a srta. Waynflete tinha em mente?

A srta. Waynflete receava que uma acusação sua pudesse prejudicar um homem inocente. Portanto, o objeto de sua suspeita *por certo* era um homem de alta posição, estimado e respeitado pela comunidade.

Portanto, Luke raciocinava, o sr. Ellsworthy ficava automaticamente excluído. Ele era praticamente um estranho em Wychwood – sua reputação local não era boa, era má. Luke não acreditava que, se o sr. Ellsworthy fosse a pessoa que a srta. Waynflete tinha em mente, ela pudesse ter tido qualquer objeção em mencioná-lo. Portanto, no que dizia respeito à srta. Waynflete, Ellsworthy podia ser riscado.

Agora, quanto aos outros, Luke acreditava que também podia eliminar o major Horton. A srta. Waynflete refutara com certo ardor a sugestão de que Horton pudesse ter envenenado a esposa. Se visse nele um suspeito dos crimes mais recentes, dificilmente teria se mostrado tão assertiva sobre sua inocência em relação à morte da sra. Horton.

Assim, restavam o dr. Thomas e o sr. Abbot. Ambos preenchiam os requisitos necessários. Eram homens de alta categoria profissional contra os quais nenhuma palavra escandalosa jamais havia sido proferida. Os dois eram, de modo geral, populares e estimados, e eram tidos como homens íntegros, da maior retidão.

Luke avançou para outro aspecto da questão. Poderia eliminar Ellsworthy e Horton? Sacudiu a cabeça no mesmo instante. Não era tão simples. A srta. Pinkerton *sabia* – realmente sabia – quem era o homem. Isso ficara provado primeiro por sua morte e, e em segundo lugar, pela morte do dr. Humbleby. Mas a srta. Pinkerton não havia chegado de fato a mencionar um *nome* a Honoria Waynflete. Portanto, ainda que a srta. Waynflete *julgasse* saber, poderia com muita facilidade estar errada. Muitas vezes *sabemos* o que as outras pessoas estão pensando, mas às vezes constatamos que afinal não sabíamos – e que havíamos cometido um tremendo engano!

Portanto, os quatros candidatos permaneciam em campo. A srta. Pinkerton estava morta e não poderia fornecer maior auxílio. A Luke cabia fazer o que já fizera antes, no dia seguinte a sua chegada em Wychwood: pesar as evidências e considerar as possibilidades.

Ele começou com Ellsworthy. À primeira vista, Ellsworthy era o ponto de partida mais provável.

"Vamos considerar da seguinte maneira", Luke pensou. "Suspeitemos de um de cada vez. Ellsworthy, por exemplo. Digamos que seja ele o matador! Por enquanto, vamos dar como praticamente certo que eu saiba disso. Agora consideremos as vítimas prováveis em ordem cronológica. Primeiro, a sra. Horton. Difícil imaginar o motivo que Ellsworthy teria para eliminar a sra. Horton. Mas houve um *meio*. Horton falara de certa infusão, de uma charlatanice que ela obtivera do sr. Ellsworthy e tomara. Um veneno como arsênico poderia ter sido ministrado desse modo. A questão é: por quê?

"Agora passemos às outras. Amy Gibbs. Por que Ellsworthy matou Amy Gibbs? Pela razão mais óbvia – ela estava se tornando um incômodo! Ameaçou quebrar uma promessa talvez? Ou será que participara de uma das orgias da meia-noite? Ameaçou falar? Lord Whitfield tem um bocado de influência em Wychwood e, de acordo com Bridget, é um homem da mais estrita moral. Ele poderia ter tomado medidas contra Ellsworthy caso este estivesse metido em algo particularmente obsceno. Então – Amy sai de cena. Não, creio eu, num assassinato sádico. O método empregado contraria isso.

"Quem vem em seguida? Carter. Por que Carter? Improvável que *ele* soubesse das orgias da meia-noite (ou Amy teria lhe contado?). Estaria sua bela filha envolvida? Estaria Ellsworthy tentando seduzi-la? (É preciso dar uma olhada em Lucy Carter.) Talvez ele tivesse simplesmente ofendido Ellsworthy, e Ellsworthy, a seu modo felino, tivesse se ressentido. Se já tivesse cometido um ou dois assassinatos, estaria suficientemente calejado para contemplar a ideia de matar por um motivo ínfimo.

"Agora Tommy Pierce. Por que Ellsworthy matou Tommy Pierce? Fácil. Tommy participara de algum dos rituais da meia-noite. Tommy ameaçou falar a respeito. Talvez Tommy *estivesse* falando a respeito. Cala-se a boca de Tommy.

"Dr. Humbleby. Por que Ellsworthy matou Humbleby? Este é o mais fácil de todos! Humbleby era médico e notara que o equilíbrio mental de Ellsworthy não era nada bom. Provavelmente estava se preparando para fazer algo a respeito. De modo que Humbleby estava condenado. Mas há um empecilho aqui. Como foi que Ellsworthy garantiu que o dr. Humbleby morresse de infecção generalizada? Ou Humbleby morreu de outra coisa? Seria o dedo infeccionado uma coincidência?

"Em último lugar, a srta. Pinkerton. Quarta-feira é dia de fechar mais cedo. Ellsworthy poderia ter ido à cidade naquele dia. Será que ele tem um carro? Nunca o vi andando num, mas isso não prova nada. Ellsworthy sabia que ela suspeitava dele e não correria nenhum risco de que a Scotland Yard acreditasse na história da velhinha. Talvez a Scotland Yard já soubesse de alguma coisa sobre ele?

"Eis os indícios contra Ellsworthy! Mas o que temos *a favor* dele? Bem, antes de mais nada, ele certamente não é o homem que a srta. Waynflete *achava* que a srta. Pinkerton tinha em mente. Além disso, ele não se encaixa... não muito bem... na minha vaga impressão. Quando ela estava falando, formei a imagem de um homem... e não era um homem parecido com Ellsworthy. A impressão que ela me deu era de um homem bastante normal... isto é, no aspecto exterior... o tipo de homem de quem ninguém suspeitaria. Ellsworthy é o tipo de homem do qual você *de fato* suspeitaria. Não, tenho mais a impressão de um homem como... o dr. Thomas.

"Thomas, agora. O que dizer de Thomas? Eu risquei seu nome da lista depois de ter conversado com ele. Sujeito simpático, despretensioso. Mas a questão toda sobre esse assassino – a menos que eu esteja completamente errado – é que ele seria um sujeito simpático e despretensioso. A última pessoa que você imaginaria ser um assassino! O que é exatamente aquilo que sentimos em relação ao dr. Thomas.

"Pois bem, agora repassemos tudo. Por que dr. Thomas matou Amy Gibbs? Na verdade, parece muitíssimo improvável que tenha feito isso! Mas Amy de fato foi se consultar com ele naquele dia, e ele *de fato* lhe deu aquele frasco de xarope. Vamos supor que fosse realmente ácido oxálico. Isso seria muito simples e engenhoso! Quem foi chamado quando ela foi encontrada envenenada? Humbleby ou Thomas? Se foi Thomas, ele poderia ter simplesmente levado no bolso um frasco velho de tintura de chapéu para deixá-lo discretamente sobre a mesa e recolher os dois frascos no maior descaramento de modo que fossem analisados! Algo assim poderia ser feito se você tivesse a frieza necessária!

"Tommy Pierce? Mais uma vez, não consigo enxergar um motivo justificável. Essa é a dificuldade com o nosso dr. Thomas – o *motivo*. Não há nem mesmo um motivo maluco! O mesmo em relação a Carter. Por que razão o dr. Thomas iria querer despachar Carter? Só podemos presumir que Amy, Tommy e o taverneiro soubessem de algo sobre o dr. Thomas que fosse insalubre saber. Ah! Suponhamos então que esse algo fosse *a morte da sra. Horton*. O dr. Thomas foi o responsável pelo tratamento dela. E ela morreu após uma recaída inesperada e repentina. Ele poderia ter armado isso com grande facilidade. E Amy Gibbs, lembremos, trabalhava na casa naquela ocasião. Ela pode ter visto ou escutado alguma coisa. Isso seria uma explicação quanto a *ela*. Tommy Pierce, sabemos por fonte fidedigna, era um menino particularmente intrometido. *Poderia* ter dado uma de espertinho. Não consigo encaixar Carter na história. Amy Gibbs lhe contou alguma coisa. Ele pode ter espalhado a informação em suas bebedeiras, e Thomas ter decidido silenciá-lo também. Tudo isso, é lógico, não passa de pura conjectura. Mas o que mais se pode fazer?

"Agora Humbleby. Ah! Finalmente chegamos a um assassinato perfeitamente plausível. Motivo adequado e meio ideal! Se o dr. Thomas não era capaz de provocar uma infecção generalizada em seu colega, ninguém mais seria! Ele podia voltar a infectar a ferida toda vez que refizesse o curativo. Eu gostaria que os assassinatos anteriores fossem um pouco mais plausíveis...

"A srta. Pinkerton? Ela é mais difícil, porém há um fato definitivo. O dr. Thomas não estava em Wychwood pelo menos durante boa parte do dia. Informou que estava cuidando de um parto. Pode ser, mas resta o fato de que ele se ausentou de Wychwood *num carro*.

"Mais alguma coisa? Sim, só mais uma coisa. O olhar que ele me dirigiu quando saí de sua casa outro dia. Superior, condescendente, o sorriso de um homem que tinha acabado de me levar na conversa e sabia disso."

Luke suspirou, sacudiu a cabeça e prosseguiu com seu raciocínio.

"Abbot? Ele também é o tipo certo de homem. Normal, abastado, respeitado, a última pessoa de quem se pensaria etc. É convencido, também, e confiante. Os assassinos geralmente o são! Eles têm a mais presunçosa vaidade! Sempre acham que vão se safar. Amy o visitou uma vez. Por quê? Para que queria consultá-lo? Para obter aconselhamento legal? Por quê? Ou seria uma questão pessoal? Temos a menção da "carta de uma dama" que Tommy viu. Seria essa carta de Amy Gibbs? Ou seria uma carta escrita pela sra. Horton – uma carta, talvez, que tivesse chegado às mãos de Amy? Que outra dama poderia escrever ao sr. Abbot sobre um assunto tão particular que o fizesse perder o controle quando a carta fosse vista inadvertidamente pelo menino no escritório? O que mais podemos pensar no tocante a Amy Gibbs? A tintura de chapéu? Sim, o toque antiquado do tipo certo... Homens como Abbot estão quase sempre atrasados no que diz respeito às novidades femininas. O mulherengo dos velhos tempos! Tommy Pierce? Óbvio, por causa da carta (realmente, deve ter sido uma carta muito incriminadora!). Carter? Bem, havia um problema com a filha de Carter. Abbot não aceitaria passar por um escândalo – um valentão imbecil e despudorado como Carter ousando ameaçá-lo! Ele, que já se safara de dois assassinatos engenhosos! Que desapareça o sr. Carter! Uma noite escura e um empurrão certeiro. Francamente, esse negócio de matar é quase fácil demais.

"Será que captei a mentalidade de Abbot? Acho que sim. Um olhar desagradável lançado ao rosto de uma velha senhora. A velhinha está com certas ideias a respeito dele... Depois, briga com Humbleby. O velho Humbleby ousando colocar-se contra Abbot, o brilhante advogado e assassino. O velho tolo – mal sabe o que o espera! *Ele* está em maus lençóis! Atrevendo-se a me intimidar!

"E depois – o quê? Topando com os olhos de Lavinia Pinkerton. E seus próprios olhos vacilam, demonstrando uma consciência de culpa. Ele, que se vangloriava de atuar despercebido, havia definitivamente despertado suspeitas. A srta. Pinkerton conhece seu segredo, sabe o que ele fez... Sim, mas não consegue *provar*. Mas vamos supor que ela saia por aí procurando provas... Vamos supor que fale... Vamos supor... Ele sabe sondar o temperamento de uma pessoa com grande astúcia – e adivinha o que ela vai fazer afinal. Se ela for à Scotland Yard com sua história, *pode ser* que acreditem nela, *pode ser* que comecem a fazer investigações. Algo bastante desesperador precisa ser feito. Será que Abbot tem um carro? Ou alugou um em Londres? De qualquer forma, estava fora daqui no dia do derby..."

Luke fez outra pausa. Estava tão mergulhado no espírito da coisa que lhe era difícil fazer a transição de um suspeito para outro. Teve de esperar alguns instantes antes de conseguir visualizar o major Horton como um assassino bem-sucedido.

"Horton matou a esposa. Comecemos por aí. Tinha sido provocado e lucrou consideravelmente com a morte dela. De modo a executar seu plano com sucesso, teve de representar o papel do marido dedicado. Tivera de manter a interpretação. Às vezes, digamos, ele exagera um pouco?

"Muito bem, um assassinato executado com sucesso. Quem morre a seguir? Amy Gibbs. Sim, perfeitamente crível. Amy estava na casa. Pode ter visto alguma coisa – o major ministrando uma reconfortante tigela de caldo de carne ou mingau. Pode não ter se dado conta do que significava o que ela tinha visto até algum tempo depois. O truque da tintura de chapéu é o tipo da coisa que ocorreria ao major – muito naturalmente um homem bastante masculino, com pouco conhecimento dos adornos frívolos das mulheres.

"Tudo tranquilamente viável no caso de Amy Gibbs.

"O bêbado Carter? A mesma hipótese anterior.

Amy lhe contara alguma coisa. Outro assassinato descomplicado.

"Agora Tommy Pierce. Precisamos voltar a seu temperamento intrometido. Será que a carta no escritório de Abbot não poderia ter sido uma queixa da sra. Horton de que o marido estava tentando envenená-la? Trata-se apenas de uma suposição fantástica, mas *poderia* ser isso. De qualquer forma, o major percebe o fato de que Tommy é uma ameaça, e por isso Tommy junta-se a Amy e Carter. Tudo muito simples e descomplicado, de acordo com o manual. É fácil matar? Meu Deus, é!

"Mas agora chegamos a algo um tanto difícil: Humbleby! Motivo? Muito obscuro. Humbleby tratou a sra. Horton no início. Será que ficou intrigado com a doença? E Horton influenciou sua mulher a mudar para o médico mais jovem, menos desconfiado? Mas, se foi esse o caso, *o que tornou Humbleby perigoso tanto tempo depois*? Difícil, isso... O modo como ele morreu também. Um dedo infeccionado. Não parece combinar com o major.

"A srta. Pinkerton? Essa é perfeitamente possível. Ele tem um carro. Eu vi. E estava fora de Wychwood naquele dia, supostamente havia ido ao derby. Podia ser... sim. *Será* Horton um assassino de sangue frio? Será? Será? Como eu gostaria de saber..."

Luke olhou fixamente à frente. Sua testa se enrugava com os pensamentos.

"É um deles... Não *acho* que seja Ellsworthy... mas poderia ser! É o mais óbvio de todos! Thomas é fantasticamente improvável – se não fosse o *modo* como morreu o dr. Humbleby. Aquela infecção aponta definitivamente para um *médico* assassino! *Poderia* ser Abbot – não há tantas evidências contra ele como há contra os outros –, mas consigo *vê-lo* no papel de alguma forma... Sim – ele se encaixa melhor do que os outros. E *poderia* ser Horton! Atormentado pela esposa por anos a fio, sentindo sua insignificância – sim, poderia ser! Mas a srta. Waynflete não acredita que seja, e ela não é nenhuma tola – e conhece o lugar e as pessoas que vivem aqui...

"De quem ela de fato suspeita, Abbot ou Thomas? Deve ser um desses dois... Se eu atacasse a srta. Waynflete diretamente – "Qual dos dois é?" –, talvez arrancasse sua confissão.

"Mas, mesmo assim, ela poderia estar equivocada. Não há como provar que *ela* está certa – como a srta. Pinkerton se provou certa. Mais evidências – isso é o que quero. Se pudesse haver mais um caso – só mais um – então eu saberia..."

Ele parou sobressaltado.

– Meus Deus – falou baixinho. – O que eu estou pedindo é *mais um assassinato*...

Capítulo 15

Conduta imprópria de um chofer

No bar do Seven Stars, Luke bebia sua caneca de cerveja e sentia-se constrangido. Meia dúzia de bucólicos pares de olhos acompanhavam fixamente cada um de seus movimentos, e a conversação suspendera-se quando ele havia entrado. Luke arriscou alguns comentários de interesse geral sobre as colheitas, a condição do tempo e apostas em futebol, mas em nenhum deles obteve qualquer resposta.

Restou-lhe o galanteio. Ele deduziu, corretamente, que a jovem atraente atrás do balcão, com seus cabelos negros e bochechas vermelhas, só podia ser Lucy Carter.

Seus avanços foram recebidos com espírito de amabilidade. Com as devidas risadinhas, a srta. Carter dizia "Não me venha com essa!", "Aposto que o senhor não pensa isso nem um pouco!", "Não é da sua conta!" – e outras réplicas assemelhadas. Mas a performance era claramente mecânica.

Luke, constatando que não haveria vantagem em ficar, terminou sua cerveja e partiu. Caminhou pela trilha até o ponto em que o rio era atravessado por uma passarela. Estava parado, contemplando esse panorama, quando uma voz trêmula disse atrás dele:

– Foi aí, senhor, foi aí que o velho Harry caiu.

Luke virou-se para topar com um dos seus companheiros de bar, um que havia se mostrado particularmente indiferente no tópico das colheitas, do tempo e das apostas. Agora, estava claro, ele se mostrava disposto a representar com prazer o papel de guia macabro.

– Caiu pra dentro da lama – disse o velho trabalhador. – Direto pra dentro da lama, ficou cravado de cabeça pra baixo.

– Esquisito que tenha caído aqui – Luke comentou.

– É que ele estava bêbado – retrucou com indulgência o camponês.

– Sim, mas ele já devia ter passado por aqui, bêbado, inúmeras vezes antes.

– Quase toda noite – disse o outro. – Sempre podre de bêbado, o Harry.

– Quem sabe alguém o empurrou – falou Luke, fazendo a sugestão de uma maneira casual.

– Podiam ter empurrado – concordou o camponês. – Mas não sei quem é que ia querer fazer isso – acrescentou.

– Ele podia ter feito alguns inimigos. Ele era bastante desaforado quando estava bêbado, não era?

– Ele tinha uma língua que vou te contar! Não media palavras, o Harry. Mas ninguém ia querer empurrar um homem bêbado.

Luke não refutou essa declaração. Era evidente que ele considerava barbaramente indigno tirar vantagem da condição embriagada de um homem. O camponês parecia um tanto chocado com a ideia.

– Bem – ele comentou vagamente –, foi um negócio triste.

– Nem tão triste pra patroa dele – disse o velho. – Ela e Lucy não têm motivo pra sentir tristeza com isso.

– Pode ser que existam outras pessoas que estejam contentes em tê-lo fora do caminho.

O velho mostrou-se vago quanto a isso.

– Talvez – ele disse. – Mas Harry não fazia nada por mal.

Com esse epitáfio para o falecido sr. Carter, os dois então se separaram.

Luke direcionou seus passos para o velho prédio de Wych Hall. A biblioteca oferecia seus serviços nas duas salas da frente. Luke avançou para os fundos por de uma porta sobre a qual se lia “Museu”. Ali, passou de mostrador a mostrador, examinando as peças não muito animadoras que eram exibidas. Algumas cerâmicas e moedas romanas. Algumas curiosidades dos Mares do Sul, um cocar malaio. Vários deuses indianos “doados pelo major Horton” juntamente com um Buda de aspecto malévolo e um mostrador com colares egípcios de aspecto duvidoso.

Luke saiu de novo para o saguão de entrada. Não havia ninguém por perto. Ele subiu pessoalmente as escadas. Ali havia uma sala com revistas e jornais e outra sala cheia de livros de não ficção.

Luke subiu mais um andar. Aqui havia salas repletas de objetos que ele designou pessoalmente como trastes. Pássaros empalhados removidos do museu por terem sido atacados por traças, montes de revistas rasgadas e uma sala cujas estantes estavam tomadas por obras de ficção e livros infantis antiquados.

Luke se aproximou da janela. Devia ter sido ali que se sentara Tommy Pierce, talvez assobiando e ocasionalmente limpando uma vidraça quando escutava os passos de alguém.

Alguém havia entrado. Tommy demonstrara seu capricho – sentado meio para fora da janela e esfregando com gosto. E aí esse alguém viera para junto dele e, enquanto falava alguma coisa, dera-lhe um súbito e forte empurrão.

Luke voltou. Desceu as escadas e parou por alguns instantes no saguão. Ninguém o vira entrar. Ninguém o vira subir as escadas.

"*Qualquer um* teria conseguido!", pensou. "A coisa mais fácil do mundo."

Ouviu passos que vinham da direção do gabinete da biblioteca. Uma vez que era um homem inocente, sem nenhuma objeção quanto a ser visto, podia ficar onde estava. Se não quisesse ser visto, seria fácil recuar pela porta da sala do museu!

A srta. Waynflete saiu da biblioteca com uma pequena pilha de livros embaixo do braço. Estava botando suas luvas. Parecia muito feliz e ativa. Quando avistou Luke, seu rosto se iluminou e ela exclamou:

– Ah, sr. Fitzwilliam, esteve visitando nosso museu? Receio não haver grande coisa lá, na verdade. Lord Whitfield anda falando em nos arranjar algumas exibições realmente interessantes.

– É mesmo?

– Sim, alguma coisa moderna, sabe, atualizada. Como aquelas que podem ser vistas no Museu de Ciências de Londres. Ele sugere um modelo de avião e uma locomotiva, e algumas coisas químicas também.

– Talvez isso pudesse animar o ambiente.

– Sim, não creio que um museu deva lidar unicamente com o passado, e o senhor?

– Talvez não.

– Depois algumas mostras de alimentação também... calorias e vitaminas... e todo esse tipo de coisa. Lord Whitfield está tão entusiasmado com a Campanha de Boa Forma...

– Era o que ele estava dizendo outro dia.

– Essa é *a* tendência do momento, não? Lord Whitfield estava me contado sobre a visita que fez ao Instituto Wellerman... e como viu uma porção de germes, culturas e bactérias... fiquei toda estremecida. E me contou diversas coisas a respeito de mosquitos e doenças do sono, e algo sobre um verme de fígado que, receio eu, era um pouco complexo demais para *mim*.

– Era provavelmente complexo demais para Lord Whitfield – Luke retrucou com jovialidade. – Aposto que ele entendeu tudo errado! A senhorita tem uma mente bem mais afiada do que a dele, srta. Waynflete.

A srta. Waynflete falou serenamente:

– É muita gentileza da sua parte, sr. Fitzwilliam, mas receio que as mulheres nunca chegam a ter a profundidade de raciocínio que os homens têm.

Luke reprimiu o desejo de criticar desfavoravelmente as capacidades de raciocínio de Lord Whitfield. Em vez disso, falou:

– Eu de fato dei uma olhada no museu, mas depois subi para conferir as janelas.

– O senhor quer dizer onde Tommy... – a srta. Waynflete estremeceu. – É realmente horrível.

– Sim, não é um pensamento agradável. Passei cerca de uma hora com a sra. Church... a tia de Amy... Não é uma mulher agradável!

– Nem um pouco.

– Precisei adotar uma linha dura com ela – disse Luke. – Ela deve estar pensando que sou uma espécie de super policial.

Ele se interrompeu, notando uma súbita mudança de expressão no rosto da srta. Waynflete.

– Ah, sr. Fitzwilliam, o senhor acha que isso foi sensato?

Luke respondeu:

– Na verdade, não sei. Acho que era inevitável. A história de escrever um livro já estava se desgastando, já não consigo avançar muito nessa linha. As perguntas que eu precisava fazer iam direto ao ponto.

A srta. Fitzwilliam sacudiu a cabeça – a expressão perturbada permanecia em seu rosto.

– Num lugar como este, veja bem... tudo se espalha tão depressa...

– A senhorita está querendo dizer que todo mundo vai comentar "lá vai o detetive" quando eu passar pela rua? Não creio que agora isso realmente tenha importância. Na verdade, assim posso até conseguir mais.

– Não era nisso que eu estava pensando – a srta. Waynflete parecia sem fôlego. – O que eu quis dizer é que *ele* vai saber. *Ele* vai se dar conta de que o senhor está na pista do assassino.

Luke retrucou devagar:

– Suponho que sim.

A srta. Waynflete perguntou:

– Mas o senhor não percebe que isso é terrivelmente perigoso? *Terrivelmente*!

– A senhorita quer dizer... – Luke afinal entendeu aonde sua interlocutora queria chegar – ...a senhorita quer dizer que o matador vai querer dar cabo de *mim*?

– Sim.

– Engraçado – disse Luke. – Eu não tinha pensado nisso! Mas acho que a senhorita tem razão. Bem, essa talvez fosse a melhor coisa que pudesse acontecer.

A srta. Waynflete falou com ardor:

– Acho que o senhor não se deu conta de que ele... de que ele é um homem muito astuto. E cauteloso também! E, lembre-se, ele tem uma tremenda experiência... talvez mais do que *nós* imaginamos.

– Sim – Luke concordou pensativo. – Isso provavelmente é verdade.

A srta. Waynflete exclamou:

– Ah! Não gosto nada disso! Falando sério, eu me sinto totalmente *alarmada*!

Luke disse com delicadeza:

– A senhorita não precisa ficar assustada. Vou tomar o maior cuidado, posso lhe garantir. Veja bem, eu reduzi ao máximo as possibilidades. De qualquer forma, tenho uma ideia de quem pode ser o matador...

Ela levantou bruscamente o rosto.

Luke deu um passo na direção da dama. Baixou a voz num sussurro:

– Srta. Waynflete, se eu lhe perguntasse *qual de dois homens* a senhorita considera o mais provável, o dr. Thomas ou o sr. Abbot, *o que a senhorita me diria*?

– Ah! – exclamou a srta. Waynflete.

Sua mão passou no peito. Ela recuou um passo. Seus olhos enfrentaram os de Luke com uma expressão que o intrigou – revelavam impaciência e algo muito semelhante a isso que ele não conseguiu identificar ao certo. Ela falou:

– Não posso dizer nada.

Virou-se abruptamente, com um som curioso – meio suspiro, meio soluço.

Luke se resignou.

– A senhorita está indo para casa? – ele perguntou.

– Não. Eu ia levar estes livros para a sra. Humbleby. Fica no seu caminho de volta para Manor. Poderíamos ir juntos por parte do caminho.

– Isso será muito agradável – disse Luke.

Os dois desceram os degraus, viraram à esquerda e contornaram o jardim público.

Luke olhou para trás, contemplando as linhas imponentes da casa que haviam acabado de deixar.

– Deve ter sido uma casa adorável no tempo do seu pai – ele comentou.

A srta. Waynflete suspirou.

– Sim, fomos todos muito felizes lá. Fico tão contente que não tenha sido demolida. Tantas casas antigas estão desaparecendo...

– Pois é. Isso é uma tristeza.

– E as novas, realmente, não são nem de longe tão bem construídas.

– Duvido que resistam ao teste do tempo como as antigas.

– Mas, é claro – continuou a srta. Waynflete –, as novas *são* práticas, economizam muito trabalho e não têm aqueles corredores grandes e ventosos para limpar.

Luke concordou com a cabeça.

Quando chegaram ao portão da casa do dr. Humbleby, a srta. Waynflete hesitou e disse:

– Uma tarde tão linda... Se o senhor não se importar, acho que vou andar um pouco mais. O ar está uma delícia.

Um tanto surpreso, Luke polidamente expressou seu prazer. Aquela dificilmente era uma tarde que ele teria descrito como linda. Soprava um vento forte, revirando violentamente as folhas das árvores. Uma tempestade, ele pensou, podia desabar a qualquer minuto.

A srta. Waynflete, no entanto, agarrando seu chapéu com uma das mãos, seguiu caminhando a seu lado, dando todos os sinais de que se divertia e falando enquanto andava entre pequenos arquejos.

A viela que haviam tomado era um tanto deserta, visto que, da casa do dr. Humbleby até Ashe Manor, o trajeto mais curto não era pela estrada principal, mas por uma viela lateral que levava para um dos portões dos fundos da casa. Esse portão não era do mesmo ferro ornamentado, mas tinha dois belos pilares encimados por dois enormes abacaxis cor-de-rosa. Por que abacaxis, Luke não conseguira descobrir! Mas deduzia que, para Lord Whitfield, abacaxis significassem distinção e bom gosto.

Quando se aproximaram do portão, chegou-lhes um som de vozes exaltadas. No momento seguinte, avistaram Lord Whitfield confrontando um jovem com uniforme de chofer.

– Você está despedido! – Lord Whitfield gritava. – Ouviu? Está despedido!

– Se o senhor deixasse passar, meu patrão, só dessa vez...

– Não, não vou deixar passar! Saindo com o meu carro! *Meu* carro! E, o que é pior, você andou bebendo!... Sim, andou bebendo, não negue! Deixei claro que há três coisas que não tolero na minha propriedade: uma é embriaguez, outra é imoralidade e a última é insolência!

Embora o homem não estivesse de fato embriagado, bebera o suficiente para soltar a língua. Sua postura mudou.

– O senhor não tolera isso e o senhor não tolera aquilo, seu abutre velho! A *sua* propriedade! Pensa que ninguém sabe que o seu pai tinha uma oficina de botas aqui! A gente quase desmaia de tanto rir, isso mesmo, só de ver o senhor dando os seus passinhos por aí, todo orgulhoso, que nem um pavão! Quem é o senhor, eu gostaria de saber? Não é melhor do que eu, isso é que o senhor é!

Lord Whitfield ficou roxo.

– Como você se atreve a falar comigo desse jeito? Como se atreve?

O jovem deu um passo ameaçador em sua direção.

– Se o senhor não fosse um porquinho barrigudo desgraçado, eu lhe dava um murro na cara... isso mesmo, eu dava.

Lord Whitfield deu um passo para trás às pressas, tropeçou numa raiz e caiu sentado.

Luke aproximara-se.

– Suma daqui – ele falou com rispidez ao chofer.

Este último havia recobrado a razão. Parecia estar assustado.

– Sinto muito, senhor. Não sei o que me deu, eu juro.

– Uns dois copos a mais, eu diria – retrucou Luke, ajudando Lord Whitfield a ficar de pé.

– Eu sinto muito, meu patrão – gaguejou o homem.

– Você vai se arrepender disso, Rivers – exclamou Lord Whitfield, sua voz tremia com intensa emoção.

O homem hesitou por alguns instantes; em seguida, devagar, foi se afastando num andar bamboleante.

Lord Whitfield explodiu:

– Que insolência colossal! Comigo! Falando comigo desse jeito! Algo de muito sério vai acontecer com esse homem! Nenhum respeito, nenhuma noção adequada de sua posição na vida. Quando penso no que faço por essa gente... bons ordenados, todos os confortos, uma pensão quando se aposentam. A ingratidão, a infame ingratidão...

Ele se engasgou de tanta exaltação e então percebeu a presença da srta. Waynflete, que estava parada em silêncio ao lado.

– É você, Honoria? É profundamente desolador para mim que você tenha testemunhado uma cena tão vergonhosa. A linguagem daquele homem...

– Receio que ele estivesse fora de si, Lord Whitfield – disse a srta. Waynflete, empertigada.

– Ele estava era bêbado, isso sim... bêbado!

– Só um pouco alto – falou Luke.

– Sabem o que ele fez? – Lord Whitfield olhava de um para outro. – Saiu com o meu carro... *meu* carro!

Achou que eu não voltaria tão cedo. Bridget me levou para Lyne no carro pequeno. E aquele sujeito teve o descaramento de sair com uma moça... Lucy Carter, creio eu... no *meu* carro!

A srta. Waynflete disse com delicadeza:

– Uma atitude muito imprópria.

Lord Whitfield pareceu ficar um pouco consolado.

– Pois é, não foi?

– Mas tenho certeza de que ele vai se arrepender.

– Vou me certificar de que ele se arrependa.

– O senhor o despediu – salientou a srta. Waynflete.

Lord Whitfield balançou a cabeça.

– Vai acabar mal, esse sujeito – endireitou os ombros. – Entre conosco, Honoria, vamos tomar um copo de xerez.

– Obrigado, Lord Whitfield, mas preciso ir ao encontro da sra. Humbleby com estes livros... Boa noite, sr. Fitzwilliam. O senhor vai ficar *bem* agora.

Ela lhe acenou com a cabeça, sorrindo, e se afastou com passos enérgicos. Sua atitude lembrava tanto uma babá que entrega uma criança numa festa que Luke prendeu a respiração perante um pensamento repentino. Seria possível que a srta. Waynflete tivesse o acompanhado com o único propósito de protegê-lo? A ideia parecia ridícula, mas...

A voz de Lord Whitfield interrompeu sua meditação.

– Mulher muito competente, a nossa Honoria Waynflete.

– Muito, eu diria.

Lord Whitfield começou a caminhar na direção da casa. Movia-se com certa rigidez, esfregando cuidadosamente as nádegas.

De repente, soltou uma risadinha.

– Certa vez fui noivo de Honoria. Ela era uma moça bonita, não tão magricela como é hoje. Parece engraçado pensar nisso agora. Seus familiares eram os grã-finos deste vilarejo

– É mesmo?

Lord Whitfield ruminou:

– O velho coronel Waynflete comandava o espetáculo. Você precisava tirar o chapéu para ele com a maior reverência. O coronel era da velha escola e orgulhoso como Lúcifer.

Ele soltou mais uma risadinha.

– Honoria colocou uma bela lenha na fogueira quando anunciou que ia se casar comigo! Ela se autodenominava radical. Muito fervorosa. Era totalmente a favor de abolir as distinções de classe. Uma moça do tipo sério.

– E a família desfez o romance?

Lord Whitfield esfregou o nariz.

– Bem... não exatamente. Para falar a verdade, tivemos um desentendimento por causa de uma tolice. Um maldito passarinho que ela tinha, um desses canários infernais que ficam trinando sem parar; sempre os detestei... um acidente... pescoço torcido. Bem, não adianta ficar lembrando tudo isso agora. Vamos esquecer.

Ele sacudiu os ombros, como um homem que descarta uma lembrança desagradável.

Depois falou, um tanto espasmodicamente:

– Acho que ela nunca me perdoou. Bem, talvez isso seja natural...

– Acho que ela o perdoou sim – disse Luke.

Lord Whitfield se animou.

– Acha? Fico contente. Sabe, tenho muito respeito por Honoria. Mulher competente *e* uma verdadeira dama! Isso ainda conta, mesmo nos dias de hoje. Ela administra muito bem aquela biblioteca.

Lord Whitfield levantou o rosto e sua voz se alterou.

– Opa – ele disse. – Aí vem Bridget.

Capítulo 16

O abacaxi

Luke sentiu uma contração nos músculos quando Bridget se aproximou.

Os dois não haviam conversado a sós desde o dia do jogo de tênis. Por acordo mútuo, estavam evitando um ao outro. Luke olhou-a de relance agora.

Ela parecia provocantemente calma, fria e indiferente.

Ela falou com despreocupação:

– Estava começando a imaginar que fim teria levado você, Gordon.

Lord Whitfield resmungou:

– Eu tive um desentendimento! Aquele sujeito, Rivers, teve a insolência de sair com o Rolls nesta tarde.

– Crime de lesa-majestade – disse Bridget.

– Não adianta fazer piada disso, Bridget. O negócio é sério. Ele saiu com uma moça.

– Acho que ele não teria sentido nenhum prazer em sair para dar uma volta sozinho!

Lord Whitfield estacou.

– Na minha propriedade, exijo um comportamento moral e decente.

– Não é propriamente imoral levar uma garota para dar uma volta num carro.

– É sim, quando é no *meu* carro.

– Isso é pior do que imoralidade! Configura praticamente uma blasfêmia! Mas você não pode simplesmente eliminar o impulso do sexo, Gordon. A lua está cheia, e o verão está no auge.

– Ora, não diga! – exclamou Luke.

Bridget lançou-lhe um olhar.

– Isso parece interessá-lo.

– Interessa mesmo.

Bridget voltou-se para Lord Whitfield.

– Três pessoas extraordinárias chegaram ao Bells and Motley. Primeira: um homem de calças curtas, óculos e uma adorável camisa de seda cor de ameixa! Segunda: uma mulher sem sobrancelhas, trajando uma túnica, meio quilo das mais variadas imitações de colares egípcios e sandálias. Terceira: um homem gordo num terno cor de alfazema e sapatos combinando. Suspeito que sejam amigos do nosso sr. Ellsworthy! Um colunista escreveu: "Um passarinho me contou que teremos festinha na Campina das Bruxas hoje à noite".

Lord Whitfield ficou roxo e exclamou:

– Não vou tolerar!

– Você não pode impedir, querido. A Campina das Bruxas é um local público.

– Não vou tolerar essa asneira descrente por aqui! Vou denunciar no *Scandals*.

Ele fez uma pausa e continuou:

– Lembre-me de anotar isso e encarregar Siddely da tarefa. Preciso ir à cidade amanhã.

– A campanha de Lord Whitfield contra a feitiçaria – disse Bridget em tom petulante. – Superstições medievais ainda multiplicam-se em pacato vilarejo.

Lord Whitfield encarou-a com um semblante franzido e intrigado; então se virou e entrou na casa.

Luke falou com jovialidade:

– Você precisa fazer o seu joguinho melhor do que isso, Bridget!

– Como assim?

– Seria uma pena se você perdesse o seu emprego! Aqueles cem mil não são seus ainda. Nem os diamantes e as pérolas. Se eu fosse você, esperaria passar a cerimônia do casamento para exercitar os dons sarcásticos.

Ela enfrentou com frieza o olhar de Luke.

– Você é tão atencioso, meu caro Luke. É bondade sua levar o meu futuro tão a sério!

– Bondade e consideração sempre foram os meus pontos fortes.

– Eu não tinha notado.

– Não? Você me surpreende.

Bridget arrancou uma folha de trepadeira e disse:

– O que você andou fazendo hoje?

– Bancando o detetive, como de costume.

– Algum resultado?

– Sim e não, como dizem os políticos. A propósito, vocês têm algumas ferramentas na casa?

– Creio que sim. Que tipo de ferramentas?

– Ah, quaisquer instrumentos pequenos e práticos. Quem sabe eu faço uma inspeção.

Dez minutos depois, Luke havia tirado da prateleira de um armário uma seleção do que queria.

– Este conjunto vai servir muito bem – ele disse, batendo no bolso onde guardara o material.

– Está pensando em arrombar algum lugar?

– Pode ser.

– Você está tão discreto sobre esse assunto.

– Bem, afinal de contas, a situação está repleta de dificuldades. Estou numa posição infernal. Depois do nosso pequeno confronto de sábado, acho que devia me manter bem longe daqui.

– Para se comportar como um perfeito cavalheiro, devia mesmo.

– Só que, como estou convencido de que estou na pista certa de um maníaco homicida, sou forçado a ficar. Se conseguir pensar em qualquer razão convincente para eu sair daqui e me alojar no Bells and Motley, pelo amor de Deus, fale!

Bridget sacudiu a cabeça.

– Isso não é plausível... sendo você meu primo e tudo mais. Além disso, a estalagem está cheia com os amigos do sr. Ellsworthy. Eles só dispõem de três quartos de hóspedes.

– Então me vejo forçado a ficar, por mais doloroso que isso possa ser para você.

Bridget sorriu-lhe com doçura.

– Nem um pouco. Sempre me agrada um escalpo a mais na minha coleção.

– Essa – disse Luke – foi uma tolice particularmente infame. O que admiro em você, Bridget, é que você não tem praticamente nenhum senso de bondade. Bem, bem... o amante rejeitado vai se trocar para o jantar.

A noite passou sem grandes acontecimentos. Luke caíra nas graças de Lord Whitfield ainda mais do que antes, pelo aparente interesse com o qual escutara o discurso noturno do outro.

Quando os dois entraram na sala de visitas, Bridget disse:

– Eles demoraram.

Luke retrucou:

– Lord Whitfield estava falando sobre algo tão interessante que o tempo passou como um relâmpago. Ele estava me contando como fundou seu primeiro jornal.

A sra. Anstruther disse:

– Essas novas árvores frutíferas em vasos são simplesmente maravilhosas. Você deveria tentar colocá-las no terraço, Gordon.

A conversa prosseguiu, então, num feitio normal.

Luke se retirou cedo.

No entanto, não se deitou. Tinha outros planos.

O relógio mal batera meia-noite quando ele desceu as escadas silenciosamente, calçando tênis, atravessou a biblioteca e saiu por uma janela.

O vento ainda soprava em rajadas violentas, intercaladas por breves calmarias. As nuvens disparavam de um lado a outro pelo céu, obliterando a lua, de modo que a escuridão se alternava com a luminosidade da lua.

Luke seguiu por um caminho tortuoso até o estabelecimento do sr. Ellsworthy. Constatou que tinha o caminho livre para uma pequena investigação. Sentia plena certeza de que o sr. Ellsworthy e seus amigos teriam saído juntos naquela data em particular. O início de verão, Luke achava, certamente seria marcado por alguma cerimônia ou outra. Enquanto ela estivesse em andamento, Luke teria uma boa oportunidade para fazer uma busca na casa do sr. Ellsworthy.

Ele pulou dois muros, deu a volta até os fundos da casa, tirou do bolso as diversas ferramentas e escolheu a mais apropriada. Uma janela da copa cedeu a seus esforços. Alguns minutos depois, Luke já empurrara a lingueta, levantara o caixilho e pulara para dentro.

Ele tinha uma lanterna no bolso. Usou-a com moderação – um breve jato de luz para enxergar o caminho e evitar que esbarrasse nas coisas.

Passados quinze minutos, certificara-se de que a casa estava vazia. O proprietário estava longe dali, envolvido em seus próprios afazeres.

Luke sorriu de satisfação e tratou de levar em frente sua tarefa.

Fez uma busca completa e minuciosa em todos os cantos e recantos disponíveis. Numa gaveta chaveada, sob dois ou três esboços inócuos de aquarelas, topou com alguns arroubos artísticos que o fizeram levantar as sobrancelhas e assobiar. A correspondência do sr. Ellsworthy não revelava nada, mas alguns dos seus livros – os que estavam enfiados na parte de trás de uma prateleira – recompensaram a inspeção.

Além destas, Luke colheu três informações escassas, mas sugestivas. A primeira era um rabisco a lápis num pequeno caderno de anotações: "*Acertar com Tommy Pierce*" – datada dois dias antes da morte do menino. A segunda era um esboço em *crayon* de Amy Gibbs com dois furiosos riscos vermelhos cruzados em cima do rosto. A terceira era um frasco de xarope. Nenhuma dessas pistas era de forma alguma conclusiva, mas, tomadas em conjunto, as informações podiam ser consideradas encorajadoras.

Luke mal acabara de deixar tudo em ordem, recolocando as coisas no devido lugar, quando repentinamente se retesou e desligou a lanterna.

Ele ouvira uma chave sendo introduzida na fechadura da porta lateral.

Atravessou a sala onde estava em direção à porta e ficou espiando por uma fresta. Esperava que Ellsworthy, se fosse mesmo ele, subisse diretamente para o andar de cima.

A porta lateral se abriu e Ellsworthy entrou, acendendo uma luz do vestíbulo.

Quando ele cruzou o vestíbulo, Luke viu seu rosto e prendeu a respiração.

Estava irreconhecível. Havia uma espuma nos lábios, os olhos se mostravam iluminados por uma estranha exultação ensandecida, ele saltitava pelo vestíbulo com rápidos passinhos de dança.

Mas o que fez Luke prender a respiração foi a visão das mãos de Ellsworthy. Estavam manchadas de um forte vermelho escuro – a cor de sangue coagulado...

Ele desapareceu escada acima. Um momento depois, a luz do vestíbulo se apagou.

Luke esperou mais um pouco; depois, com grande cautela, esgueirou-se pelo vestíbulo, avançou até a copa e saiu pela janela. Olhou a parte de cima da casa, mas tudo estava escuro e silencioso.

Ele respirou fundo.

"O sujeito é louco, sem dúvida!", pensou. "O que será que andou aprontando? Posso jurar que tinha sangue nas mãos!"

Ele circundou o vilarejo e voltou para Ashe Manor por um caminho indireto. Foi enquanto entrava na viela lateral que um repentino farfalhar de folhas o fez olha para trás.

– Quem está aí?

Um vulto grande, envolto numa capa escura, saiu da sombra de uma árvore. Parecia tão sinistro que Luke sentiu seu coração parar. Então ele reconheceu o rosto comprido e pálido sob o capuz.

– Bridget! Que susto você me deu!

Ela retrucou com rispidez:

– Onde você estava? Vi quando você saiu.

– E você me seguiu?

– Não. Você tinha ido muito longe, eu estava esperando você voltar.

– Foi uma tremenda tolice fazer isso – Luke resmungou.

Ela repetiu a pergunta com impaciência:

– Por onde você andava?

Luke respondeu alegremente:

– Invadindo a casa do nosso sr. Ellsworthy!

Bridget prendeu a respiração.

– Você... encontrou alguma coisa?

– Não sei. Fiquei conhecendo um pouco mais aquele sujeito imundo... seus gostos pornográficos e tudo mais. Há três coisas que poderiam ser sugestivas.

Bridget escutou com atenção enquanto ele relatava o resultado de sua busca.

– São evidências muito frágeis – ele terminou. – Porém, quando eu estava saindo, Ellsworthy voltou. E vou lhe dizer uma coisa: o homem é louco de pedra!

– Você acha mesmo?

– Eu vi o rosto dele... era espantoso! Só Deus sabe o que ele andou aprontando! O sujeito estava num delírio de excitação enlouquecida. E as mãos estavam manchadas, posso jurar, de *sangue*.

Bridget estremeceu.

– Que horrível... – ela murmurou.

Luke falou com irritação:

– Você não devia ter saído sozinha, Bridget. Foi uma completa loucura. Alguém poderia ter lhe dado uma paulada na cabeça.

Ela riu trêmula.

– O mesmo serve para você, meu querido.

– Eu sei me cuidar.

– Eu também sou ótima em me cuidar. Acho que você me chamaria de durona.

O vento soprou numa rajada cortante. Luke disse de súbito:

– Tire esse capuz.

– Por quê?

Com um movimento inesperado, Luke agarrou a capa de Bridget e arrancou-a. O vento apanhou o cabelo da jovem e o fez voar com força por cima da cabeça.

Ela o encarou fixamente, com a respiração acelerada. Luke falou:

– Você certamente fica incompleta sem uma vassoura, Bridget. Foi assim que a vi pela primeira vez.

Ele a fitou por mais alguns instantes e falou:

– Você não passa de uma diabinha cruel.

Com um suspiro acentuado e impaciente, jogou-lhe a capa de volta.

– Pronto... vista-se. Vamos para casa.

– Espere...

– Por quê?

Bridget se aproximou dele. Falou com uma voz baixa, quase sem fôlego:

– Porque tenho algo para lhe dizer... foi por isso, em parte, que esperei você aqui, fora de casa. Quero lhe dizer isso agora, antes de entrarmos na propriedade de Gordon.

– Pois bem?

Ela deu uma risada curta, um tanto amarga.

– Ah, é bastante simples. *Você venceu*, Luke. Isso é tudo!

Ele perguntou de modo brusco:

– O que você quer dizer com isso?

– Quero dizer que desisti da ideia de me tornar Lady Whitfield.

Luke deu um passo na direção dela.

– Isso é verdade? – indagou.

– Sim, Luke.

– Você quer se casar comigo?

– Quero.

– Por que você mudou de ideia?

– Eu não sei. Você me diz coisas tão monstruosas, mas parece que eu gosto.

Luke tomou-a nos braços e a beijou. Ele disse:

– Que mundo louco!

– Você está feliz, Luke?

– Não, particularmente.

– Acha que algum dia vai ser feliz comigo?

– Não sei. Vou correr esse risco.

– Sim, é o que eu sinto.

Luke entrelaçou o braço com o dela.

– Estamos sendo um tanto esquisitos em relação a tudo isso, meu bem. Vamos. Talvez pela manhã já estejamos normais.

– Sim, é bastante assustador o modo como as coisas acontecem conosco.

Ela olhou para baixo e o deteve com um puxão.

– Luke... Luke, *o que é isso*?

A lua saíra de trás das nuvens.

Luke olhou para o ponto em que os pés de Bridget tremiam junto a um vulto encolhido. Com uma exclamação assustada, soltou-se do braço dela e se ajoelhou. Do monte disforme, transferiu seu olhar para o pilar acima. O abacaxi desaparecera. Levantou-se afinal. Bridget, de pé, tapava a boca com as duas mãos.

Ele disse:

– É o chofer... Rivers. Está morto.

– Essa coisa monstruosa de pedra já faz algum tempo que estava solta, deve ter caído em cima dele com a ventania.

Luke balançou a cabeça.

– O vento não faria uma coisa dessas. Ah, alguém *quis* que parecesse, alguém *quis* que fosse, outro acidente! Mas é uma armação. *É o matador de novo...*

– Não, não, Luke!

– Vou lhe dizer uma coisa. Sabe o que senti na parte de trás da cabeça dele? Junto com a paste viscosa? *Grãos de areia.* E não tem areia por aqui. Bridget, alguém ficou esperando por ele e o golpeou quando estava passando pelo portão, voltando para o seu chalé. Então o deitou e empurrou esse abacaxi de pedra em cima.

Bridget disse com um fiapo de voz:

– Luke... tem sangue... nas suas mãos...

Luke retrucou em tom sombrio:

– Havia sangue nas mãos de mais alguém! Sabe o que eu estava pensando hoje à tarde? Que, se houvesse mais um crime, nós saberíamos com certeza. E agora *sabemos*! *Ellsworthy*! Ele saiu nesta noite e voltou com sangue nas mãos, dançando e saltitando, como um louco, embriagado com a expressão de um maníaco homicida...

Olhando para baixo, Bridget estremeceu e falou em voz baixa:

– Pobre Rivers...

Luke retrucou compassivamente:

– Sim, pobre sujeito. É um azar tremendo. Mas esse vai ser o último, Bridget! Agora que sabemos, vamos pegá-lo!

Ele a viu oscilar e, com dois passos, apanhou-a nos braços.

Bridget disse com uma vozinha infantil:

– Luke, estou com medo...

Ele falou:

– Está tudo acabado, querida. Está tudo acabado...

Ela murmurou:

– Seja bom comigo, por favor. Já me magoaram tanto...

Ele disse:

– Nós nos magoamos mutuamente. Não faremos mais isso.

Capítulo 17

Lord Whitfield fala

O dr. Thomas fitou Luke do outro lado da escrivaninha, em seu consultório.

– Incrível – ele disse. – Incrível! Está falando *sério*, sr. Fitzwilliam?

– Absolutamente. Estou convencido de que Ellsworthy é um maníaco perigoso.

– Nunca dei atenção especial ao sujeito. Eu diria, no entanto, que ele é possivelmente um tipo anormal.

– Eu iria bem mais longe do que isso – Luke retrucou em tom sombrio.

– O senhor acredita que esse homem, Rivers, foi assassinado?

– Acredito. O senhor notou os grãos de areia no ferimento?

O dr. Thomas confirmou com a cabeça.

– Eu os procurei depois do seu depoimento. Sou obrigado a dizer que o senhor tinha razão.

– Isso deixa claro que o acidente foi forjado e que o homem foi morto ao ser golpeado com um saco de areia, não é mesmo? Ou, pelo menos, que foi deixado inconsciente dessa maneira.

– Não necessariamente.

– Como assim?

O dr. Thomas recostou-se na cadeira e uniu as pontas dos dedos.

– Vamos supor que esse homem, Rivers, tenha deitado num areal durante o dia. Existem diversos areais nesta região. Isso poderia explicar os grãos de areia no cabelo.

– Meu caro, estou lhe dizendo que ele foi assassinado!

– O senhor pode me dizer que ele foi – falou com secura o dr. Thomas –, mas isso não quer dizer que ele tenha sido.

Luke controlou sua exasperação.

– Suponho que o senhor não acredite numa única palavra do que estou lhe dizendo.

O dr. Thomas sorriu, um sorriso superior e benevolente.

– O senhor tem de admitir, sr. Fitzwilliam, que é uma história um tanto mirabolante. O senhor afirma que esse tal Ellsworthy matou uma empregada, um menino, um taberneiro bêbado, meu próprio sócio e por fim esse tal Rivers.

– O senhor não acredita?

O dr. Thomas encolheu os ombros.

– Tenho certo conhecimento do caso de Humbleby. Parece-me completamente fora de questão que Ellsworthy pudesse ter causado sua morte e vejo de fato que o senhor não tem nenhuma evidência que comprove que ele tenha feito isso.

– Não sei como ele conseguiu – Luke confessou –, mas tudo é condizente com a história da srta. Pinkerton.

– Mais uma vez, o senhor afirma que Ellsworthy a seguiu até Londres e atropelou-a com um carro. Outra vez, o senhor não tem prova alguma de que isso tenha ocorrido! É tudo... ora... fantasioso!

Luke retrucou com rispidez:

– Agora que me situei, será tarefa minha obter as provas. Vou a Londres amanhã para falar com um velho camarada meu. Vi no jornal, dois dias atrás, que ele foi promovido a comissário assistente da polícia. Ele me conhece, vai ouvir o que eu tenho a dizer. De uma coisa eu tenho certeza: ele vai investigar minuciosamente o caso.

O dr. Thomas afagou o queixo, pensativo.

– Bem, sem dúvida isso será bastante satisfatório. Se o senhor descobrir que estava errado...

Luke interrompeu-o:

– O senhor definitivamente não acredita numa única palavra?

– Em assassinatos em série? – o dr. Thomas ergueu as sobrancelhas. – Falando com a maior franqueza, sr. Fitzwilliam, não acredito. A história é fantástica demais.

– Fantástica, talvez. Mas faz sentido. O senhor precisa admitir que faz sentido. Uma vez que aceite a história da srta. Pinkerton como verdadeira.

O dr. Thomas estava sacudindo a cabeça. Um leve sorriso apareceu em seus lábios.

– Se o senhor conhecesse algumas dessas velhas donzelas tão bem quanto eu – ele murmurou.

Luke levantou-se, tentando controlar seu aborrecimento.

– De todo modo, o senhor tem um nome adequado – ele disse. – Um Thomas incrédulo, como se fosse o primeiro!

Thomas retrucou, bem-humorado:

– Apresente-me algumas provas, meu caro amigo. É tudo o que peço. Não apenas uma longa ladainha melodramática baseada em algo que uma velha senhora imaginou ter visto.

– Às vezes, aquilo que as velhas senhoras imaginam ter visto é verdadeiro. Minha tia Mildred certamente tinha intuição sobrenatural! O senhor tem tias, dr. Thomas?

– Bem... hã... não.

– Um erro! – Luke exclamou. – Todo homem deveria ter tias. Elas ilustram o triunfo da intuição sobre a lógica. É reservado às tias *saber* que o sr. A é um trapaceiro porque se parece com um mordomo desonesto que tiveram certa vez. Outras pessoas afirmam, com suficiente sensatez, que um homem respeitável como o sr. A não poderia ser um vigarista. As velhas senhoras sempre têm razão.

O dr. Thomas sorriu de forma superior mais uma vez.

Luke disse, com a exasperação subindo de novo às alturas:

– O senhor compreende que sou policial, certo? Não sou um completo amador.

O dr. Thomas sorriu e murmurou:

– Em Mayang Straits!

– Crime é crime até mesmo em Mayang Straits!

– Claro... claro.

Luke deixou o consultório do dr. Thomas num estado de irritação reprimida.

Encontrou Bridget, que perguntou:

– Pois bem, como você se saiu?

– Ele não acreditou em mim – Luke respondeu. – O que, pensando bem, não é nada surpreendente. É uma história mirabolante sem nenhuma prova. O dr. Thomas, com toda ênfase, *não* é o tipo de homem que acredita em seis coisas impossíveis antes do café da manhã!

– Será que alguém vai acreditar em você?

– Provavelmente não, mas, quando eu conseguir falar com o velho Billy Bones amanhã, as engrenagens vão começar a funcionar. Eles vão averiguar o nosso amigo de cabelo comprido, Ellsworthy, e fatalmente encontrarão alguma coisa.

Bridget perguntou pensativamente:

– Estamos agindo às claras demais, não estamos?

– Precisamos agir assim. Não podemos, simplesmente não podemos permitir qualquer outro assassinato.

Bridget estremeceu.

– Pelo amor de Deus, tenha cuidado, Luke.

– Eu estou sendo cuidadoso ao máximo. Não passe perto de portões encimados por abacaxis, evite a mata solitária quando cai a noite, fique de olho na comida e na bebida. Sei todas as tramoias.

– Tenho uma sensação horrível ao pensar que você é um homem marcado.

– Contanto que você não seja uma mulher marcada, meu bem.

– Talvez eu seja.

– Acho que não, mas não pretendo correr riscos! Estou tomando conta de você como um antiquado anjo da guarda.

– Adiantaria dizer algo à policia daqui?

Luke ponderou.

– Não, acho que não. Melhor ir direto à Scotland Yard.

Bridget murmurou:

– Foi o que a srta. Pinkerton pensou.

– Sim, mas *eu* vou estar de olho nos perigos.

Bridget disse:

– Já sei o que vou fazer amanhã. Vou arrastar Gordon à loja daquele animal e fazê-lo comprar coisas.

– E assim garantir que o nosso sr. Ellsworthy não prepare uma emboscada nos degraus de Whitehall?

– A ideia é essa.

Com ligeiro embaraço, Luke disse:

– Quanto a Whitfield...

Bridget falou rapidamente:

– Vamos deixar para quando você voltar amanhã. Aí passaremos tudo a limpo.

– Ele vai ficar enfurecido, você não acha?

– Bem... – Bridget considerou a questão. – Ele vai ficar aborrecido.

– Aborrecido? Céus! Você não está suavizando um pouco?

– Não. Porque, veja bem, Gordon não *gosta* se se sentir aborrecido. Ela fica perturbado!

Luke falou com seriedade:

– Eu me sinto um tanto desconfortável em relação a tudo isso.

Essa sensação predominava em sua mente quando ele se preparou, naquela noite, para ouvir pela vigésima vez Lord Whitfield discorrendo sobre o tema Lord Whitfield. Ele admitia: era um truque baixo ficar como hóspede na casa de um homem e lhe roubar a noiva. Ainda sentia, no entanto, que um pateta barrigudo, pomposo e cheio de pavoneios como Lord Whitfield nunca deveria ter sequer almejado ficar com Bridget!

Mas sua consciência o castigava tanto que ele ouviu tudo com uma dose extra de atenção e, por consequência, deixou em seu hospedeiro a mais favorável das impressões.

Lord Whitfield estava no auge do bom humor naquela noite. A morte de seu antigo chofer parecia tê-lo deixado antes eufórico do que deprimido.

– Eu lhe disse que aquele sujeito acabaria mal – ele se vangloriou, erguendo sob a luz um cálice de porto e o analisando com olhos semicerrados. – Eu não lhe disse isso ontem à noite?

– Disse mesmo, senhor.

– E, perceba, eu tinha razão! É incrível a frequência com que eu tenho razão!

– Isso deve ser esplêndido para o senhor – disse Luke.

– Tive uma vida maravilhosa... sim, uma vida maravilhosa! Meu caminho se abria, desimpedido e suave, à minha frente. Sempre tive grande fé e confiança na providência. Esse é o segredo, Fitzwilliam... esse é o segredo.

– É?

– Sou um homem religioso. Acredito no bem e no mal e na justiça eterna. Existe a justiça divina, Fitzwilliam, não tenho a menor dúvida!

– Eu também acredito na justiça – falou Luke.

Lord Whitfield, como de costume, não se mostrou interessado nas crenças das outras pessoas.

– Faça o bem por seu Criador, e o seu Criador fará o bem por você! Sempre fui um homem correto. Fiz doações para caridade e ganhei meu dinheiro de maneira honesta. Não devo gratidão a homem algum! Não dependo de ninguém. O senhor se lembra de como, na Bíblia, os patriarcas tornavam-se prósperos, ganhavam manadas e rebanhos, e seus inimigos eram destruídos?

Luke disfarçou um bocejo e disse:

– Sem dúvida... sem dúvida.

– É impressionante... absolutamente impressionante... – falou Lord Whitfield. – O modo como são aniquilados os inimigos de um homem justo! Veja o caso de ontem. Aquele sujeito me insulta, chega inclusive ao ponto de tentar erguer a mão contra mim. E o que acontece? Onde está ele hoje?

Ele fez uma pausa retórica e então respondeu a si mesmo com uma voz imponente:

– Morto! Aniquilado pela ira divina!

Arregalando um pouco os olhos, Luke comentou:

– Uma punição um tanto excessiva, talvez, para algumas palavras apressadas proferidas depois de um copo a mais.

Lord Whitfield sacudiu a cabeça.

– É sempre assim! A retaliação é rápida e terrível. E há um bom e autêntico histórico disso. Lembre-se das crianças que zombaram de Eliseu, de como os ursos apareceram e as devoraram. É assim que as coisas acontecem, Fitzwilliam.

– Eu sempre achei que essa vingança era um tanto desnecessária.

– Não, não. O senhor está vendo a história da maneira errada. Eliseu era um grande homem, um santo homem. Não se podia permitir que qualquer pessoa continuasse viva depois de zombar dele! Entendo isso por causa do meu próprio caso!

Luke encarou-o, intrigado.

Lord Whitfield baixou a voz.

– Eu mal acreditava no início. *Mas acontecia todas as vezes!* Meus inimigos e detratores eram abatidos e exterminados.

– Exterminados?

Lord Whitfield confirmou com um gesto suave e sorveu seu porto.

– Vez após vez. Um caso bem parecido com o de Eliseu... um menininho. Topei com ele nos jardins, era empregado meu na ocasião. O senhor sabe o que ele estava fazendo? Estava fazendo uma imitação de mim... de *mim*! *Zombando* de mim! Pavoneando-se para cima e para baixo diante de uma plateia. Gozando da minha cara na minha própria casa! *Sabe o que aconteceu a ele?* Nem dez dias depois, caiu de uma janela alta e morreu! Depois foi Carter, aquele baderneiro, um bêbado e um homem de língua maligna. Veio até aqui e me insultou. O que aconteceu com ele? Uma semana depois, estava morto... afogado na lama. Houve uma empregada também. Levantou a voz e me chamou disso e daquilo. Sua punição logo veio. Bebeu veneno por engano! Eu poderia lhe contar um monte de outros casos. Humbleby ousou se opor a mim no plano de abastecimento de água. *Ele* morreu de infecção generalizada. Ah, isso vem acontecendo faz anos... A sra. Horton, por exemplo, foi abominavelmente rude comigo e não passou muito tempo até que *ela* faleceu.

Lord Whitfield fez uma pausa e, inclinando-se à frente, entregou o decantador de porto para Luke.

– Sim – ele disse –, todos morreram. Espantoso, não?

Luke encarou-o. Uma suspeita monstruosa, incrível, invadira sua mente! Com novos olhos ele encarou o homenzinho gordo sentado à cabeceira da mesa que assentia suavemente com a cabeça – cujos olhos claros e protuberantes fixavam-se nos de Luke com sorridente descaso.

Um lampejo de lembranças desconexas inundou rapidamente o pensamento de Luke. O major Horton dizendo: "Lord Whitfield foi muito bondoso. Mandou uvas e pêssegos de sua estufa". Tinha sido Lord Whitfield quem tão misericordiosamente permitira que Tommy Pierce fosse empregado na limpeza das janelas da biblioteca. Lord Whitfield discursando sobre sua visita ao Instituto Wellerman Kreutz com seus soros e culturas de germes bem pouco tempo antes da morte do dr. Humbleby. Tudo apontando nitidamente numa única direção, e ele, tolo que havia sido, sequer suspeitara...

Lord Whitfield ainda sorria. Um sorriso calmo e feliz. Ele assentiu suavemente com a cabeça para Luke.

– *Todos morrem* – disse Lord Whitfield.

Capítulo 18

Conferência em Londres

Sir William Ossington, conhecido pelos parceiros dos velhos tempos como Billy Bones, fitava seu amigo com incredulidade.

– Você não teve crimes suficientes em Mayang? – ele perguntou em tom de queixa. – Será que precisa voltar para casa e fazer o nosso trabalho?

– Os crimes em Mayang não se davam em série – Luke respondeu. – O que eu estou enfrentando agora é um homem que cometeu no mínimo meia dúzia de assassinos, um atrás do outro, e se safou sem a menor sombra de suspeita!

Sir William suspirou.

– Isso acontece. Qual é a especialidade dele? Esposas?

– Não, ele não é desse tipo. Na verdade, ele ainda não se acha Deus, mas logo vai se achar.

– Louco?

– Ah, inquestionavelmente, eu diria.

– Mas é provável que ele não seja completamente louco. Há uma diferença, sabe...

– Eu diria que ele tem noção da natureza e das consequências de seus atos – afirmou Luke.

– Exato – disse Billy Bones.

– Bem, não percamos tempo com minúcias técnicas legais. Não chegamos nem perto desse estágio ainda. Talvez nunca cheguemos. O que eu quero de você, meu velho, são alguns fatos. Houve um acidente de rua ocorrido no dia do derby, entre cinco e seis da tarde.

Uma senhora foi atropelada em Whitehall e o carro não parou. Seu nome era Lavinia Pinkerton. Quero que você desencave todos os fatos que puder sobre o caso.

Sir William suspirou.

– Logo consigo isso para você. Vinte minutos devem bastar.

Ele cumpriu com a palavra. Passado menos tempo do que isso, Luke já estava falando com o policial encarregado do assunto.

– Sim, senhor, eu me lembro dos detalhes. Tenho quase tudo anotado aqui – ele indicou a folha que Luke examinava. – Foi aberto um inquérito... O sr. Satcherverell foi o investigador. Culpa do motorista do carro.

– Conseguiram pegá-lo?

– Não, senhor.

– Qual era a marca do carro?

– É quase certo que foi um Rolls... um carro grande dirigido por um chofer. Todas as testemunhas foram unânimes nesse ponto. A maioria das pessoas reconhece de longe um Rolls.

– Não anotaram a placa?

– Não, infelizmente ninguém pensou em conferi-la. Alguém anotou FZX 4498, mas era um número errado, uma mulher a viu e mencionou isso para outra mulher, que o passou para mim. Não sei se a segunda o anotou errado, mas, de todo modo, não nos serviu de nada.

Luke perguntou de forma brusca:

– Como vocês souberam que o número estava errado?

O jovem oficial sorriu.

– FZX 4498 é o número do carro de Lord Whitfield. O carro estava estacionado diante de Boomington House no horário em questão, e o chofer estava tomando chá. Ele tinha um álibi perfeito, fora de cogitação que estivesse envolvido... e o carro não se afastou do prédio até 6h30, quando Lord Whitfield saiu.

– Entendo – disse Luke.

– É sempre assim, senhor – suspirou o homem. – Metade das testemunhas desaparece antes que um policial consiga chegar lá para registrar os pormenores.

Sir William concordou com a cabeça.

– Nós concluímos que provavelmente fosse um número parecido com FZX 4498, um número que começasse com dois quatros. Fizemos tudo ao nosso alcance, mas não conseguimos rastrear carro algum. Investigamos diversos números possíveis, mas todos nos deram relatos satisfatórios de suas atividades.

Sir William olhou para Luke interrogativamente.

Luke sacudiu a cabeça. Sir William falou:

– Obrigado, Bonner, é o bastante.

Quando o homem já tinha saído, Billy Bones olhou para o seu amigo com um semblante questionador.

– Que história é essa, Fitz?

Luke suspirou.

– Tudo fecha. Lavinia Pinkerton estava vindo para cá com o propósito de revelar tudo a respeito do assassino perverso para os entendidos da Scotland Yard. Não sei se vocês teriam lhe dado atenção, provavelmente não...

– Talvez déssemos – retrucou sir William. – Certas coisas de fato chegam a nós assim. Só boataria e fofoca, mas não negligenciamos esse tipo de informação, eu lhe garanto.

– Foi o que o assassino pensou. Ele não se arriscaria. Eliminou Lavinia Pinkerton e, embora uma mulher tenha sido suficientemente esperta ao anotar seu número, ninguém acreditou nela.

Billy Bones endireitou o corpo na cadeira.

– Você não está querendo dizer...

– Sim, estou. Aposto tudo o que você quiser que foi Lord Whitfield quem atropelou a velhinha. Não sei como conseguiu. O chofer estava fora de vista tomando chá. De algum jeito, eu suponho, ele saiu de fininho, vestindo casaco e quepe de chofer. Mas ele *fez isso*, Billy!

– Impossível!

– Nem um pouco. Tenho convicção de que Lord Whitfield já cometeu no mínimo sete assassinatos e provavelmente bem mais.

– Impossível! – sir William repetiu.

– Meu caro companheiro, ele praticamente se vangloriou disso diante de mim ontem à noite!

– Ele é louco, então?

– Ele é louco, sem dúvida, mas é ardiloso como um diabo. Você precisa agir com cautela. Não o deixe perceber que suspeitamos dele.

Billy Bones murmurou:

– Incrível...

Luke exclamou:

– Mas verdadciro!

Ele pousou a mão no ombro do amigo.

– Ouça, Billy, meu velho, precisamos nos lançar ao trabalho. Os fatos são os seguintes.

Os dois tiveram uma conversa longa e séria.

No dia seguinte, Luke retornou para Wychwood – seguiu de carro no início da manhã. Poderia ter retornado na noite anterior, mas, naquelas circunstâncias, sentia um acentuado desgosto por dormir sob o teto de Lord Whitfield ou aceitar sua hospitalidade.

Enquanto atravessava Wychwood, parou o carro diante da casa da srta. Waynflete. A criada que abriu a porta o encarou com espanto, mas o conduziu à pequena sala de jantar onde a srta. Waynflete tomava seu café da manhã.

Ela se levantou para recebê-lo com certa surpresa.

Luke não perdeu tempo.

– Queira me desculpar por aparecer a esta hora.

Ele olhou em volta. A criada saíra da sala, fechando a porta.

– Vou lhe fazer uma pergunta, srta. Waynflete. É uma pergunta bastante pessoal, mas creio que a senhorita vai me perdoar por fazê-la.

– Por favor, pergunte-me tudo o que quiser. Tenho plena certeza de que o senhor faz isso com uma boa razão.

– Obrigado.

Ele fez uma pausa.

– Quero saber exatamente por que motivo a senhorita rompeu o noivado com Lord Whitfield na sua juventude.

Ela não esperava por isso. Suas faces ficaram coradas, uma das mãos foi levada ao peito.

– Ele lhe contou alguma coisa?

Luke respondeu:

– Ele me contou que aconteceu algo com um pássaro... um pássaro cujo pescoço foi torcido...

– Ele disse isso? – a srta. Waynflete retrucou com uma voz perplexa. – *Admitiu* isso? É extraordinário!

– A senhorita poderia me contar?

– Sim, posso lhe contar. Mas peço que nunca fale disso com Gordon. Isso tudo é passado... está morto e enterrado... não quero que seja... remexido.

Ela exibia um olhar de súplica.

Luke assentiu.

– Só quero ficar inteirado – ele disse. – Não transmitirei a ninguém o que a senhorita me contar.

– Obrigada.

Ela havia retomado a compostura. Sua voz mostrava-se bastante firme quando prosseguiu:

– Foi assim: eu tinha um canarinho e gostava muito dele, talvez fosse um tanto tola em função disso... as mocinhas eram naquele tempo. Eram bastante afetadas em relação aos bichinhos de estimação. Devia ser irritante para um homem, tenho plena noção disso.

– Sim – Luke falou enquanto ela fazia uma pausa.

– Gordon tinha ciúmes do pássaro. Certo dia, disse muito irritado: "Acho que você prefere esse pássaro a mim". E eu, tola como eram as mocinhas naquele tempo, segurei o canário no dedo dizendo algo do tipo: "É claro que eu amo você, meu passarinho, mais do que o menino bobão! É claro que amo!". E então... ah, foi assustador... Gordon arrancou o pássaro da minha mão e lhe *torceu o pescoço*. Foi um choque tão grande. Nunca esquecerei!

Seu rosto estava muito pálido.

– E assim a senhorita desfez o noivado? – Luke perguntou.

– Sim. Eu não conseguia sentir o mesmo depois daquilo. Veja bem, sr. Fitzwilliam... – ela hesitou. – Não foi só o ato em si, aquilo *poderia* ter sido feito num ataque de ciúme... Foi a sensação horrível que tive de que ele *sentira prazer fazendo aquilo*. Foi *isso* que me assustou.

– Já no passado distante – Luke murmurou. – Já naquele tempo...

Ela pousou a mão em seu braço.

– Sr. Fitzwilliam...

Luke enfrentou o apelo assustado de seus olhos com uma expressão séria e firme.

– Foi Lord Whitfield quem cometeu todos os assassinatos! – ele exclamou. – *A senhorita* sabia disso o tempo todo, não sabia?

Ela sacudiu a cabeça vigorosamente.

– Eu não *sabia*! Se eu *soubesse*, aí... aí, é claro, eu teria falado... Não, era só um *temor*.

– E a senhorita não quis me fazer uma insinuação?

Ela bateu as palmas das mãos, subitamente angustiada.

– Como poderia? Como poderia? Gostei dele no passado...

– Sim – Luke falou com delicadeza. – Eu entendo.

Ela se virou e remexeu em sua bolsa; um pequeno lenço com bordas de renda foi apertado em seus olhos por um momento. Então se voltou de novo para Luke com dignidade, compostura e olhos secos.

– Fico tão contente – ela disse – que Bridget tenha rompido seu noivado. Ela vai se casar agora com o senhor, não vai?

– Sim.

– Muito mais adequado – disse a srta. Waynflete, um tanto empertigada.

Luke não conseguiu evitar um ligeiro sorriso.

Mas o semblante da srta. Waynflete tornou-se sério e ansioso. Ela inclinou-se à frente e mais uma vez pousou a mão no braço de Luke.

– Mas tenha muito cuidado – ela disse. – Vocês dois precisam ter muito cuidado.

– A senhorita quer dizer... com Lord Whitfield?

– Sim. Seria melhor não lhe contar.

Luke franziu o cenho.

– Acho que nenhum de nós dois gostaria dessa ideia.

– Ah! Que importância isso tem? O senhor parece não compreender que ele é *louco... louco*. Não vai tolerar isso nem por um instante! Se acontecer alguma coisa com ela...

– Não vai acontecer nada com ela!

– Sim, eu sei... mas compreenda, por favor, que o senhor não é páreo para ele! Ele é terrivelmente ardiloso! Leve-a para longe o quanto antes, é a única esperança.

Faça com que ela suma daqui! Seria melhor que vocês dois sumissem daqui!

Luke disse devagar:

– Seria bom que ela fosse. Eu ficarei.

– Eu receava que o senhor fosse dizer isso. Mas, de qualquer forma, *tire Bridget daqui.* Tem de ser *o quanto antes*!

– Eu acho que a senhorita tem razão.

– Eu sei que tenho razão! Tire Bridget daqui... *antes que seja tarde demais.*

Capítulo 19

Noivado rompido

Bridget escutou o carro de Luke se aproximar. Ela saiu para encontrá-lo nos degraus. Falou sem preâmbulos:

– Eu contei para ele.

– O quê?

Luke estava desconcertado. Sua consternação foi tão evidente que Bridget percebeu.

– Luke... o que foi? Você parece bastante transtornado.

Ele disse devagar:

– Eu pensei que nós tínhamos combinado esperar até que eu voltasse.

– Eu sei, mas achei que era melhor resolver de uma vez. Ele estava fazendo planos... para o nosso casamento... nossa lua de mel... tudo isso! Eu simplesmente *precisava* lhe contar!

Ela acrescentou – com um toque de reprovação na voz:

– Era a única coisa decente a fazer.

Ele reconheceu que era.

– Do seu ponto de vista, sim. Ah, sim, isso eu entendo.

– Sob qualquer ponto de vista, eu diria!

Luke disse devagar:

– Há ocasiões em que uma pessoa não pode se permitir o luxo da... decência!

– Luke, o que você está *querendo* dizer?

Ele fez um gesto impaciente.

– Não posso lhe contar aqui e agora. Como foi que Whitfield reagiu?

Bridget respondeu devagar:

– Extraordinariamente bem. Extraordinariamente bem, na verdade. Eu me senti envergonhada. Acho, Luke, que subestimei Gordon só porque ele é um tanto pomposo e fútil. Na verdade, ele é um tanto... bem... um grande homenzinho!

Luke concordou com a cabeça.

– Sim, é possível que ele seja um grande homem de um jeito que não tínhamos imaginado. Ouça, Bridget, você precisa sair daqui o mais depressa possível.

– Naturalmente, vou fazer as minhas malas e partir hoje. Você poderia me levar de carro à cidade. Suponho que poderíamos ficar no Bells and Motley... isto é, se a trupe de Ellsworthy já tiver ido embora...

Luke balançou a cabeça.

– Não, seria melhor você voltar para Londres. Depois eu explico. Nesse meio-tempo, é melhor eu falar com Whitfield.

– Acho que é a coisa certa de se fazer. É tudo um tanto monstruoso, não? Eu me sinto uma interesseira repulsiva.

Luke sorriu para ela.

– Era uma transação bastante justa. Você teria jogado limpo com ele. De qualquer forma, não adianta lamentar por algo que está morto e enterrado! Vou entrar e falar com Whitfield agora.

Ele encontrou Lord Whitfield andando de um lado para outro na sala de visitas. O homem aparentemente estava calmo, havia inclusive um leve sorriso em seus lábios. Mas Luke notou que uma veia em sua têmpora latejava furiosamente.

Ele girou o corpo quando Luke entrou.

– Ah, eis que aparece Fitzwilliam!

Luke disse:

– Não adianta eu dizer que sinto muito por fazer o que fiz, seria hipocrisia demais! Admito que, do seu ponto de vista, me comportei mal, e bem pouca coisa tenho a dizer em minha defesa. Essas coisas acontecem.

Lord Whitfield retomou seus passos.

– De fato... de fato! – e fez um aceno com a mão.

Luke prosseguiu:

– Bridget e eu o tratamos vergonhosamente. Mas é isso! Nós gostamos um do outro e não há nada que se possa fazer a não ser lhe contar a verdade, esclarecer tudo.

Lord Whitfield parou. Olhou para Luke com seus olhos claros e protuberantes.

– Não – ele disse –, não há nada que vocês possam fazer a respeito!

Havia um tom curioso em sua voz. Ele ficou olhando para Luke, sacudindo suavemente a cabeça, como quem se compadece de alguém.

Luke perguntou com rispidez:

– Como assim?

– Não há nada que vocês possam fazer! – exclamou Lord Whitfield. – É tarde demais!

Luke deu um passo na direção dele.

– Explique o que o senhor está querendo dizer.

Lord Whitfield falou de modo inesperado:

– Pergunte a Honoria Waynflete. *Ela* vai entender. *Ela* sabe o que acontece. Falou sobre isso certa vez!

– O que ela entende?

Lord Whitfield respondeu:

– *O mal não fica sem castigo*. É preciso haver justiça. Lamento muito, porque gosto de Bridget. De certo modo, lamento muito por vocês dois.

Luke perguntou:

– O senhor está nos ameaçando?

Lord Whitfield pareceu ficar genuinamente chocado.

– Não, não, meu caro. *Eu* não tenho nenhum envolvimento emocional nisso! Quando dei a Bridget a honra de escolhê-la como minha esposa, ela aceitou certas responsabilidades. Agora, Bridget as repudia... *mas não se pode voltar atrás nessa vida.* Infringindo a lei, você tem de cumprir a penalidade...

Luke cerrou os punhos. Falou:

– O senhor quer dizer que algo vai acontecer a Bridget? Entenda uma coisa, Whitfield, *nada vai acontecer a Bridget...* nem a mim! Se tentar qualquer coisa desse tipo, é o seu fim. É melhor ter cuidado! Sei um bocado sobre o senhor!

– Não tem nada que ver comigo – retrucou Lord Whitfield. – Sou somente o instrumento de um Poder mais elevado. O que esse Poder decreta acontece!

– Vejo que o senhor acredita nisso – disse Luke.

– Porque é verdade! Qualquer pessoa que se posiciona contra mim recebe a penalidade. O senhor e Bridget não serão exceção.

Luke disse:

– É aí que o senhor se engana. Por mais longa que possa ser a fase de sorte, no fim ela falha. A sua está bem perto de falhar agora.

Lord Whitfield retrucou com delicadeza:

– Meu caro jovem, o senhor não sabe com quem está falando. Nada pode me atingir!

– Não pode? Veremos! É melhor cuidar onde pisa, Whitfield.

Uma onda de estremecimento percorreu o outro. Sua voz havia mudado quando falou.

– Fui muito paciente – afirmou Lord Whitfield. – Não abuse demais da minha paciência. Saia daqui.

– Vou sair – disse Luke. – Tão logo eu puder. Lembre-se: eu avisei.

Ele girou sobre os calcanhares e saiu rapidamente da sala. Correu escada acima. Encontrou Bridget em seu quarto, supervisionando a organização de suas roupas nas malas por uma criada.

– Vai ficar pronta logo?

– Em dez minutos.

Os olhos de Bridget faziam uma pergunta cuja formulação em palavras era impedida pela presença da criada.

Luke assentiu com um rápido movimento da cabeça.

Ele foi para seu quarto e enfiou suas coisas apressadamente na mala.

Voltou dez minutos mais tarde, encontrando Bridget pronta para partir.

– Podemos ir agora?

– Estou pronta.

Enquanto desciam a escada, cruzaram com o mordomo, que subia.

– A srta. Waynflete deseja falar com a senhorita.

– A srta. Waynflete? Onde ela está?

– Na sala de visitas, com Lord Whitfield.

Bridget dirigiu-se diretamente à sala de visitas, com Luke logo atrás de si.

Lord Whitfield estava de pé junto à janela, conversando com a srta. Waynflete. Tinha uma faca na mão – uma lâmina fina e comprida.

– Acabamento perfeito – ele estava dizendo. – Um dos meus jovens a trouxe de Marrocos, onde foi correspondente especial. É moura, claro, uma faca Riff.

Correu amorosamente um dedo pela lâmina.

– Como é afiada!

A srta. Waynflete falou com rispidez:

– Largue isso, Gordon, pelo amor de Deus!

Ele sorriu e a colocou sobre uma mesa, entre uma coleção de outras armas.

A srta. Waynflete perdera um pouco sua costumeira compostura. Parecia pálida e nervosa.

– Ah, eis você, Bridget, minha querida – ela disse.

Lord Whitfield soltou uma risadinha.

– Sim, eis Bridget. Aproveite o máximo a sua companhia, Honoria. Ela não vai ficar muito tempo conosco.

A srta. Waynflete perguntou rispidamente:

– O que você quer dizer?

– O que quero dizer? Quero dizer que ela está indo para Londres. Estou certo, não? Foi só o que quis dizer.

Ele olhou para todos em volta.

– Tenho uma novidade para você, Honoria – disse. – Bridget não vai se casar comigo, afinal de contas. Ela prefere o nosso Fitzwilliam aqui. Que coisa esquisita, a vida. Bem, vou deixá-los conversar à vontade.

Lord Whitfield saiu da sala, suas mãos tilintando moedas nos bolsos.

– Ah, minha nossa! – exclamou a srta. Waynflete. – Minha nossa...

A profunda angústia em sua voz era tão perceptível que Bridget ficou ligeiramente surpresa. Ela falou com desconforto:

– Eu sinto muito. Sinto muitíssimo, de verdade.

A srta. Waynflete disse:

– Ele está zangado, terrivelmente zangado... minha nossa, isso é terrível. O que nós vamos fazer?

Bridget encarou-a.

– Fazer? Como assim?

A srta. Waynflete retrucou, incluindo os dois em seu olhar de reprovação.

– Vocês não deviam ter lhe contado!

Bridget falou:

– Bobagem. O que mais poderíamos fazer?

– Vocês não deviam ter lhe contado *agora*. Deviam esperar até que tivessem ido embora de vez.

Bridget retrucou de modo brusco:

– Isso é uma questão de opinião. Acho que é melhor resolver os assuntos desagradáveis o mais depressa possível.

– Ah, minha querida, se a questão fosse apenas essa...

Ela se interrompeu. Então seus olhos fizeram uma pergunta para Luke.

Luke sacudiu a cabeça. Seus lábios formaram as palavras "Ainda não".

A srta. Waynflete murmurou:

– Entendo.

Com ligeira exasperação, Bridget disse:

– Queria conversar sobre algo em particular, srta. Waynflete?

– Bem... sim. Para falar a verdade, vim sugerir a você que fosse me fazer uma pequena visita. Eu pensei que... hã... que você poderia considerar desconfortável permanecer aqui e que talvez precisasse de uns dias para... hã... bem, amadurecer os seus planos.

– Obrigada, srta. Waynflete, é muita gentileza de sua parte.

– Veja bem, você estaria totalmente segura comigo e...

– *Segura?*

A srta. Waynflete, um pouco aturdida, retrucou às pressas:

– Confortável... foi o que eu quis dizer... totalmente *confortável* comigo. Quero dizer, não é nem de longe tão *luxuoso* como aqui, naturalmente, mas a água quente *é* quente, e a minha criada, Emily, cozinha muito bem.

– Ah, tenho certeza de que seria adorável, srta. Waynflete – Bridget falou mecanicamente.

– Mas, é claro, se você está indo à cidade, isso será *muito* melhor...

Bridget disse devagar:

– É um pouco complicado. Minha tia saiu hoje cedo para uma exposição de flores. Ainda não tive oportunidade de lhe contar o que aconteceu. Deixarei um bilhete contando que fui para o apartamento.

– Você vai ficar no apartamento da sua tia em Londres?

– Sim. Não há ninguém lá. Mas posso fazer as refeições fora.

– Vai ficar sozinha naquele apartamento? Ah, minha nossa, eu não faria isso. Não ficaria lá *sozinha.*

– Ninguém me fará mal – Bridget retrucou impaciente. – Além disso, minha tia estará lá amanhã.

A srta. Waynflete sacudiu a cabeça com uma expressão preocupada.

Luke disse:

– É melhor ir para um hotel.

Bridget virou-se na direção dele.

– Por quê? Qual é o problema com vocês? Por que estão me tratando como se eu fosse uma criança?

– Não, não, minha querida – protestou a srta. Waynflete. – Nós só queremos que você tenha *cuidado*... só isso!

– Mas por quê? Por quê? O que *significa* isso tudo?

– Ouça, Bridget – disse Luke. – Quero ter uma conversa com você. Mas não posso falar aqui. Venha comigo no carro, nós vamos para um lugar sossegado.

Ele encarou a srta. Waynflete.

– Podemos ir até a sua casa daqui uma hora? Há diversas coisas que quero lhe falar.

– Por favor, venham. Eu os esperarei lá.

Luke colocou a mão no braço de Bridget. Agradeceu à srta. Waynflete com um gesto de cabeça. Disse:

– Nós pegaremos as malas mais tarde. Vamos.

Ele a conduziu para fora da sala e ao longo do vestíbulo até a porta da frente. Abriu a porta do carro. Bridget entrou. Luke deu a partida no motor e avançou rapidamente pela entrada. Soltou um suspiro de alívio enquanto passavam pelos portões de ferro.

– Graças a Deus eu tirei você de lá em segurança – falou.

– Você ficou completamente louco, Luke? Que história é essa de ficar guardando segredo, de "não posso lhe contar agora"?

Luke retrucou em um tom sombrio:

– Bem, é complicado explicar que um homem é um assassino quando você está sob o teto dele!

Capítulo 20

Estamos nisso – juntos

Bridget ficou imóvel ao lado de Luke por alguns instantes. Ela disse:

– *Gordon?*

Luke confirmou com a cabeça.

– Gordon? *Gordon... um assassino?* Gordon *o* assassino? Nunca ouvi uma coisa tão ridícula em toda a minha vida!

– É assim que lhe parece?

– Sim, sem dúvida. Ora, Gordon não mataria nem mesmo uma mosca.

Luke disse em tom sombrio:

– Isso pode ser verdade. Não sei. Mas ele certamente matou um canário, e tenho plena convicção de que matou também várias pessoas.

– Meu querido Luke, eu simplesmente não consigo acreditar nisso!

– Eu sei – falou Luke. – Parece mesmo inacreditável. Ora, nunca imaginei que ele fosse um possível suspeito até anteontem à noite.

Bridget protestou:

– Mas eu sei tudo sobre Gordon! Sei *como* ele é! Na verdade, é um homenzinho doce, pomposo, sim, mas um tanto patético.

Luke sacudiu a cabeça.

– Você vai ter de rever suas ideias sobre ele, Bridget.

– Não adianta, Luke, eu simplesmente não consigo acreditar! O que foi que meteu essa ideia absurda na sua cabeça? Ora, dois dias atrás você tinha total certeza de que era Ellsworthy...

Luke retraiu-se ligeiramente.

– Eu sei. Eu sei. Você provavelmente acha que amanhã vou suspeitar de Thomas e que no dia seguinte estarei convencido de que é de Horton que estou atrás! Não sou tão desequilibrado assim. Admito que a ideia é completamente chocante num primeiro momento, mas, se você olhar um pouco mais de perto, vai ver que tudo se encaixa notavelmente bem. Não admira que a srta. Pinkerton não ousasse recorrer às autoridades locais. *Ela* sabia que ririam dela! A Scotland Yard era sua única esperança.

– Mas que motivos Gordon poderia ter para essa matança toda? Ah, isso tudo é tão *bobo*!

– Eu sei. Mas você não percebe que Whitfield tem uma opinião muito exagerada sobre si mesmo?

Bridget retrucou:

– Ele faz de conta que é notavelmente maravilhoso e importante. É só um complexo de inferioridade, coitado!

– Talvez isso esteja na raiz do problema. Não sei. Mas pense, Bridget, apenas *pense* por um minuto. Lembre-se de todas as expressões que você mesma usava falando dele, entre risadas: lesa-majestade etc. Você não percebe que o ego do sujeito é inflado na máxima proporção? E isso se une à religião. Minha querida garota, o sujeito é louco de pedra!

Bridget pensou por um minuto. Falou por fim:

– Ainda não consigo acreditar. Que prova você tem, Luke?

– Bem, tenho as próprias palavras dele. Ele me contou clara e distintamente, anteontem à noite, que qualquer pessoa que se opusesse a ele em qualquer sentido *sempre morria*.

– Continue.

– Não vou conseguir explicar direito a você, mas foi o jeito como ele falou. Muito calmo, complacente e... como posso dizer?... bastante *familiarizado* com a ideia! Sentado tranquilamente ali, sorrindo consigo mesmo. Foi sinistro e horrível, Bridget!

– Continue.

– Bem, aí ele tratou de listar pessoas que faleceram porque incorreram em seu soberano desgosto! E ouça isso, Bridget, *as pessoas que ele mencionou foram a sra. Horton, Amy Gibbs, Tommy Pierce, Harry Carter, Humbleby e aquele chofer, o tal Rivers.*

Bridget finalmente se abalou. Ficou muito pálida.

– Ele mencionou precisamente essas pessoas?

– Precisamente essas pessoas! *Agora* você acredita?

– Deus, acho que preciso acreditar. Quais foram os motivos dele?

– Horrivelmente triviais. Foi isso que deixou tudo tão assustador. A sra. Horton o esnobara, Tommy Pierce fizera imitações dele, provocando gargalhadas nos jardineiros, Harry Carter o insultara, Amy Gibbs fora grosseiramente impertinente, Humbleby se atrevera a contrariá-lo publicamente, Rivers o ameaçara diante de mim e da srta. Waynflete...

Bridget cobriu os olhos com as mãos.

– Horrível... Horrível demais... – ela murmurou.

– Eu sei. E há também uma evidência de fora. O carro que atropelou a srta. Pinkerton em Londres era um Rolls, *era a placa do carro de Lord Whitfield.*

– E isso define o caso – Bridget retrucou devagar.

– Sim. A polícia julgou que a mulher que informou o número por certo tinha cometido um engano. Engano, ora essa!

– É compreensível – disse Bridget. – Quando se trata de um homem rico e poderoso como Lord Whitfield, naturalmente a versão dele é a mais digna de crédito!

– Sim. É de se reconhecer a dificuldade da srta. Pinkerton.

Bridget falou pensativamente:

– Uma ou duas vezes ela me disse certas coisas um tanto esquisitas. Como se estivesse me advertindo. Não entendi nem um pouco na ocasião... Agora percebo!

– Tudo se encaixa – disse Luke. – É assim mesmo. A princípio a gente diz (como você disse): "Impossível!". E depois, uma vez que aceitamos a ideia, tudo se encaixa! As uvas que ele enviou à sra. Horton e ela pensou que as enfermeiras estavam tentando envenená-la! E aquela visita que ele fez ao Instituto Wellerman Kreutz, de um jeito ou de outro, Whitfield deve ter obtido alguma cultura de germes e infectado Humbleby.

– Não imagino como ele conseguiu fazer isso.

– Nem eu, *mas a conexão é evidente.* Não se pode negar.

– Não, como você diz, isso se *encaixa.* E, é claro, *ele* poderia fazer coisas que outras pessoas não poderiam! Quero dizer, ele estava acima de qualquer suspeita!

– Acho que a srta. Waynflete suspeitou. Ela mencionou aquela visita ao instituto. Inseriu-a na conversa casualmente, mas tinha certeza, creio, de que eu agiria com essa informação.

– Ela sabia, então, o tempo todo?

– Ela tinha uma forte suspeita. Acho que sentia um impedimento por ter sido apaixonada por ele no passado.

Bridget assentiu.

– Sim, isso explica tudo. Gordon me contou que os dois tinham sido noivos no passado.

– Veja bem, ela queria acreditar que não era ele. Mas foi ficando cada vez mais certa de que *tinha*. Tentou me dar pistas, mas não permitia fazer algo diretamente contra ele! As mulheres são criaturas estranhas! Acho que, de alguma forma, a srta. Waynflete ainda tem carinho por ele...

– Mesmo depois que ele deu o fora nela?

– *Ela* deu o fora *nele*. Foi uma história bastante feia.

Luke recontou o episódio. Bridget encarou-o fixamente.

– Gordon fez *isso*?

– Sim. Já naquele tempo, veja bem, ele não podia ser normal!

Bridget estremeceu e murmurou:

– Desde aquele tempo... por todo esses anos...

Luke disse:

– Ele pode ter se livrado de muitas pessoas que jamais saberemos! Ultimamente foi só a rápida sucessão de mortes que lançou atenção sobre ele! Como se tivesse ficado imprudente com o sucesso!

Bridget concordou com a cabeça. Ficou em silêncio por alguns instantes, pensando. Abruptamente perguntou:

– O que foi exatamente que a srta. Pinkerton disse a você no trem naquele dia? Como ela começou?

Luke ponderou em retrospecto.

– Ela contou que estava indo à Scotland Yard, mencionou o policial do vilarejo, disse que era um bom sujeito, mas incapaz de lidar com assassinato.

– Essa foi a primeira menção da palavra?

– Sim.

– Continue.

– Então ela disse: "*Posso ver que o senhor está surpreso. Eu mesma também fiquei, a princípio. Não conseguia realmente acreditar. Achei que devia estar imaginando coisas.*"

– E depois?

– Eu perguntei se tinha certeza de que não estava imaginando coisas, quero dizer... e a velhinha respondeu muito placidamente: "*Não, não! Eu poderia ter imaginado da primeira vez, mas não da segunda, ou da terceira, ou da quarta. Depois desse ponto, a gente sabe.*"

– Assombroso – Bridget comentou. – Continue.

– Então, é claro, tratei de contentá-la. Falei que tinha certeza de que ela estava fazendo a coisa certa. Fui incrédulo, como um legítimo são Tomé!

– Pois é. É muito fácil ser inteligente depois do acontecimento! Eu teria reagido da mesma maneira, sendo atenciosa e condescendente com a pobre velhinha! Como a conversa prosseguiu?

– Deixe-me ver... Ah, ela mencionou o caso Abercrombie, o envenenador galês, lembra? Disse que não havia realmente acreditado que existisse um olhar... um olhar especial... que ele dirigia para suas vítimas. Mas que agora ela acreditava, porque ela mesma tinha visto esse olhar.

– Quais foram suas palavras exatas?

Luke pensou, enrugando a testa.

– Ela falou com sua vozinha simpática e refinada: "*Eu não acreditei quando li a respeito... mas é verdade!*". E eu perguntei: "O que é verdade?". E ela respondeu: "*O olhar especial que ele lançava.*" E, por Deus, Bridget, o jeito como ela disse aquilo me *abalou*! A voz baixa, a expressão em seu rosto, como alguém que realmente tivesse visto uma coisa quase horrível demais para transmitir em palavras!

– Continue, Luke. Conte-me tudo.

– E então ela enumerou as vítimas, Amy Gibbs, Carter e Tommy Pierce, e disse que Tommy era um menino horrendo e que Carter bebia. Depois falou: "*Mas agora... ontem... foi o dr. Humbleby... e ele é um homem tão bom... um homem realmente bom.*" E disse que, se procurasse Humbleby e lhe contasse, ele não acreditaria nela, apenas daria risada!

Bridget suspirou profundamente.

– Entendo – ela disse. – Entendo.

Luke olhou para ela.

– O que foi, Bridget? No que você está pensando?

– Em algo que a sra. Humbleby disse certa vez. Eu estava pensando... Não, não importa, continue. O que foi que ela lhe disse bem no final?

Luke repetiu as palavras em tom grave. Tais palavras o tinham deixado impressionado, jamais esqueceria.

– Eu havia dito que era difícil a pessoa se safar de vários assassinatos, e ela retrucou: "*Não, não, meu caro rapaz, é aí que você se engana. É muito fácil matar... contanto que ninguém suspeite de você. E, veja bem, a pessoa em questão é justamente a última pessoa de quem qualquer um suspeitaria...*".

Ele ficou em silêncio. Bridget disse com um arrepio:

– Fácil matar? Terrivelmente fácil... essa é a verdade! Não admira que essas palavras tenham ficado gravadas na sua lembrança, Luke. Elas vão ficar gravadas na minha... para sempre! Um homem como Gordon Whitfield... Ah! Claro que é fácil!

– Não é tão fácil provar nesse caso – Luke falou.

– Você acha? Tenho a impressão de que posso ajudar.

– Bridget, eu proíbo você...

– Você não pode. Não podemos simplesmente nos acomodar e optar pelo jogo mais seguro. Estou nisso também, Luke. Pode ser perigoso... sim, admito isso... mas preciso desempenhar o meu papel.

– Bridget...

– Estou *nisso* também, Luke! Vou aceitar o convite da srta. Waynflete e ficar lá.

– Minha querida, eu imploro...

– É perigoso para nós dois. Eu sei disso. Mas estamos nisso, Luke... estamos nisso... juntos!

Capítulo 21

"Por que caminhas de luvas pela grama?"

Depois dos momentos de tensão dentro do carro, o calmo interior da casa da srta. Waynflete era quase um anticlímax.

A srta. Waynflete reagiu com certa dúvida à aceitação de seu convite por parte de Bridget, mas apressando-se a reiterar sua oferta de hospitalidade com a demonstração de que suas dúvidas eram devidas a uma causa que nada tinha a ver com qualquer relutância em receber a jovem.

Luke disse:

– Realmente acredito que é a melhor solução, considerando-se a sua grande gentileza, srta. Waynflete. Eu ficarei no Bells and Motley. Prefiro ter Bridget ao alcance da vista do que em Londres. Afinal de contas, lembre-se do que aconteceu lá...

– O senhor quer dizer... Lavinia Pinkerton?

– Sim. Ouso dizer que qualquer pessoa deveria estar totalmente segura em meio à multidão de uma cidade, não é mesmo?

– O senhor quer dizer – retrucou a srta. Waynflete – que a segurança de uma pessoa depende principalmente do fato de ninguém desejar matá-la?

– Exato. Chegamos ao ponto de depender da boa vontade da civilização.

A srta. Waynflete assentiu com a cabeça pensativamente.

Bridget perguntou:

– Há quanto tempo a senhorita sabia que... que Gordon era o assassino, srta. Waynflete?

A srta. Waynflete suspirou.

– Essa é uma pergunta difícil de responder, minha querida. Acho que tinha certeza há um bom tempo, bem no íntimo... Mas fiz o máximo para não admitir essa crença! Veja bem, eu não *queria* acreditar e, por isso, tentei convencer a mim mesma que se tratava de uma ideia perversa e monstruosa da minha parte.

Luke perguntou sem rodeios:

– A senhorita nunca temeu por si mesma?

A srta. Waynflete ponderou.

– O senhor quer dizer que, se Gordon suspeitasse que eu sabia, teria encontrado meios para se livrar de *mim*?

– Sim.

A srta. Waynflete disse com delicadeza:

– Fui sensível, é claro, a essa possibilidade, mas tentei ser cuidadosa. Não creio que Gordon pudesse me considerar uma ameaça.

– Por quê?

A srta. Waynflete corou de leve.

– Acho que Gordon jamais acreditaria que eu pudesse lhe fazer algo que o colocasse em perigo.

Luke perguntou abruptamente:

– A senhorita chegou ao ponto de preveni-lo, não?

– Sim. Isto é, eu de fato insinuei a ele que era esquisito que toda pessoa que o desagradasse acabasse sofrendo um acidente pouco depois.

Bridget indagou:

– E o que foi que ele disse?

O rosto da srta. Waynflete foi tomado por uma expressão preocupada.

– Ele não teve a reação que eu esperava. Pareceu ficar... realmente, a coisa mais extraordinária!... pareceu ficar *satisfeito*. Ele disse: “Então você notou?”. Ele quase *se pavoneou*, se é que posso usar essa expressão.

– Ele é louco – Luke comentou.

A srta. Waynflete concordou com avidez.

– Sim, de fato, não há outra explicação possível. Ele não é responsável por seus atos.

Ela colocou a mão no braço de Luke.

– Não vão... não vão *enforcá-lo*, vão, sr. Fitzwilliam?

– Não, não. Vão mandá-lo para Broadmoor,* imagino.

A srta. Waynflete suspirou e se recostou.

– Fico tão contente...

Seus olhos pousaram em Bridget, que contemplava o tapete com o cenho franzido.

Luke disse:

– Mas ainda estamos muito longe de tudo isso. Notifiquei as autoridades e posso afirmar o seguinte: eles estão dispostos a levar o caso a sério. Mas vocês precisam compreender que temos pouquíssimas provas para fundamentar os crimes.

– Nós vamos obter as provas – disse Bridget.

A srta. Waynflete olhou para ela. Havia certa característica em sua expressão que lembrava Luke de alguém ou de alguma coisa que ele vira não muito tempo antes. Ele tentou capturar essa lembrança esquiva, mas não conseguiu.

A srta. Waynflete falou em tom de dúvida:

– Você está confiante, minha querida. Bem, talvez tenha razão.

Luke disse:

– Bridget, vou de carro buscar as suas coisas em Manor.

Bridget retrucou de imediato:

– Eu vou também.

– Prefiro que você não vá.

---

* Hospital psiquiátrico de alta segurança. (N.T.)

– Sim, mas eu prefiro ir.

Luke exclamou com irritação:

– Não venha com essa história de defensora para cima de mim, Bridget! Eu me recuso a ser protegido por você.

A srta. Waynflete murmurou:

– Realmente acho, Bridget, que não haverá perigo algum... num carro... e à luz do dia.

Bridget deu uma risada ligeiramente envergonhada.

– Estou sendo um tanto idiota. Essa situação abala os nervos.

Luke perguntou:

– A srta. Waynflete me escoltou no caminho para casa numa noite recente. Ora essa, srta. Waynflete, admita! Foi isso mesmo, não foi?

Ela admitiu a escolta, sorrindo.

– É que o senhor não suspeitava de absolutamente nada! E, se Gordon Whitfield tivesse realmente percebido que o senhor estava aqui para investigar esse caso e não por qualquer outro motivo... bem, não era muito seguro. E aquela é uma viela muito deserta, *qualquer coisa* poderia ter acontecido!

– Bem, estou ciente do perigo agora, sem dúvida – Luke retrucou em tom sombrio. – Não serei apanhado desatento, posso lhe garantir.

A srta. Waynflete disse com ânsia:

– Lembre-se, ele é muito ardiloso. E muito mais esperto do que o senhor jamais imaginaria! De fato, uma mente das mais engenhosas.

– Estou prevenido.

– Os homens são corajosos... sabemos disso – falou a srta. Waynflete –, porém são mais facilmente *enganados* do que as mulheres.

– Isso é verdade – disse Bridget.

Luke perguntou:

– Falando sério, srta. Waynflete, realmente acha que corro algum perigo? A senhorita acha, em jargão cinematográfico, que Lord Whitfield realmente pretende me *pegar*?

A srta. Waynflete hesitou.

– Acredito que quem corre o maior perigo é Bridget. Ter sido rejeitado por *ela* é o supremo insulto! Creio que, *depois* de resolver a questão de Bridget, ele voltará suas atenções ao *senhor*. Mas acho que, sem a menor dúvida, Gordon tentará atacar Bridget *antes*.

Luke gemeu.

– Meu maior desejo é que você sumisse daqui... agora... o quanto antes, Bridget.

Bridget apertou os lábios.

– Eu não vou.

A srta. Waynflete suspirou.

– Você é uma criatura valente, Bridget. Admiro você.

– Você faria o mesmo no meu lugar.

– Bem, talvez.

Com a voz assumindo um tom encorpado, firme, Bridget falou:

– Luke e eu estamos juntos nisso.

Ela o acompanhou até a porta. Luke disse:

– Telefono para você do Bells and Motley, quando tiver saído ileso da cova do leão.

– Sim, faça isso.

– Meu bem, não fiquemos preocupados demais! Até os mais talentosos assassinos precisam de algum tempo para amadurecer seus planos! Eu diria que vamos ficar em total segurança durante um dia ou dois. O superintendente Battle chega de Londres hoje. Daí em diante, Whitfield estará sob observação.

– Na verdade, tudo está ótimo, e podemos parar com o melodrama.

Luke falou em tom grave, colocando a mão em seu ombro:

– Bridget, meu bem, você precisa me fazer o favor de não tomar nenhuma atitude *precipitada*!

– O mesmo vale para você, querido Luke.

Luke apertou o ombro dela, entrou no carro e partiu.

Bridget retornou à sala de estar. A srta. Waynflete alvoroçava-se de um lado a outro com seus brandos modos de solteirona.

– Minha querida, o seu quarto ainda não está *totalmente* pronto. Emily está cuidando disso. Sabe o que vou fazer? Vou trazer uma bela xícara de chá! É justamente disso que você precisa depois de todos esses incidentes perturbadores.

– É uma enorme gentileza sua, srta. Waynflete, mas eu realmente não quero tomar nada.

Bridget teria gostado era de um drinque forte, principalmente de gim, mas julgou corretamente que a perspectiva de um refresco desse tipo era nula. Ela tinha uma intensa aversão por chá, que geralmente lhe causava indigestão. A srta. Waynflete, entretanto, decidira que chá era o de que sua jovem hóspede necessitava. Saiu da sala num atropelo e reapareceu cerca de cinco minutos mais tarde, com um rosto radiante, carregando uma bandeja sobre a qual se viam duas delicadas xícaras de porcelana Dresden, cheias de uma bebida aromática e fumegante.

– Legítimo Lapsang Souchong – anunciou com orgulho a srta. Waynflete.

Bridget, que detestava o chá chinês ainda mais do que o indiano, exibiu um sorriso abatido.

Naquele momento, Emily, uma moça pequenina de aparência desajeitada, com adenoides pronunciadas, apareceu no vão da porta e disse:

– Bor favor, binha batroa... a fronha é bara ser a de franja?

A srta. Waynflete saiu apressadamente da sala, e Bridget aproveitou a trégua para jogar seu chá pela janela, deixando por muito pouco de escaldar Wonky Pooh, que estava no canteiro de flores abaixo.

Wonky Pooh aceitou suas desculpas, saltou para o peitoril da janela e começou a se enroscar de lá para cá nos ombros de Bridget, ronronando de modo afetado.

– Que bonitinho! – disse Bridget, passando a mão por seu dorso.

Wonky Pooh arqueou a cauda e ronronou com redobrado vigor.

– Gatinho querido – disse Bridget, fazendo cócegas em suas orelhas.

A srta. Waynflete retornou naquele instante.

– Minha nossa! – ela exclamou. – Wonky Pooh se *encantou* por você, não é mesmo? Geralmente ele é tão *arisco*! Cuidado com a orelha dele, minha querida, ele teve um problema de ouvido, ainda está muito dolorido.

A injunção chegou tarde demais. A mão de Bridget havia beliscado a orelha dolorida. Wonky Pooh lhe deu uma leve patada e se retirou, uma bola laranja de dignidade ofendida.

– Ah, minha nossa, ele arranhou você? – exclamou a srta. Waynflete.

– Não foi nada – respondeu Bridget, chupando um arranhão em diagonal no dorso da mão.

– Devo colocar um pouco de iodo?

– Ah, não, nem vale a pena. Não precisamos fazer alvoroço.

A srta. Waynflete pareceu um pouco desapontada. Sentindo que foi descortês, Bridget falou às pressas:

– Quanto tempo será que Luke vai demorar?

– Ora, minha querida, não se preocupe. Tenho certeza de que o sr. Fitzwilliam é plenamente capaz de cuidar de si mesmo.

– Ah, Luke é durão, sem dúvida!

O telefone tocou naquele instante. Bridget correu até o aparelho. Escutou-se a voz de Luke:

– Alô? É você, Bridget? Estou no Bells and Motley. Você pode esperar pelos seus pertences até depois do almoço? Porque Battle chegou aqui... você sabe a quem eu me refiro...

– O superintendente da Scotland Yard?

– Isso. E ele quer ter uma conversa comigo imediatamente.

– Por mim está bem. Traga as minhas coisas depois do almoço e me conte o que ele disse a respeito disso tudo.

– Certo. Até logo, meu bem.

– Até logo.

Bridget recolocou o fone no gancho e relatou a conversa à srta. Waynflete. Então bocejou. Uma sensação de fadiga sucedera-se à excitação.

A srta. Waynflete notou tal fato.

– Você está cansada, minha querida? Seria melhor você se deitar. Não, talvez isso seja ruim, pouco antes do almoço. Eu ia justamente levar algumas roupas velhas para uma mulher num chalé não muito longe daqui... É um passeio bem bonito pelo campo. Quem sabe você gostasse de ir comigo? Teremos tempo suficiente até o almoço.

Bridget concordou de bom grado.

As duas saíram pelos fundos. A srta. Waynflete usava um chapéu de palha – e havia colocado luvas, circunstância que Bridget achou engraçada.

"Poderíamos estar passeando em Bond Street!", ela pensou consigo.

A srta. Waynflete discorreu afavelmente sobre diversos assuntos do vilarejo durante a caminhada. Elas atravessaram dois campos, cruzaram um caminho acidentado e então pegaram uma trilha que corria por um bosque irregular. O dia estava quente, e Bridget considerou agradável a sombra das árvores.

A srta. Waynflete sugeriu que se sentassem e descansassem por um minuto.

– O calor está realmente opressivo hoje, não acha? Deve haver uma *tempestade* à espreita!

Bridget concordou, um tanto sonolenta. Recostou-se numa inclinação do terreno – com olhos semicerrados – e certos versos de poesia vagaram por sua mente.

"Ah, por que caminhas de luvas pela grama,
Gorda e branca mulher a quem ninguém ama?"

Mas isso não estava preciso! A srta. Waynflete não era gorda. Bridget alterou as palavras de modo que servissem ao caso.

"Ah, por que caminhas de luvas pela grama,
Grisalha e magra mulher a quem ninguém ama?"

A srta. Waynflete interrompeu seus pensamentos.

– Você está bastante sonolenta, minha querida, não está?

Tais palavras foram ditas em tom gentil e corriqueiro, mas algo nelas fez com que Bridget abrisse os olhos num espasmo súbito.

A srta. Waynflete estava inclinada em sua direção. Seus olhos mostravam-se ávidos, sua língua passava delicadamente sobre os lábios. Repetiu a pergunta:

– Você está *bastante* sonolenta, não está?

Dessa vez não havia engano quanto ao efetivo significado do tom. Um lampejo passou pela mente de Bridget – um relâmpago de compreensão, sucedido por outro de desprezo por sua própria ignorância!

Ela suspeitara da verdade – mas não tinha sido mais do que uma vaga suspeita. Pretendera, atuando discreta e secretamente, certificar-se. Mas nem por um instante julgara que qualquer coisa pudesse ser feita contra ela. Havia, segundo pensava, ocultado completamente suas suspeitas. Tampouco jamais teria sonhado que qualquer coisa pudesse ser contemplada tão depressa. Idiota – mil vezes idiota!

E ela pensou de súbito: "O chá... havia algo no chá. *Ela não sabe que eu não tomei sequer um gole.* Esta é a minha chance! Preciso fingir! O que será que havia nele? Veneno? Ou só um sonífero? Ela imagina que estou ficando sonolenta... isso é evidente."

Deixou suas pálpebras caírem de novo. No que esperava ser a voz natural de uma pessoa quase adormecida, falou:

– Estou... terrivelmente... Que engraçado! Acho que nunca me senti tão sonolenta!

A srta. Waynflete assentiu suavemente com a cabeça.

Bridget ficou observando atentamente a mulher mais velha por entre as pálpebras quase fechadas. Pensou: "Sou páreo para ela, de qualquer forma! Meus músculos são bem fortes, e ela não passa de uma velhota magricela e frágil. Mas preciso fazê-la *falar*... é isso... fazê-la *falar*!".

A srta. Waynflete estava sorrindo. Não era um sorriso agradável. Era malicioso e não muito humano.

Bridget pensou: "Ela parece uma cabra. Deus! Como ela parece uma cabra! A cabra sempre foi um símbolo do mal! Agora entendo por quê! Eu estava certa...

estava certa naquela minha ideia fantástica! *Não há fúria no inferno maior que a de uma mulher abandonada...* Foi esse o começo de tudo... está tudo nisso."

Ela murmurou – e dessa vez havia um toque efetivo de apreensão em sua voz:

– Eu não sei qual é o problema comigo... Eu me sinto esquisita... tão *absolutamente* esquisita!

A srta. Waynflete lançou um rápido olhar em volta. O lugar era completamente isolado. Ficava longe demais do vilarejo para que um grito pudesse ser ouvido. Não havia casa ou chalés por perto. Ela começou a remexer no pacote que carregava – o pacote que continha supostamente as roupas velhas. Aparentemente, era o que continha. O papel se abriu, revelando uma fofa malha de lã. E aquelas mãos enluvadas continuavam mexendo e remexendo.

"Ah, por que caminhas de luvas pela grama?"

Sim... por quê? Por que luvas?

É lógico! É lógico! A situação toda tão magnificamente planejada!

O agasalho caiu para o lado. Com muito cuidado, srta. Waynflete retirou a faca, segurando-a cuidadosamente para não apagar as impressões digitais que já estavam nela – onde os dedos curtos e rechonchudos de Lord Whitfield tinham segurado antes, naquele mesmo dia, na sala de visitas de Ashe Manor.

A faca moura com a lâmina afiada.

Bridget sentiu um leve enjoo. Ela precisava ganhar tempo e *precisava* fazer a mulher falar – essa mulher magra e grisalha a quem ninguém amava. Não devia ser difícil. Porque ela decerto queria falar, ah, desejava com todas as forças – e a única pessoa com quem jamais poderia fazê-lo era alguém como Bridget – uma pessoa prestes a ser silenciada para sempre.

Bridget perguntou – com uma voz débil e pastosa:

– O que é... essa... faca?

E então a srta. Waynflete riu.

Era uma risada horrível, suave, musical, refinada e de todo desumana. Ela disse:

– É para você, Bridget. Para você! Eu a detesto, sabe, faz um longo tempo.

Bridget retrucou:

– Porque eu ia me casar com Gordon Whitfield?

A srta. Waynflete confirmou com a cabeça.

– Você é inteligente. Você é muito inteligente! Esta, veja bem, vai ser a prova culminante contra ele. Você será encontrada aqui, com a garganta cortada e... a faca *dele*... e as impressões digitais *dele* na faca! Inteligente a maneira como pedi para vê-la nesta manhã! E então a enfiei na minha bolsa, envolta num lenço, enquanto vocês estavam no andar de cima. Tão fácil! Mas o negócio todo tem sido fácil. Eu mal consigo acreditar.

Bridget disse – ainda com a voz pastosa e abafada de uma pessoa fortemente entorpecida:

– Isso é... porque... a senhorita é... tão... terrivelmente... esperta...

A srta. Waynflete riu novamente. Falou com uma horrível espécie de orgulho.

– Sim, eu sempre fui inteligente, desde menina! Mas não me deixavam fazer nada... Eu tinha de ficar em casa, sem fazer nada. E aí Gordon era só um ordinário filho de sapateiro, mas ambicioso, eu sabia. Sabia que ele subiria na vida. E ele me deu o fora... *me deu o fora*! Tudo por causa daquele episódio ridículo com o pássaro!

Suas mãos fizeram um gesto estranho, como se estivessem torcendo alguma coisa.

Outra onda de náusea percorreu Bridget.

– Gordon Ragg ousando me dar o fora... *eu*, a filha do coronel Waynflete! Jurei que o faria pagar por aquilo! Eu costumava pensar nisso todos os dias. E aí fomos ficando cada vez mais pobres. A casa teve de ser vendida. *Ele* a comprou! Apareceu, todo condescendente, oferecendo *a mim* um emprego na minha própria casa. Como eu o detestei naquele momento! Mas nunca demonstrei meus sentimentos. Aprendíamos isso quando meninas, um treino dos mais valiosos. É nisso, eu sempre penso, que se revela o berço.

Ela ficou em silêncio por alguns instantes. Bridget a observava, mal se atrevendo a respirar, temerosa de que pudesse estancar a torrente de palavras.

A srta. Waynflete prosseguiu em tom suave:

– O tempo todo eu fiquei pensando e pensando. Em primeiro lugar, pensei apenas em matá-lo. Foi então que comecei a ler sobre criminologia, discretamente, na biblioteca. E de fato constatei que as minhas leituras me foram muitíssimo *úteis* mais de uma vez. A porta do quarto de Amy, por exemplo, virando a chave na fechadura pelo lado de fora com uma pinça, depois de trocar os frascos junto a sua cama. Como roncava, aquela moça, uma coisa das mais repugnantes!

Ela fez uma pausa.

– Deixe-me ver, onde eu estava?

O dom que Bridget cultivara e que havia encantado Lord Whitfield, o dom da ouvinte perfeita, colocou-a em boa situação agora. Honoria Waynflete podia ser uma maníaca homicida, mas era também algo bem mais comum do que isso. Era um ser humano que desejava falar de si. E Bridget tinha pleno preparo para lidar com essa categoria de pessoa.

Ela falou, transmitindo na voz o exato tom convidativo:

– A senhorita pretendia, a princípio, matá-lo...

– Sim, mas isso não me satisfez... simples demais. Tinha de ser algo melhor do que apenas matá-lo. E aí tive uma ideia. Simplesmente me ocorreu. Ele deveria sofrer as consequências por ter cometido um monte de crimes dos quais era completamente inocente. Ele deveria ser um assassino! *Ele* deveria ser enforcado pelos *meus* crimes! Ou então diriam que Gordon estava louco, e ele ficaria internado pelo resto da vida. Isso poderia ser melhor ainda.

Agora ela deu uma risadinha – uma risadinha horrível... Seus olhos brilhavam, encaravam com estranhas pupilas alongadas.

– Como eu lhe disse, li muitos livros sobre crimes. Escolhi minhas vítimas cuidadosamente, não deveria existir suspeitas no princípio. Sabe – sua voz se tornou mais profunda –, eu *gostei* de matar. Aquela mulher desagradável, Lydia Horton, era condescendente comigo, certa vez se referiu a mim como "velha solteirona". Fiquei contente quando Gordon brigou com ela. Dois coelhos com uma cajadada só, eu pensei! *Tão* divertido sentar ao lado de sua cama e colocar arsênico em seu chá para depois sair e contar à enfermeira como a sra. Horton se queixara do gosto amargo das uvas de Lord Whitfield! E a estúpida mulher nunca transmitiu isso a ninguém, o que foi uma tremenda pena. E os outros, então! Tão logo eu tomava conhecimento de que Gordon tinha sofrido um agravo de qualquer pessoa, era *tão* fácil arranjar um acidente! E ele foi um tolo tão grande... um tolo tão incrível! Eu o fiz acreditar que havia nele algo de muito especial! Que qualquer pessoa que se colocasse contra ele seria punida. Ele acreditou com a maior facilidade. Pobre Gordon, ele acreditaria em qualquer coisa. Tão ingênuo!

Bridget lembrou-se de quando disse a Luke desdenhosamente: "Gordon! Ele seria capaz de acreditar em qualquer coisa!".

Fácil! Como era fácil! O pobre pomposo e crédulo Gordon...

Mas ela precisava se inteirar mais! Fácil? Isso era fácil também! Ela fizera isso como secretária por anos a fio. Discretamente incentivava seus empregadores a falarem de si mesmos. E aquela mulher queria desesperadamente falar, vangloriar-se de sua própria esperteza.

Bridget murmurou:

– Mas como a senhorita conseguiu fazer tudo isso? Não entendo como *conseguiu*...

– Ah, foi *bem* fácil! Bastava um pouco de organização! Quando Amy foi despedida de Manor, empreguei-a no mesmo instante. Acho que a ideia da tintura de chapéu foi bastante astuta, e o fato de a porta estar trancada por *dentro* me dava total segurança. Mas, é lógico, eu sempre estive em segurança, porque não tinha nenhum *motivo*, e ninguém pode ser suspeito de assassinato quando não existe um motivo. Carter foi bem fácil também, ele estava cambaleando sem rumo na neblina, eu o alcancei na passarela e lhe dei um rápido empurrão. Sou realmente muito forte, sabe...

Ela fez uma pausa; a horrível e suave risadinha reapareceu.

– Tudo foi tão *divertido*! Nunca me esquecerei da cara de Tommy no momento em que o empurrei do parapeito da janela naquele dia. Ele não estava esperando por isso!

A srta. Waynflete inclinou-se na direção de Bridget de modo confidencial.

– As pessoas são realmente muito estúpidas, sabe... Eu nunca tinha percebido isso antes.

Bridget disse muito suavemente:

– Mas, por outro lado, a senhorita é de uma inteligência incomum.

– Sim... sim... talvez você tenha razão.

Bridget falou:

– O dr. Humbleby... esse deve ter sido mais difícil...

– Sim, realmente foi espantoso como deu certo. *Poderia* não ter funcionado, é claro. Mas Gordon andava contando a todos sobre sua visita ao laboratório Wellerman Kreutz, e achei que *poderia* dar um jeito de fazer com que as pessoas se lembrassem dessa visita e ligassem os pontos mais tarde. A orelha de Wonky Pooh estava realmente uma coisa nojenta, muita supuração. Dei um jeito de raspar a ponta da minha tesoura na mão do dr. Humbleby, então fiquei *muitíssimo* aflita e insisti em lhe fazer um curativo com bandagem. Ele não sabia que o curativo tinha sido contaminado com a orelha de Wonky Pooh. Claro, *poderia* não ter funcionado, era simplesmente um tiro no escuro. Fiquei deleitada quando funcionou, especialmente porque Wonky Pooh era o gato de Lavinia.

Seu rosto obscureceu-se.

– Lavinia Pinkerton! *Ela* adivinhou... Foi ela quem encontrou Tommy naquele dia. E então, quando Gordon e o dr. Humbleby tiveram aquela briga, ela me pegou olhando para Humbleby. Eu estava desprevenida. Estava justamente imaginando como ia fazer... E ela descobriu! Quando me virei, ela estava me observando e... eu me traí. Percebi que ela descobrira. Ela não podia provar nada, é claro. Sabia disso. Mas temi, mesmo assim, que alguém pudesse acreditar nela. Temi que pudessem acreditar nela na Scotland Yard. Tive certeza de que era para lá que ela estava indo naquele dia. Fui no mesmo trem e a segui. O negócio todo foi tão fácil... Lavinia estava numa ilha de pedestres, atravessando Whitehall. Fiquei bem atrás dela. Ela não me viu em nenhum momento. Um carro enorme vinha se aproximando e eu a empurrei com imenso vigor. Sou muito forte! Ela caiu bem na frente do carro. Eu disse à mulher ao meu lado que conseguira ver o número da placa e lhe dei o número do Rolls de Gordon, na esperança de que ela o informasse à polícia. Para minha sorte, o carro não parou. Suspeito que fosse um chofer num passeio perigoso, dando uma volta sem o conhecimento do patrão. Sim, tive sorte nisso. Sempre tenho sorte. Aquela cena outro dia com Rivers, e Luke Fitzwilliam de testemunha. Eu me diverti tanto conduzindo as investigações dele! Estranho como foi difícil fazê-lo suspeitar de Gordon. Mas depois da morte de Rivers ele certamente suspeitaria. Era certo! E agora... bem, isto aqui vai colocar um belo ponto final na história toda.

Ela se levantou e se aproximou de Bridget. Falou com suavidade:

– Gordon me deu o fora. Ele ia se casar com você. A minha vida toda foi uma decepção. Nunca tive nada... absolutamente nada...

"Ó grisalha e magra mulher a quem ninguém ama..."

A srta. Waynflete estava inclinada sobre ela, sorrindo, com olhos brilhantes e loucos... A faca cintilava...

Com toda a sua juventude e força, Bridget saltou. Como uma gata selvagem, atirou-se com ímpeto total sobre a outra mulher, dando-lhe um tranco, agarrando seu pulso direito.

Apanhada de surpresa, Honoria Waynflete caiu perante a investida. Mas então, após um instante de inércia, começou a lutar. Em matéria de força, não havia comparação entre as duas. Bridget era jovem e saudável, com músculos fortalecidos pelo esporte. Honoria Waynflete era uma criatura frágil, de compleição delgada.

Mas havia um fator que Bridget não havia levado em consideração. *Honoria Waynflete era louca.* Sua força era a força de uma mulher ensandecida. Ela lutava diabolicamente, e sua força ensandecida era mais forte do que a sadia força muscular de Bridget. As duas oscilavam para lá e para cá, e Bridget continuava tentando arrancar a faca de Honoria Waynflete, e a mulher louca continuava segurando-a com firmeza.

E então, pouco a pouco, a força da ensandecida começou a prevalecer. Bridget começou a exclamar:

– *Luke... Socorro... Socorro...*

Mas não tinha nenhuma esperança de que o socorro viesse. Ela e Honoria Waynflete estavam sozinhas. Sozinhas num mundo morto. Num supremo esforço, Bridget torceu o pulso da outra para trás e por fim ouviu a faca cair.

No instante seguinte, as duas mãos de Honoria Waynflete haviam prendido seu pescoço num aperto maníaco, espremendo sua derradeira força vital. Bridget deu um último grito abafado...

Capítulo 22

Sra. Humbleby fala

Luke ficou favoravelmente impressionado com a aparência do superintendente Battle. Tratava-se de um homem robusto, de aspecto sossegado, com um amplo rosto avermelhado e um bigode volumoso e elegante. Não transparecia ser exatamente uma pessoa brilhante à primeira vista, mas, olhando melhor, o observador atento notava que o superintendente Battle era incomumente astuto.

Luke não cometeu o erro de subestimá-lo. Havia encontrado homens do tipo de Battle antes. Sabia que era possível confiar neles e que invariavelmente obtinham resultados. Não poderia ter desejado um homem melhor como encarregado do caso.

Quando os dois ficaram sozinhos, Luke disse:

– O senhor é uma figura importante demais para vir cuidar de um caso como esse.

O superintendente Battle sorriu.

– Pode ser que acabe sendo um caso sério, sr. Fitzwilliam. Quando um homem como Lord Whitfield está envolvido, não queremos cometer nenhum erro.

– Eu agradeço. O senhor está sozinho?

– Não, não. Eu trouxe um sargento-detetive comigo. Ele está no outro estabelecimento, o Seven Stars, e sua tarefa é ficar de olho em Lord Whitfield.

– Certo.

Battle perguntou:

– Na sua opinião, sr. Fitzwilliam, não há qualquer dúvida? O senhor tem plena certeza quanto ao seu homem?

– Diante dos fatos, não me parece que seja possível qualquer teoria alternativa. O senhor quer que eu lhe passe os fatos?

– Obrigado, tomei conhecimento deles por intermédio de sir William.

– Bem, e o que *o senhor* acha? Suponho que lhe pareça extremamente improvável que um homem da posição de Lord Whitfield possa ser um criminoso homicida...

– Bem poucas coisas me parecem improváveis – retrucou o superintendente Battle. – Nada é impossível no crime. É o que sempre digo. Se o senhor me dissesse que uma adorável velhinha, um arcebispo, uma colegial fosse uma perigosa assassina, eu não diria que não. Eu examinaria o caso.

– Se o senhor tomou conhecimento dos fatos principais por intermédio de sir William, vou apenas lhe contar o que aconteceu nesta manhã – disse Luke.

Ele discorreu brevemente sobre os pontos principais de sua cena com Lord Whitfield. O superintendente Battle escutou com grande interesse e disse:

– O senhor falou que ele estava manuseando uma faca. Ele salientou algo específico em relação a essa faca, sr. Fitzwilliam? Estava fazendo um gesto de ameaça?

– Não abertamente. Ele testou o fio da lâmina de uma maneira bastante repugnante, com uma espécie de prazer estético que não me agradou. A srta. Waynflete sentiu a mesma coisa, creio eu.

– Essa é a dama sobre a qual o senhor me falou? Aquela que conheceu Lord Whitfield a vida toda e que chegou a ser sua noiva?

– Isso.

O superintendente Battle falou:

– Pode ficar tranquilo quanto à jovem, sr. Fitzwilliam. Vou destacar alguém para ficar de olho vivo em cima dela. Com isso, e com Jackson nos calcanhares de Lord Whitfield, por certo não haverá perigo de acontecer qualquer coisa.

– O senhor me deixa muito aliviado – disse Luke.

O superintendente Battle assentiu com a cabeça compassivamente.

– É desagradável a sua posição, sr. Fitzwilliam. Preocupando-se com a srta. Conway. Note bem, não espero que esse caso possa ser fácil. Lord Whitfield deve ser um homem muito sagaz. Provavelmente vai ficar na moita por um bom tempo. Isto é, a não ser que já tenha chegado ao último estágio.

– O que o senhor chama de último estágio?

– Uma espécie de egoísmo inflado em que o criminoso acredita que simplesmente não pode ser descoberto! Ele é esperto demais, e todos os outros são estúpidos demais! Aí, é claro, nós o pegamos!

Luke assentiu e se levantou.

– Bem – ele disse –, eu lhe desejo boa sorte. Permita-me ajudá-lo no que estiver ao meu alcance.

– Certamente.

– Não há nada que o senhor possa sugerir?

Battle revolveu a pergunta em sua mente.

– Acho que não. De momento, não. Só quero me inteirar sobre o que acontece por aqui. Talvez possamos trocar mais uma palavra no fim da tarde?

– Ótimo.

– Então já saberei melhor onde estamos.

Luke sentiu-se vagamente confortado e acalmado. Muitas pessoas sentiam-se assim depois de uma conversa com o superintendente Battle.

Ele conferiu seu relógio. Deveria ir ver Bridget antes do almoço?

Melhor não, pensou. A srta. Waynflete poderia sentir que devia convidá-lo para o almoço, e isso poderia desorganizar sua rotina doméstica. Damas de meia-idade, Luke sabia pela experiência com suas tias, eram passíveis de se alvoroçar com problemas na rotina doméstica. Ele especulou se a srta. Waynflete seria tia de alguém. Provavelmente sim.

Luke havia caminhado até a porta da hospedaria. Um vulto de preto, descendo às pressas a rua, parou de repente ao vê-lo.

– Sr. Fitzwilliam.

– Sra. Humbleby.

Luke foi ao encontro dela e apertou-lhe a mão.

Ela disse:

– Achei que o senhor tinha partido...

– Não, apenas mudei de alojamento. Estou ficando aqui agora.

– E Bridget? Ouvi dizer que tinha saído de Ashe Manor.

– Sim, ela saiu.

A sra. Humbleby suspirou.

– Fico tão contente... fico muito contente que ela tenha sumido de Wychwood.

– Ah, ela ainda está por aqui. Na verdade, está hospedada com a srta. Waynflete.

A sra. Humbleby deu um passo para trás. Seu rosto, Luke notou com surpresa, parecia extraordinariamente perturbado.

– Hospedada com Honoria Waynflete? Ah, mas *por quê?*

– A srta. Waynflete convidou-a, muito gentilmente, para ficar alguns dias com ela.

A sra. Humbleby estremeceu de leve. Aproximou-se de Luke e pousou a mão em seu braço.

– Sr. Fitzwilliam, sei que não tenho direito de dizer qualquer coisa... qualquer coisa em absoluto. Passei por um bocado de tristeza e pesar nos últimos tempos e... talvez... isso me faça ter ideias fantasiosas! Esses meus sentimentos podem ser apenas fantasias doentias.

Luke perguntou com delicadeza:

– Que sentimentos?

– Essa convicção que tenho do... do *mal*!

Ela olhou de maneira tímida para Luke. Vendo que ele apenas curvava gravemente a cabeça e não parecia questionar sua declaração, prosseguiu:

– *Tanta maldade*... esse é o pensamento que sempre me acompanha... maldade aqui em Wychwood. E aquela mulher está por trás de tudo. Eu tenho certeza disso!

Luke estava perplexo.

– Que mulher?

A sra. Humbleby respondeu:

– Honoria Waynflete é, eu tenho certeza, uma mulher muito perversa! Ah, vejo que o senhor não acredita em mim! Tampouco acreditavam em Lavinia Pinkerton. *Mas nós duas sentíamos isso.* Ela, creio, sabia mais do que eu... Lembre-se, sr. Fitzwilliam: quando uma mulher não está feliz, ela é capaz de fazer coisas terríveis.

Luke retrucou com delicadeza:

– Pode ser... sim.

A sra. Humbleby disse rapidamente:

– O senhor não acredita em mim? Bem, por que haveria de acreditar? Mas não consigo me esquecer do dia em que John chegou da casa dela com a mão enfaixada, embora ele tenha dito que era uma bobagem, apenas um arranhão.

Ela se virou.

– Até logo. Por favor, esqueça o que acabei de dizer. Eu... me sinto meio alterada por esses dias.

Luke ficou observando seu afastamento. Tentou imaginar por que a sra. Humbleby chamava Honoria Waynflete de mulher perversa. Teriam o dr. Humbleby e Honoria Waynflete sido amigos, e a esposa do médico sentira ciúmes?

O que foi que ela dissera? "Tampouco acreditavam em Lavinia Pinkerton." Então Lavinia Pinkerton devia ter confidenciado algumas de suas suspeitas à sra. Humbleby.

Numa recordação impetuosa, vieram a Luke as imagens do vagão de trem e do rosto preocupado de uma simpática velhinha. Ele voltou a ouvir uma voz fervorosa dizendo: "*O olhar especial que lançava*". E o modo como se transformara o próprio rosto dela, como se estivesse enxergando alguma coisa com muita clareza em sua mente. Por um momento passageiro, ele pensou, o rosto da velhota ficara completamente diferente, os lábios recuados dos dentes, um olhar esquisito, quase numa exultação maligna.

De repente ele pensou: "*Mas eu vi alguém olhando justamente dessa maneira... com essa mesma expressão... Bem recentemente... quando?* Nesta manhã! É claro! Quando a srta. Waynflete olhava para Bridget na sala de visitas em Ashe Manor."

E, subitamente, outra memória o assaltou. Uma de muitos anos antes. Sua tia Mildred dizendo "Sabe, meu querido, ela tinha um aspecto quase *estúpido*!", e, por um breve instante, seu próprio rosto sadio e sossegado assumira uma expressão imbecil e irracional...

Lavinia Pinkerton estivera falando sobre o olhar que vira no rosto de um homem – não, no rosto de uma *pessoa*. Seria possível que, apenas por um segundo, sua vívida imaginação tivesse *reproduzido esse olhar que ela vira – o olhar assassino lançado à próxima vítima?...*

Sem ter muita noção do que estava fazendo, Luke acelerou o passo na direção da casa da srta. Waynflete.

Uma voz em seu cérebro dizia repetidas vezes: "Não um *homem* – ela nunca mencionou um *homem* – você presumiu que fosse um homem porque estava pensando num homem – mas *ela* nunca afirmou isso... Ah, Deus, será que estou totalmente louco? Não é possível o que estou pensando... certamente não é *possível* – não faria sentido... Mas eu *preciso* encontrar Bridget. *Preciso* saber se ela está bem... Aqueles olhos... aqueles olhos esquisitos, claros, ambarinos. Ah, estou louco! Só posso estar louco! Whitfield é o criminoso! *Só pode* ser ele. Ele praticamente *disse* que é!".

E mesmo assim, como num pesadelo, ele via o rosto da srta. Pinkerton numa momentânea imitação de algo horrível e um tanto insano.

A criadinha raquítica abriu a porta para ele. Um pouco sobressaltada pela veemência de Luke, ela disse:

– A dama saiu. A srta. Waynflete me disse. Vou ver se a srta. Waynflete está.

Luke passou por ela com ímpeto, entrou na sala de visitas. Emily correu escada acima. Desceu sem fôlego.

– A patroa saiu também.

Luke agarrou-a pelo ombro.

– Por onde? Para onde elas foram?

Ela o encarava boquiaberta.

– Devem ter saído pelos fundos. Eu teria visto se elas tivessem saído pela frente, porque a cozinha dá para lá.

Emily o seguiu enquanto ele corria pela porta rumo ao minúsculo jardim e além do terreno. Havia um homem podando uma cerca viva. Luke dirigiu-se ao homem e lhe fez uma pergunta, esforçando-se para manter a voz normal.

O homem respondeu devagar:

– Duas damas? Sim. Já faz um tempo. Eu estava fazendo a minha refeição na sombra da cerca. Acho que nem me viram.

– Por onde elas seguiram?

Luke esforçava-se desesperadamente para falar com uma voz normal. No entanto, o outro arregalou os olhos enquanto respondia devagar:

– Passando esses campos... Por ali. Depois não sei pra onde.

Luke agradeceu e começou a correr. Sua forte sensação de urgência se intensificava. Ele *precisava* alcançá-las... *precisava*! Podia estar completamente louco. Segundo todas as probabilidades, as duas estariam apenas dando um passeio amigável, mas algo em seu íntimo clamava por pressa. Mais pressa!

Ele atravessou os dois campos e parou, hesitante, numa viela de terra. Por onde agora?

E então ouviu o grito – fraco, longínquo, mas inconfundível...

– Luke, socorro...

E de novo:

– Luke...

De modo infalível, ele mergulhou no bosque e correu na direção da qual viera o grito. Havia mais sons agora – pés sendo arrastados – arquejos – um grito baixo e gorgolejante.

Luke apareceu por entre as árvores a tempo de arrancar as mãos de uma mulher louca da garganta de sua vítima – e de segurá-la, enquanto ela se debatia, espumava, praguejava, até que por fim ela teve um estremecimento convulso e ficou rígida em seus braços.

Capítulo 23

Novo começo

– Mas eu não entendo – disse Lord Whitfield. – Eu não entendo.

Ele se esforçava para manter a dignidade, mas, sob seu pomposo aspecto exterior, era evidente um aturdimento digno de pena. Lord Whitfield mal conseguia crer nas coisas extraordinárias que lhe contavam.

– É o seguinte, Lord Whitfield – Battle falou com paciência. – Para começar, há um toque de insanidade na família. Descobrimos isso agora. Muito comum nessas famílias antigas. Eu diria que ela tinha uma predisposição nesse sentido. Além disso, ela era uma dama ambiciosa... e frustrada. Primeiro em sua carreira, depois em seu relacionamento amoroso.

Battle tossiu.

– Acredito que foi *o senhor* quem deu o fora *nela*...

Lord Whitfield retrucou rigidamente:

– Não gosto da expressão "dar o fora".

O superintendente Battle corrigiu a frase:

– Foi o senhor quem terminou o noivado?

– Bem... sim.

– Conte-nos o motivo, Gordon – pediu Bridget.

Lord Whitfield ficou um tanto vermelho. Ele disse:

– Ah, muito bem, se é necessário... Honoria tinha um canário. Adorava aquele passarinho, que costumava pegar açúcar em seus lábios. Certo dia, em vez de pegar o açúcar, o canário a bicou violentamente. Ela ficou com raiva e agarrou o pássaro... e... torceu seu pescoço! Eu... eu não consegui voltar a sentir o mesmo depois daquilo.

Falei a ela que achava que ambos havíamos cometido um engano.

Battle assentiu e falou:

– Isso foi o começo de tudo! Como ela disse à srta. Conway, dedicou seus pensamentos e sua indiscutível capacidade mental a um único propósito.

Lord Whitfield perguntou incrédulo:

– Fazer com que *eu* fosse condenado como assassino? Não posso acreditar nisso.

Bridget disse:

– É verdade, Gordon. Veja bem, você mesmo se surpreendia com a maneira extraordinária como todo mundo que o aborrecia era instantaneamente exterminado.

– Havia um motivo para isso.

– Honoria Waynflete era o motivo – disse Bridget. – Tente enfiar na sua cabeça, Gordon, que não foi a Providência que empurrou Tommy Pierce pela janela, e todos os demais. Foi Honoria.

Lord Whitfield sacudiu a cabeça.

– Tudo me parece absolutamente inacreditável! – exclamou.

Battle perguntou:

– O senhor disse que recebeu um recado telefônico nesta manhã...

– Sim... por volta do meio-dia; pedindo que eu fosse até Shaw Wood o quanto antes porque você, Bridget, tinha algo para me dizer. Eu não deveria ir de carro, mas a pé.

Battle confirmou com a cabeça.

– Exato. Esse seria o fim. A srta. Conway teria sido encontrada com a garganta cortada; ao lado dela, a *sua* faca com as *suas* impressões digitais! *E* o senhor teria sido visto pelas redondezas naquele horário! O senhor não teria como se defender. Qualquer júri do mundo o teria condenado.

– A mim? – retrucou Lord Whitfield, sobressaltado e aflito. – Alguém acreditaria numa coisa como essa sobre *mim*?

Bridget disse delicadamente:

– Eu não acreditei, Gordon. Nunca acreditei.

Lord Whitfield olhou para ela com frieza; então falou rigidamente:

– Em vista do meu caráter e da minha posição na região, não acredito que alguém teria, sequer por um momento, acreditado numa acusação tão monstruosa!

Ele saiu com dignidade, fechando a porta atrás de si.

Luke comentou:

– Ele nunca vai se dar conta de que estava realmente em perigo!

Então acrescentou:

– Vá em frente, Bridget, conte-me agora como você veio a suspeitar dessa tal Waynflete.

Bridget explicou:

– Foi quando você estava me contando que Gordon era o assassino. Eu não conseguia acreditar! Veja só, eu o conhecia tão *bem*... Tinha sido sua secretária por dois anos! Eu o conhecia por dentro e por fora! Sabia que ele era pomposo e trivial e completamente egocêntrico, mas sabia, também, que ele era uma pessoa bondosa, uma pessoa de bom coração num nível quase absurdo. Preocupava-se até em ter de matar uma vespa. Aquela história sobre ele ter matado o canário da srta. Waynflete estava *errada*. Ele simplesmente não podia ter feito algo assim. Gordon havia me contado certa vez que dera o fora nela. E agora você insistia que era o *contrário*. Bem, até *podia* ser! Seu orgulho podia tê-lo impedido de admitir que ela o largara. Mas não a história do canário! Gordon simplesmente não era uma pessoa assim! Ele nem mesmo caçava, porque testemunhar uma morte o fazia passar mal. Por isso eu simplesmente sabia que essa parte da história não era verdadeira. Mas, sendo assim, *a srta. Waynflete só podia ter mentido*. E era realmente, pensando bem, *uma mentira extraordinária*! E eu comecei a imaginar, de repente, se ela teria contado mais mentiras. Ela era uma mulher muito orgulhosa... qualquer pessoa percebia isso. Ter sido abandonada deve ter ferido terrivelmente seu orgulho. Provavelmente ela teria ficado com muita raiva de Lord Whitfield, com sentimentos vingativos... sobretudo, se ele aparecesse mais tarde riquíssimo, próspero e bem-sucedido. Eu pensei: "Sim, provavelmente ela gostaria de ajudar a imputar um crime a Gordon". E então surgiu nos meus pensamentos uma curiosa sensação rodopiante, e eu pensei... mas vamos supor que *tudo* o que a srta. Waynflete diz é mentira... e de repente percebi como seria fácil, para uma mulher como aquela, fazer um homem de bobo! E pensei: "É fantástico, mas vamos supor que tenha sido *ela* quem matou todas aquelas pessoas e meteu na cabeça de Gordon a ideia de que isso era uma espécie de castigo divino!". Seria muito fácil, para ela, fazê-lo acreditar nisso. Como eu tinha dito a você antes, Gordon seria capaz de acreditar em qualquer coisa! E eu pensei: "Ela *poderia* ter cometido todos esses assassinatos?". E percebi que poderia! Poderia ter dado um empurrão num homem bêbado... e empurrado um menino pela janela, e Amy Gibbs havia morrido em sua casa. A sra. Horton também... Honoria Waynflete costumava fazer-lhe companhia quando ela estava doente. O dr. Humbleby era mais difícil. Eu não sabia, então, que Wonky Pooh estava com a orelha infectada e que ela contaminara o curativo que havia colocado na mão do doutor. A morte da srta. Pinkerton era mais difícil ainda, porque eu não conseguia imaginar a srta. Waynflete num uniforme de chofer, dirigindo um

Rolls. E, de repente, percebi que essa era a mais fácil de todas! Era o velho empurrão por trás... fácil de executar no meio de uma multidão. O carro não parou e ela viu uma nova oportunidade, contando para outra mulher que vira o número do carro, dando-lhe o número do Rolls de Lord Whitfield. É claro, tudo isso só aparecia muito confusamente na minha cabeça. Mas, se Gordon definitivamente *não* cometera os assassinatos... e eu sabia... sim, *sabia* que ele não os cometera... bem, quem os teria cometido? E a resposta parecia bem clara. "*Alguém que odeia Gordon!*" Quem odeia Gordon? Honoria Waynflete, é lógico. Recordei que a srta. Pinkerton havia definitivamente falado do assassino como *um homem*. Isso derrubava por inteiro a minha bela teoria, porque, a não ser que a srta. Pinkerton estivesse *certa, ela não teria sido assassinada*... Então fiz você repetir exatamente as palavras da srta. Pinkerton e logo descobri que ela não dissera de fato "homem" em nenhum momento. Então senti que estava definitivamente na pista certa! Decidi aceitar o convite da srta. Waynflete para ficar com ela e me determinei a descobrir a verdade.

– Sem dizer nada para mim? – Luke perguntou zangado.

– Mas, meu bem, você tinha tanta *certeza*... e eu não tinha nem um pingo de certeza! Era tudo vago e duvidoso. Mas eu nem sonhava que estivesse em perigo. Achei que teria tempo de sobra...

Ela estremeceu.

– Ah, Luke, foi horrível... Os olhos dela... E aquela risada, tenebrosa, polida, desumana...

Luke retrucou com um ligeiro estremecimento:

– Nunca me esquecerei de como cheguei lá no último segundo.

Ele se voltou para Battle.

– Como ela está agora?

– Teve um colapso mental – Battle respondeu. – É o que costuma ocorrer. Não conseguem enfrentar o choque de que não foram tão inteligentes quanto pensavam ser.

Luke comentou pesaroso:

– Bem, não sou grande coisa como policial! Não suspeitei de Honoria Waynflete em momento algum. O senhor teria se saído melhor, Battle.

– Pode ser que sim, senhor, e pode ser que não. Deve se lembrar de quando eu disse que nada é impossível no crime. Creio que cheguei a mencionar uma adorável velhinha.

– O senhor também mencionou um arcebispo e uma colegial! Devo deduzir que considera todas essas pessoas como criminosos em potencial?

O sorriso de Battle alargou-se de um canto a outro.

– Qualquer um pode ser um criminoso, senhor, foi o que eu quis dizer.

– Exceto Gordon – disse Bridget. – Luke, vamos ver onde ele está.

Encontraram Lord Whitfield em seu escritório, ocupado, fazendo anotações.

– Gordon – Bridget falou com uma voz baixinha e meiga –, por favor, agora que você já sabe de tudo, você nos perdoa?

Lord Whitfield olhou para ela com benevolência.

– Certamente, minha cara, certamente. Compreendi a verdade. Eu era um homem muito ocupado. Negligenciei você. A verdade nisso tudo é o que Kipling afirma tão sabiamente: "Viaja mais depressa quem viaja sozinho. Solitário pela vida é meu caminho".

Ele deu de ombros.

– Carrego uma grande responsabilidade. Devo carregá-la sozinho. Para mim, não pode haver nenhuma companhia, nenhum alívio para o fardo, devo atravessar a vida sozinho até entregar os pontos.

Bridget exclamou:

– Querido Gordon! Você é realmente uma doçura!

Lord Whitfield franziu o cenho.

– Não é questão de ser uma doçura. Vamos esquecer essa bobagem toda. Sou um homem ocupado.

– Eu sei que você é.

– Estou planejando uma série de artigos que será lançada o quanto antes. Crimes cometidos por mulheres ao longo dos séculos.

Bridget encarou-o com admiração.

– Gordon, acho que é uma ideia maravilhosa...

Lord Whitfield estufou o peito.

– Então, por favor, deixem-me sozinho agora. Não posso ser perturbado. Tenho muito trabalho pela frente.

Luke e Bridget saíram do aposento na ponta dos pés.

– Mas ele *é* realmente uma doçura! – falou Bridget.

– Bridget, eu acho que você gostava mesmo desse homem!

– Sabe de uma coisa, Luke? Acho que eu gostava.

Luke olhou pela janela.

– Vou ficar contente por ir embora de Wychwood. Não gosto deste lugar. Muita maldade por aqui, como a sra. Humbleby diria. Não gosto do jeito meditativo com que Ashe Ridge domina este vilarejo.

– Por falar em Ashe Ridge, e Ellsworthy?

Luke riu, um pouco envergonhado.

– Aquele sangue nas mãos dele?

– Sim.

– Aparentemente, eles haviam sacrificado um galo branco!

– Absolutamente repulsivo!

– Acho que algo desagradável vai acontecer ao nosso sr. Ellsworthy. Battle está planejando uma pequena surpresa.

Bridget disse:

– E o pobre major Horton nunca sequer tentou matar a esposa, e o sr. Abbot, suponho, apenas recebera uma carta comprometedora de certa dama, e o dr. Thomas é apenas um jovem médico simpático e despretensioso.

– Ele é um asno arrogante!

– Você diz isso com ciúme, porque ele vai se casar com Rose Humbleby.

– Ela é boa demais para ele.

– Eu sempre senti que você gostava mais daquela moça do que de mim!

– Querida, você não está sendo um tanto absurda?

– Não, na verdade não estou.

Bridget ficou em silêncio por alguns instantes e então perguntou:

– Luke, você gosta de mim agora?

Luke fez um movimento na direção dela, mas foi repelido.

– Eu disse "gosta", Luke... não "ama".

– Ah, entendi... Sim, eu *gosto* de você, Bridget, assim como a amo.

Bridget retrucou:

– Eu gosto de você, Luke...

Eles sorriram um para o outro – com certa timidez, como crianças que fizeram amizade numa festa.

Bridget falou:

– Gostar é mais importante do que amar. É o que dura. Quero que dure o que existe entre nós, Luke. Não quero que apenas nos apaixonemos e casemos e cansemos um do outro e depois desejemos nos casar com outra pessoa.

– Ah, meu amor, eu sei! Você quer a realidade. Eu também. O que existe entre nós vai durar para sempre, porque é fundado na realidade.

– Isso é verdade, Luke?

– É verdade, meu bem. É por isso, creio eu, que tinha medo de me apaixonar por você.

– Eu também tinha medo de me apaixonar por você.

– Você tem medo agora?

– Não.

Ele disse:

– Nós estivemos perto da morte por um longo tempo. Agora... isso acabou! Agora... vamos começar a viver...

Livros de Agatha Christie publicados pela **L&PM** EDITORES

O homem do terno marrom
O segredo de Chimneys
O mistério dos sete relógios
O misterioso sr. Quin
O mistério Sittaford
O cão da morte
Por que não pediram a Evans?
O detetive Parker Pyne
É fácil matar
Hora Zero
E no final a morte
Um brinde de cianureto
Testemunha de acusação e outras histórias
A Casa Torta
Aventura em Bagdá
Um destino ignorado
A teia da aranha (com Charles Osborne)
Punição para a inocência
O Cavalo Amarelo
Noite sem fim
Passageiro para Frankfurt
A mina de ouro e outras histórias

MEMÓRIAS

Autobiografia

MISTÉRIOS DE HERCULE POIROT

Os Quatro Grandes
O mistério do Trem Azul
A Casa do Penhasco
Treze à mesa
Assassinato no Expresso Oriente
Tragédia em três atos
Morte nas nuvens
Os crimes ABC
Morte na Mesopotâmia
Cartas na mesa
Assassinato no beco
Poirot perde uma cliente
Morte no Nilo
Encontro com a morte
O Natal de Poirot
Cipreste triste
Uma dose mortal
Morte na praia
A Mansão Hollow
Os trabalhos de Hércules
Seguindo a correnteza
A morte da sra. McGinty
Depois do funeral
Morte na rua Hickory
A extravagância do morto
Um gato entre os pombos
A aventura do pudim de Natal
A terceira moça
A noite das bruxas
Os elefantes não esquecem
Os primeiros casos de Poirot
Cai o pano: o último caso de Poirot
Poirot e o mistério da arca espanhola e outras histórias
Poirot sempre espera e outras histórias

MISTÉRIOS DE MISS MARPLE

Assassinato na casa do pastor
Os treze problemas

Um corpo na biblioteca
A mão misteriosa
Convite para um homicídio
Um passe de mágica
Um punhado de centeio
Testemunha ocular do crime
A maldição do espelho
Mistério no Caribe
O caso do Hotel Bertram
Nêmesis
Um crime adormecido
Os últimos casos de Miss Marple

MISTÉRIOS DE TOMMY & TUPPENCE

Sócios no crime
M ou N?
Um pressentimento funesto
Portal do destino

ROMANCES DE MARY WESTMACOTT

Entre dois amores
Retrato inacabado
Ausência na primavera
O conflito
Filha é filha
O fardo

TEATRO

Akhenaton
Testemunha de acusação e outras peças
E não sobrou nenhum e outras peças

ANTOLOGIAS DE ROMANCES E CONTOS

Mistérios dos anos 30
Mistérios dos anos 40
Mistérios dos anos 50
Mistérios dos anos 60
Miss Marple: todos os romances v. 1
Poirot: Os crimes perfeitos
Poirot: Quatro casos clássicos

GRAPHIC NOVEL

O adversário secreto
Assassinato no Expresso Oriente
Um corpo na biblioteca

Miss Marple

Agatha Christie

L&PM POCKET

lepmeditores

www.lpm.com.br

o site que conta tudo

IMPRESSÃO:

PALLOTTI

GRÁFICA

Santa Maria - RS | Fone: (55) 3220.4500

www.graficapallotti.com.br